岩 波 文 庫

32-232-1

ジェイン・エア

(上)

シャーロット・ブロンテ作
河 島 弘 美 訳

岩 波 書 店

Charlotte Brontë

JANE EYRE

1847

目次

ジェイン・エア（上）

第1章

その日は、散歩などできそうもなかった。わたしたちは午前中に一時間ほど、すっかり葉の落ちた林の中を歩き回ったが、午餐(リード夫人は来客のない日には正餐を昼にとる習慣だった)のあとに冷たい冬の風が吹き出して暗い雲が広がり、雨がしとしとと降りはじめると、戸外の運動はもう無理だった。

わたしは嬉しかった。長い散歩、特に冷え冷えとした午後の散歩が大嫌いだったからだ。寒々とした黄昏時《たそがれどき》に、かじかんだ手足で家路をたどりながら、子守りのベッシーの小言に心を沈ませ、リード家の子どもたち、イライザ、ジョン、ジョージアナの三人よりも体力的に劣っていることを思い知らされるのはたまらなかった。

そのイライザとジョンとジョージアナは今、客間で「ママ」のまわりに集まっていた。暖炉のそばのソファにゆったりと座り、可愛い子どもたち(このときは、言い争いも泣きもしていなかった)に囲まれた夫人は、申し分なく幸せそうに見えた。でも、わたしはその輪に入れてもらえなかった。「あなたを分け隔てしなくちゃならないのは残念ですけれどね。もっと愛嬌のある子どもらしい性質や、活発で人を惹《ひ》きつける態度、つまり、今より快活で自然で素直な子になろうと本気で努力していると、ベッシーから聞いてわたし自身の目でたしかめるまではお預けですよ、機嫌のよい、明るい子どもたちだけがしてもらえるような扱いはね」と夫人は言うのだった。

「わたしが何をしたって、ベッシーは言ってるの？」

「ジェイン、すぐにあら探しをしたり、聞きたがったりする子は嫌いですよ。第一、子どものくせに大人にむかって、そんな言い方をするなんて、ほんとにとんでもないことだわ。どこかに座っていなさい。感じよく口がきけるようになるまで、黙っておとなしくね」

客間の隣に、小さい朝食室がある。わたしはそこにそっと入った。さっそく本棚から、中に挿絵がたくさんあるのをたしかめたうえで一冊の本を手にすると、出窓に上がり、トルコ人のように足を組んで座った。そして赤い毛織のカーテンをほとんどいっぱいに引いて、二重の隠れ家におさまった。

右手には視界をさえぎる柔らかい真紅の襞《ひだ》、左手には透明な窓ガラスがあって外界から守られてはいたものの、荒涼とした十一月の日から完全に隔てられていたわけではなかった。ページをめくりながら、わたしはときどき、冬の午後の景色に目をやった。はるか遠くに青白い霧と雲が広がり、近くには濡れた芝生と、嵐に打たれた灌木《かんぼく》が見える。

降り続く雨が、悲しげな音を立てて過ぎる風に、激しく吹き立てられていた。

手にしたビューイックの『英国鳥類図誌』に、わたしは目を戻した。本文にはほとんど興味を感じなかったが、序章の中に、子どものわたしでも無視して通り過ぎることのできないページがあった。海鳥の生息地についての記述で、海鳥しか住まない「寂しい岩や岬」のことや、ノルウェー最南端のリンドネス、別名ネーズからノース・ケープにかけて小島の点在する、ノルウェー海岸のことが書かれていた。

北海は波さかまき、さいはてチューレの島々の
暗き岩肌めぐり湧き立つ
大西洋はうねり、ヘブリディーズの島々の
嵐のさなか怒濤《どとう》が襲う

また、「北極地帯の茫洋たる一帯、荒涼として人気《ひとけ》のない地方、何世紀もの冬の堆積である硬い氷原が、アルプスの何倍もの高さに氷結して極地をとり囲み、極寒の何倍もの厳しさを集めているような、霜と雪の貯蔵所」と描写された、ラップランド、シベリア、スピッツベルゲン、ノヴァ・ゼンブラ、アイスランド、グリーンランドなどの寒々

とした海岸について書かれている箇所も見過ごせなかった。これらの、死のように白一色の世界について、わたしは自分なりに想像をめぐらせた。それは、子どもの頭に浮かんでくる、すべてのぼんやりとした観念同様にとりとめないが、奇妙に強い印象だった。序章の言葉は次の挿絵と結びついて、激しく泡立ち、逆巻く海にただ一つそそり立つ巌《いわお》や、人影の絶えた岸に打ちあげられている壊れた舟や、沈みかかっている難破船を恐ろしく冷たく照らす、雲間の月などの絵に重要な意味を与えていた。

碑銘を彫りこんだ墓石の立つ寂しい教会墓地、その門、二本の木、壊れた塀で縁《ふち》どられた低い地平線、夕暮れ時を示す、昇ったばかりの三日月などに、わたしがどんな感慨を持ったか、言い表すことはできない。

風のない海上にじっと浮かんでいる二隻《にせき》の船は、海の幽霊に違いないとわたしには思えた。

泥棒の背負った荷物を、悪魔が大地に釘づけにしている絵にくると、急いでページをめくった。とても恐ろしかったからだ。

絞首台をとり巻く群衆を、遠くの岩に超然と座って眺める、角を生やした黒い怪物の絵も同じく恐ろしかった。

一枚一枚の絵に、それぞれの物語があった。幼い理解力と感情しかないわたしにとっては不可解なこともよくあったが、それでもとても興味をそそられた。冬の夜、機嫌がよければベッシーが聞かせてくれるお話と同じくらいにおもしろかった。そういうとき、ベッシーは、子ども部屋の炉辺に火のし台を運んできて、わたしたちをまわりに座らせ、リード夫人の縁飾りのレースを仕上げたり、ナイトキャップの端の襞を整えたりする手を休めずに、一心に聞くわたしたちの耳を楽しませてくれたものだ。話してくれるのは、昔のおとぎ話や、もっと古いバラッドにある恋物語や冒険談であったり、あるいは（あとになって知ったのだが）、小説『パメラ』や、『モアランド伯爵ヘンリー』の一節であったりした。

ビューイックの本を膝にのせて、そのときのわたしは幸せだった――ともかくわたしなりに。邪魔の入ることだけが心配だったが、それはあまりにも早く訪れた。朝食室のドアが開いたのだ。

「やーい！　泣き虫のばか娘！」ジョン・リードの大声が聞こえ、短い沈黙があった。部屋の中に誰もいないと思ったのだろう。

「あいつめ、いったいどこにいるんだ？　リジー、ジョージー！」と、妹たちを呼んで「ジェインのやつ、ここにはいないぜ。雨が降ってるのに外へ行ったって、ママに言いつけてやれ！　あの悪ガキ！」と言った。

カーテンを引いておいてよかった、とわたしは思い、この隠れ家が見つかりませんように、と心から祈った。ジョンだけでは無理だったはず――何しろ、目も勘も鈍い子だったから。ところが、イライザがドアから顔を出すと、たちまち叫んだ。

「きっと出窓よ、ジョン」

これを聞いて、わたしはすぐに出て行った。ジョンに引きずり出されると思うと、それだけで震え上がったからだ。

「わたしに何の用？」わたしはおずおずと訊ねた。

「何の御用ですか、リードぼっちゃま、って言えよ。こっちに来るんだ」ジョンは肘掛け椅子に腰掛けると、そばへ来て自分の前に立つようにと、手で合図した。

ジョン・リードは十四歳の少年で、当時十歳だったわたしより四つ年上だった。年の割に大柄の太った子どもで、不健康にくすんだ肌をしていた。大きな顔にぼってりした目鼻立ち、手足も太くて大きかった。食卓では必ずがつがつ食べ、その結果が胆汁質の気質や、ぼんやりとうるんだ目、たるんだ頰に表れている。学校に行っていて当然なのに、ママによれば「虚弱な体質だから」という理由で、もう一、二か月前から家に引きとられていた。家から送ってくるケーキや砂糖菓子を減らせば、ジョンは健康回復すること間違いなし、と学校のマイルズ先生は言われたが、母親はそんな耳障りな意見などかえりみず、血色の悪いのは勉強しすぎのせい、それに家恋しさのせいもあるかもしれない、という都合のよい考えに傾きがちだった。

ジョンは母親や妹たちにあまり愛情を持っておらず、わたしのことは嫌っていた。週に二、三回どころか、一日に一、二回でも足りず、ひっきりなしにわたしを脅したり、いじめたりした。わたしの全神経がジョンを恐れ、近くに来られようものなら、全身の筋肉が一つ残らず縮み上がった。恐ろしさでどうしようもなくなることもあった。脅しやいじめを訴えるところがまったくなかったからである。使用人たちは、わたしの味方をしてジョンぼっちゃまを怒らせたいとは思わなかったし、リード夫人はこの点では何も見えず、何も聞こえない人だった。ジョンが目の前でわたしをぶったりののしったりしても、全然気づかない。母親のいないところでは、いじめはいっそうひどかった。

習慣的にジョンの指図に従って、わたしは椅子のそばへ行った。ジョンは、つけ根が痛くならない程度でできるだけ長く舌を突き出してみせた。それが三分間ほど続いたが、次はすぐに殴ってくるだろうとわたしは思い、それを恐れながら、不愉快で醜い顔をじっと見つめていた。相手にもそれが伝わったのかもしれない。ジョンはものも言わずに、いきなり力いっぱいわたしを殴った。わたしはよろけ、身体の平衡を取り戻そうと、椅子から一、二歩あとずさりした。

「今のは、おまえがさっき、ママに生意気な口をきいた罰だ。それに、カーテンの陰にこそこそ隠れるまねや、二分前のおまえの目つきの罰なんだぞ。このちび！」

ジョンの悪態には慣れていたので、言い返そうなどとは思いもよらなかった。悪態のあとに必ず来るであろう一撃にどう耐えるかが、わたしの気がかりだった。

「カーテンの陰で何してた？」

「本を読んでいたのよ」

「その本、見せてみろ」

わたしは出窓に行って、本を取ってきた。

「僕たちの本を持ち出す権利なんか、おまえにはない。おまえは居候《いそうろう》なんだ。ママが言ってる。一文なしなんだぞ。おまえの父さんはなんにも遺さなかったんだから。おまえなんか物乞いして暮らすのが当然で、僕たちみたいな立派なうちの子と一緒の家に住んで、同じ食事をしたり、ママのお金で洋服を買ってもらったりするなんて、とんでもない話だ。さあ、僕の本棚をかき回したらどんな目にあうか、思い知らせてやる。本はみんな僕のもの、この家は、そっくり全部僕のものなんだからな。今はそうじゃなくても、二、三年たてばそうなる。ドアのそばに行って、鏡と窓からは離れて立て」

ジョンがどうするつもりか、初めわからなかったが、わたしは命令に従った。だが、ジョンが本を持ち上げてこちらに投げつける姿勢をとるのを見ると、悲鳴を上げて本能的に飛びのいた。が、一瞬遅かった。飛んできた本が当たって、その勢いでわたしは倒れ、ドアに頭をぶつけてしまった。傷から血が流れ、鋭い痛みを感じた。恐怖は頂点を越え、別の感情が湧き上がってきた。

「意地悪！　ひどいわ！　人殺しみたい。まるで奴隷の監督よ。ローマの皇帝そっくり！」

ゴールドスミスの『ローマ史』を読んでいたわたしは、ネロやカリグラなどについて自分なりの意見を持っていて、そういう皇帝たちとジョンを、心の中でひそかに比較してみたこともあった。でも、それをこんなにはっきり口に出そうとは思っていなかった。

「何だと！　こいつ、僕にむかって、よくも言ったな。イライザ、ジョージアナ、今のを聞いたか？　ママに言いつけてやる。ただしその前に」

ジョンはそう言って、勢いよく飛びかかってきた。髪の毛と肩がジョンの手でつかまれたのを感じた。わたしは死に物狂いで、ジョンと取っ組み合いをしていた。やっぱりジョンは、暴君で人殺しだわ。頭から血が一滴、二滴と、首すじを伝って流れるのがわかった。刺すような痛み――そのためわたしは恐怖を一時忘れて、半狂乱でジョンと戦った。自分の手をどんなふうに動かしたか、あまり記憶にないのだが、ジョンが「ちくしょう、このちび」と大声でわめいていたのは覚えている。そこへジョンの援軍が駆けつけた。すでにイライザとジョージアナが二階のリード夫人のもとへ走り、夫人がベッシーとメイドのアボットを引き連れて到着したのだ。ジョンとわたしは引き離され、こんな言葉がわたしの耳に入った。

「まあ、まあ！　ぼっちゃまにかかっていくなんて、まともじゃありませんよ」

「こんな癇癪《かんしゃく》、見たことがない」

そして、リード夫人があとに続けて言った。

「赤い部屋に連れて行って、閉じ込めなさい」

たちまち四本の手に押さえられ、わたしは二階に連れて行かれた。

第2章

わたしはその途中ずっと抵抗し続けた。初めての態度だった。しかもそれは、わたしを悪い子だと思いがちのベッシーとアボットの気持ちを、いっそう強める結果になった。実際わたしは、少しわれを忘れていた。フランス人の言い方を借りれば、「自分の外に出て」いたと言うべきかもしれない。わずか一瞬の反抗のために、これまで経験したことのない罰を免れなくなったと知って、反乱奴隷のように捨てばちな気持ちに襲われ、こうなったら何でもやってやる、と心に決めた。

「両腕を押さえてて、アボットさん、この子ったら、まるで狂った猫みたい」

「まったくあきれるわ！」とメイドのアボットが言った。「若様をたたくなんて、ミス・エア、あなた、なんてことをするんでしょう！　恩人のぼっちゃまで、若いご主人様のことを！」

「ご主人様？　どうしてわたしのご主人になるの？　わたし、召使なの？」

「いいえ、召使よりも下ですよ。生活のために、何一つしていないんですからね。さあ、そこに座って、自分のしたことをよく考えてごらんなさい」

すでにわたしたちは、夫人に言われた赤い部屋に着いていて、二人はわたしを腰掛けにぐいと座らせたのだが、わたしは衝動的にぴょんと立ち上がろうとし、たちまち二人に押さえつけられた。

「おとなしく座っていないと、縛りつけますよ」ベッシーは言った。「アボットさん、あなたの靴下どめを貸して。わたしのじゃ、この子、すぐに切ってしまいそうだから」

紐にする靴下どめを太い脚からはずそうとして、アボットは脇をむいた。こうして紐が用意され、それによってこのうえどんな不名誉が加わるかを想像すると、わたしの興奮は少しおさまった。

「はずさないで！　もう暴れないから」とわたしは大声で言った。

そしてそれを保証するために、両手で腰掛けにしがみついた。

「きっとですね？」ベッシーはそう言って、本当におとなしくなったのをたしかめてから、押さえていた手を放した。それから二人はわたしの正気を疑うように、暗い不信の目でこちらの顔を見つめながら、腕組みをして立っていた。

「今までこんなまねはしたことなかったのよ」とうとうベッシーがアボットに言った。

「でも、前からそういう芽をひそませていたんでしょ」アボットは答えた。「この子のことを奥様に何度もお話ししたけど、奥様も同じ考えだとおっしゃったわ。陰険な子どもよ。この年でこんなにうまく猫をかぶる子、見たことありゃしない」

ベッシーはすぐには答えず、やがてわたしにむかって言った。

「あなたはね、リード夫人のお世話になっていることを、よくわきまえていなくちゃいけません。奥様に養われているんです。もしここから追い出されたら、救貧院に行くしかないんですからね」

こう言われると、返す言葉もなかった。初めて聞かされる話ではなかったからだ。物心ついた最初から、同じようなことを言われてきた。厄介者だという非難の言葉は、わたしにとって単調な歌のようになっていた。胸をふさぐように苦しく、意味は半分くらいしかわからない歌だ。さらにアボットも言った。

「だからあなたは、リード家のおぼっちゃま、お嬢ちゃまたちと自分が対等だなんて考えちゃいけないの。奥様はご親切で、あなたをお子様方と一緒に育ててくださっているんです。お子様たちはいずれお金持ちになられるでしょうけど、あなたは一文なしのまま。皆様に感じよく、謙虚にふるまうのが、あなたの本分なのよ」

「あたしたちがこんなことを言うのも、あなたのためを思えばこそなのよ」とベッシーが優しい声で言い足した。「役に立つ、明るい子になろうとしなさいね。そうすれば、ここにずっと置いてもらえるかもしれないわ。でも、癇癪《かんしゃく》を起こしたり、無作法をしたりすると、必ず奥様に追い出されてしまいますよ」

「それにね」今度はアボットが言う。「そういう子には神さまが罰をお与えになるでしょう。癇癪を起こしている最中に、一撃で命をお召しになるかも。そんなことになったら、その子が落ちていく先はどこかしら。さあ、ベッシー、あたしたちは行きましょう。何をもらったって、こんな子に好かれるのはいやよ。ミス・エア、一人になったらお祈りをしなさいね。悔いあらためないと、煙突から不吉なものが降りてきて、さらわれてしまうかもしれないからね」

二人はドアを閉め、錠を下ろして行ってしまった。

赤い部屋は予備の寝室で、誰かが休むことはめったになかった。それどころか、ゲイツヘッド邸をいっぱいにするような大勢のお客がやってきて、邸内の寝室が全部必要になるような事態でも起きない限り、決して使われないといってもよかった。しかもこの部屋は、屋敷中で最も広く、最も立派な寝室の一つだった。どっしりしたマホガニー材の脚に支えられた寝台に、真紅のダマスク織りのカーテンが下がり、それが部屋の真ん中にまるで聖櫃《せいひつ》のように据えられているのが目を引いた。いつもブラインドを下ろしたままの大きな二つの窓には、同じ真紅のカーテンが掛けられていて、その襞《ひだ》と花綱とで、窓は半分覆い隠されていた。絨毯《じゅうたん》も赤、寝台の足元のテーブルにも真紅の布が掛かっており、壁はかすかにピンクの混じった、薄い黄褐色だった。衣装簞笥《いしょうだんす》、化粧台、椅子などは、黒く磨き上げたマホガニーでできていた。こうした濃い影の中から高くそびえ、白く光って見えるのは、純白のマルセイユ織りのベッドカバーに覆われた枕とマットレスだ。寝台の枕元近くに置かれたクッションつきの大きな安楽椅子も白で、そばの足台とともに目立っていたが、それはわたしには青白い玉座のように見えた。

めったに火を焚《た》くことがなかったので部屋は冷え冷えとしており、子ども部屋や台所と離れているため、しんと静まり返っていた。人が足を踏み入れるのもまれだということが知れ渡っているせいか、荘厳な雰囲気だった。鏡や家具の上に静かに積もった一週間分の埃《ほこり》を拭き取るために、毎週土曜日になるとメイドが入ってくるだけで、そのほかにはごくたまにリード夫人が、衣装簞笥の秘密の引き出しの中身をあらために来るぐらいだった。引き出しの中には、いろいろな書類、夫人の宝石箱、それに亡き夫の小さい肖像画が一枚入っていたのだが、実は、赤い部屋の秘密――この立派な部屋を物悲しい場所にしている呪縛は、その最後のものに関係があった。

リード氏が亡くなったのは九年前だった。この部屋で息を引きとり、この部屋に安置され、柩《ひつぎ》は葬儀屋の手によってここから運び出されたのだ。そしてその日以来、暗い聖別の印象のために、人の近寄りがたい部屋になったのである。

ベッシーと意地悪なアボットから、動かないようにとわたしが命じられた場所は、大理石の暖炉のそばの低い腰掛けだった。目の前には寝台がそびえ、右手には背の高い衣装箪笥があったが、やわらかな光線をまだらに受けて、その黒っぽい鏡板の光沢に濃淡ができていた。左手にはカーテンを閉めた窓があり、その間にある大きな鏡には、人気《ひとけ》のない部屋と寝台の荘厳な姿が映っていた。二人が本当にドアの鍵を閉めて行ったかどうかさだかではなかったので、わたしは思いきって身体を動かし、立ち上がって調べに行った。ああ、やっぱり！　どんな牢屋より厳重に錠は下ろされていた。腰掛けに戻るときには鏡の前を通らなくてはならなかった。わたしの目は、深い鏡の底にわれ知らず引き寄せられた。幻の空洞である鏡の世界では、すべてが現実よりも冷たく暗く見えていた。そしてそこには、こちらをじっと見つめる、一人の奇妙な子どもの姿があった。薄暗がりに顔や腕を白く浮かび上がらせ、すべてが静まっている中で、恐怖におどおどと目を光らせている様子は、本物の亡霊のようだった。晩にベッシーの聞かせてくれるおとぎ話には、荒野の寂しいシダの谷間から出てきて、行き暮れた旅人の前に姿を現す、妖精とも子鬼ともつかない小さなお化けが登場するが、それにそっくりだった。わたしはもとの腰掛けに戻った。

迷信的な恐怖があったのはたしかだが、まだそれに完全に支配されてはいなかった。

わたしの血はまだ熱く、反旗を翻した奴隷のような気持ちで、その憤怒が力となってわたしを支えていた。さまざまな過去の記憶が勢いよくあふれ出てくる、その流れに対抗することのほうが、目の前の暗い現実にひるむより先だった。

ジョン・リードの横暴なふるまい、その妹たちの冷淡な高慢さ、母親がわたしに向ける憎悪、召使たちのえこひいきなどが、まるで濁った井戸の底の澱《おり》のように、わたしの乱れた心に浮かんできた。なぜわたしは、いつも辛い目にあうのだろう。なぜいつも怒鳴られ、責められ、とがめられるのだろう。気に入られようと努力しているのに、全然うまくいかず、ちっとも可愛がられないのはどうしてだろう。頑固でわがままなイライザは、皆から尊重されていた。甘やかされて意地悪で、揚げ足とりが得意な、横柄《おうへい》な態度のジョージアナは、何でも無条件に許されていた。ピンクの頰や金色の巻き毛の美しさが、見る者すべてに喜びを与え、どんな欠点も埋め合わせるかのようだった。ジョンとなると、何をしても罰せられないどころか、たしなめられることさえなかった。鳩の首をひねる、孔雀《くじゃく》の雛《ひな》を殺す、犬を羊にけしかける、温室の葡萄《ぶどう》をもぎ取る、温室の大事な植物の蕾《つぼみ》をちぎるなど、やりたい放題。母親を「ばばあ」と呼んだり、自分に似た母親の浅黒い肌をののしったり、頼まれたことをわざと無視したり、絹の衣装を破いてだめにすることもまれではなかった。それにもかかわらず、ジョンは「わたしの可愛い坊や」なのだ。一方、ひとつの落ち度もなくすべての義務を果たそうと努めるわたしは、手に負えない厄介な子だ、むっつりしていてずる賢い、などと、朝から晩まで一日中けなされ通しなのだった。

ジョンにぶたれた頭の傷からはまだ血が出ていて痛かった。わけもなくわたしを殴るジョンは誰にも叱られず、理不尽な暴力をそれ以上受けまいとして抵抗しただけのわたしは、みんなから非難を浴びるのだ。

「不公平よ！　ひどいわ！」辛い刺激によって一時的ながら早熟な力を得た、わたしの理性がそう言った。同じように刺激された決断力も、耐えがたい抑圧から逃れるために、思いもよらぬ手段——つまり、ここから逃げ出すとか、それができなければ、いっさい飲まず食わずで死を待つなどの道をそそのかした。

あのわびしい午後、わたしの心はなんと激しく騒いだことだろう。頭は乱れ、胸は荒れ狂っていた。しかもその精神的な葛藤は、なんという闇、なんという無知の中で行われたことか。なぜ自分はこんなに辛い目にあうのかという、絶え間ない心中の問いかけにわたしは答えることができなかった。あれから何年とはいわずにおくが、長い時がたった今なら、それがよくわかる。

わたしはゲイツヘッドの誰とも違う、目障りな存在だった。リード夫人やその子どもたち、あるいはお気に入りの家来たちと調和するようなところが、まったくなかった。屋敷の人たちがわたしを愛さなかったとしたら、わたしもみんなを愛さなかったのだ。誰とも協調できず、気質、能力、性質なども自分たちとは正反対の、まったく異質な子どもに好意を持たねばならない義務は、あの人たちにはなかった。何しろ、自分たちをおもしろがらせたり、楽しませたりすることのできない役立たずの子、待遇に憤りを覚え、自分たちの判断をひそかに侮蔑している不快な子ではないか。もしわたしが明るく快活な楽天家で、あれこれねだる器量よしのおてんば娘だったら、たとえ今と同じく寄る辺のない居候《いそうろう》の身だったとしても、リード夫人はもっと穏やかにわたしの存在を認めてくれただろう。子どもたちはもっと仲間意識を持って優しく接してくれただろうし、召使たちもあんなにわたしを子ども部屋の標的《スケープゴート》にすることはなかっただろう。

赤い部屋の日ざしが陰りはじめた。時刻は四時を過ぎ、曇りの午後はわびしい黄昏《たそがれ》へ移ろうとしていた。階段の窓を休みなく打つ雨音と、屋敷の裏の木立の間でうなる風の音が聞こえていた。次第に身体が石のように冷たくなり、それとともに勇気が衰えた。いつもの屈辱感、自信喪失、絶望的な憂鬱などが、残り火のようになった怒りの上に、いっそう勢いをそぐように覆いかぶさってきた。わたしは悪い子だと誰もが言う。ひょっとしたら、その通りかもしれない。絶食して死のうなどと、ついさっきも考えたではないか。そんな行為は、たしかに罪に違いない。それにわたしは、死を迎える準備ができているだろうか。あるいは、ゲイツヘッド教会の内陣の下の墓所が、魅惑的な目的地だというのだろうか。リード氏はあそこに埋葬されたと聞かされている。わたしはリード氏のことを思い出し、恐怖をつのらせながらも、亡き人のことを考え続けた。リード氏の記憶はなかったが、母の兄にあたる、わたしには実の伯父で、両親を亡くした幼いわたしを引きとってくれた人だ。亡くなる前には、わたしをわが子同様に育てるようにと、リード夫人に約束させたことも知っていた。夫人はおそらく、この約束を守っているつもりなのだろう。いや、その性格の許す範囲内では、守っていることになるのだろう。だが、夫の死後、血がつながってもいないよそ者を、どうして本当に愛することができただろうか。愛情を持てない、よその子どもの親代わりになることを誓わされてそれに縛られ、相性の合わないよそ者が家庭に入り込むのをこの先もずっと認めなくてはならないとは、夫人にとってきわめて苛立《いらだ》たしいことに違いなかった。

奇妙な考えが浮かんできた。もしリード氏が生きていたら、きっとわたしを可愛がってくれただろうと、わたしは固く信じて疑わなかった。部屋に座って、白いベッドと陰になった壁とを眺め、かすかに光る鏡にもときどき目をひきつけられながら、死者について聞いた話を思い出した。遺言が守られないためにお墓で安らかに眠れず、誓いを破った者を罰し、虐《しいた》げられた者の敵《かたき》を討つためにこの世に戻ってくる死者の話である。妹の子が受けている扱いに心を痛めたリード氏の霊が、教会の墓所か、あるいは見知らぬ死者の国かはわからないが、ともかくその居場所を離れて、この部屋のわたしの前に現れるかもしれない、とも思った。そこでわたしは涙を拭いて、すすり泣きをこらえようとした。あまり悲しんでいると、慰めようとしてこの世ならぬ声が聞こえたり、ぼうっと光る顔が闇の中から浮かび上がって、不思議な哀れみをもってわたしの上からのぞきこんだりするのではないかと恐れたのだ。これは理屈からいえば慰めであるにもかかわらず、実際に起きたら恐ろしいと思ったので、全力でそんな考えをもみ消そうとし、しっかりしよう、と自分に言い聞かせた。目にかかる髪をかき上げ、頭を上げて、思いきって暗い部屋の中を見回そうとした。すると、ちょうどそのとき、一筋の光がちらっと壁に落ちた。ブラインドの隙間から差し込む月の光かしら。いや、月の光は動かないけれど、この光は動いたわ――そう思って見ている間に、光はすっと天井に昇っていき、頭上で揺れていた。今のわたしなら、それはたぶん、芝生を横切って歩いて行く誰かの手にしたランプの光だろうと容易に察しがつくのだが、そのときには神経が昂《たかぶ》って、内心恐ろしいことを予期していたので、さっと動くその光をあの世からの幻の前触れだと思ったのだ。胸がどきどきし、頭に血がのぼった。翼のはばたくような音で耳はいっぱいになった。何かが近づいてくるようだ。何かにのしかかられて、息が苦しい。わたしは耐えられなくなって、ドアに駆け寄り、死に物狂いで錠を揺さぶった。外の廊下を走ってくる音がして、鍵が回り、ベッシーとアボットが入ってきた。

「ミス・エア、具合でも悪いの？」とベッシーが訊ねた。

「なんていう音を立てるんでしょう。身体中にがんがん響いたじゃないの！」アボットが大声で言った。

「ここから出して！　子ども部屋に行かせて！」とわたしは叫んだ。

「なぜ？　どこか痛いの？　何か見たの？」またベッシーが聞いた。

「ああ！　光が見えたの。幽霊が出てくるんだと思ったわ」わたしはベッシーの手をしっかり握っていたが、ベッシーはそれを振りほどこうとはしなかった。

「この子、わざとあんな声で叫んだのよ」アボットは、愛想をつかしたように言った。「まったく、あのすごい声！　ほんとに苦しかったのなら許すけど、あたしたちをここに呼びたくて、そのために叫んだのよ。ずるいやり方ね」

「いったいどうしたの？」別の、偉そうな声がした。帽子のレースをひらひらさせ、慌《あわただ》しい衣擦《きぬず》れの音を立てて、リード夫人が廊下をやって来たのだ。「アボットにベッシー、わたしが自分で来るまで、ジェインは赤い部屋に入れておくようにと言いつけたはずだけど」

「はい、奥様、でもミス・ジェインがあまり大きな声を立てたものですから」とベッシーが言い訳をした。

「放っておきなさい」夫人の返事はそっけなかった。「ほら、ベッシーの手を放すのよ、ジェイン。そんなことをして出してもらえると思ったら大間違い。わたしは小細工が大嫌いですよ、ことに子どもの小細工なんかはね。ずるいことをしても無駄だってことをわからせるのが、わたしの務めだわ。あと一時間、ここにいなさい。すっかりおとなしい、聞き分けのよい子になるまでは出してあげませんからね」

「ああ、伯母さん、お願いです、許してください！　とてもだめなんです。ほかの罰に替えてください。殺されてしまいます、もしも――」

「お黙り！　こんな大騒ぎ、むかむかしますよ」夫人は本心からそう感じていたに違いない。夫人の目にわたしは、小ざかしい芝居をする子に見えたのである。たちの悪い癇癪持ちで、さもしい根性の子、陰ひなたがあって油断のならない子、と夫人は信じていた。

ベッシーとアボットがさがり、身悶《みもだ》えして激しく泣きじゃくるわたしとともに残された夫人は、それ以上耐えられなくなり、いきなりわたしを部屋に押し戻すと、何も言わずに錠を下ろした。夫人の遠ざかる気配を聞いてまもなく、わたしは気絶したようだ。意識が遠のいて、この場の幕は下りた。

第3章

次に覚えているのは、恐ろしい悪夢を見たような気分で目を覚ましたことと、黒くて太い格子の向こうで真っ赤に燃えさかる炎が目の前にあったことだ。人の声も聞こえたが、その響きはうつろで、突風か急流に邪魔されているかのように聞きとりにくかった。興奮、不安、それにすべてに勝る恐怖が、心身の機能を混乱させていたのだ。まもなく誰かの手がわたしに触れ、抱き起こして座らせてくれるのがわかったが、その手つきにはそれまでに経験したことのない優しさがこめられていた。誰かの腕か枕に頭を預けると、気持ちがよかった。

五分ほどたつと、混乱の雲は霧散した。わたしは自分のベッドに寝ていて、赤い炎は子ども部屋の暖炉の火だとわかったのだ。夜になっていて、テーブルの上にろうそくが燃えていた。ベッシーが洗面器を持ってベッドの足元に立っており、枕元の椅子には一人の男の人が腰掛けて、こちらに身を乗り出していた。

ゲイツヘッドの人でなく、リード夫人の親戚でもない、よその人が部屋にいるとわかって、言いようのない安堵《あんど》――守られているという安心をわたしは感じた。ベッシーから目を離して（他の人、たとえばアボットがそばにいるよりも、ベッシーがいてくれてよかった）、男の人をよく見ると、見覚えがあった。召使が病気になるとときどき呼ばれてくる、薬剤師のロイドさんだ。ちなみにいうと、夫人や子どもたちが病気の場合に呼ばれるのはお医者さんなのだ。

「さて、わたしが誰だか、わかりますか？」その人が訊ねた。

ロイドさんでしょう、と言いながらわたしが片手を差し出すと、ロイドさんはにっこりしてその手を取った。「もうすぐよくなるよ」そしてわたしを横にならせ、ベッシーにむかって、この子が今夜はぐっすり眠れるように気をつけてやってほしい、と言いつけた。そしてさらに指示を与えると、また明日来ます、というようなことを言って、悲しいことに帰ってしまった。ロイドさんが枕元の椅子に座っていてくれる間は、気をつけて面倒を見てもらえる安心感があったが、その人が出て行ってドアが閉まると、部屋は暗くなり、再び心が沈んだ。言いようもない悲しみに押しひしがれる思いだった。

「眠れるかしら？」ベッシーが少し優しい調子で聞いた。

「眠ってみる」わたしは、やっとこう答えた。その先を続けるとぶっきらぼうになってしまいそうだったからだ。

「飲み物はほしくない？　それとも、何か食べられそう？」

「いいえ、いらないわ、ベッシー」

「それじゃ、わたしも休むわ。十二時を過ぎてますからね。でも、もし夜中に何か用があったら、わたしを起こしてかまいませんよ」

なんという優しさなのだろう！　わたしはそれに勇気づけられて、一つ質問をしてみた。

「ベッシー、わたし、どうしたの？　病気？」

「たぶん、赤い部屋で泣いたから具合が悪くなったんでしょう。きっと、すぐによくなりますよ」

ベッシーはメイドの部屋に行ったが、すぐ近くなので、ベッシーがこう言っているのが聞こえた。

「セイラ、あなたも子ども部屋に来て、一緒に寝て。今夜はあたし、とてもあの子と二人きりではいられない。あの子、死ぬかもしれないもの。気絶するなんて普通じゃないわよ。何か見たのかしら。奥様もちょっと厳しすぎたわ」

セイラがベッシーと一緒に来て、二人はベッドに入り、眠りにつくまで三十分くらい、ひそひそと話をしていた。わたしの耳に入るのは切れ切《ぎ》れの会話だったが、何のことを話しているのかははっきりわかった。

「全身真っ白な服を着た何かが、あの子のそばを通り過ぎて行って、すっと消えたって」――「その後ろに大きな黒犬が」――「寝室のドアを大きくコツコツとたたく音が三度」――「教会の旦那様のお墓の真上に、光るものが」――

とうとう二人は眠ってしまった。暖炉の火もろうそくも消え、わたしは眠れないまま、長く恐ろしい夜の過ぎるのを見守った。子どもだけが感じる恐怖で、目も耳も心も張り詰めていた。

この赤い部屋事件のあと、身体的な症状が悪化したり長びいたりすることはなかったが、神経に強い衝撃を受け、わたしは今でもその名残を感じている。そう、リード夫人、あなたのせいでわたしは、大変な精神的苦痛を味わいました。が、許すべきなのでしょう。あなたは自分のしていることがわからず、わたしの心を引き裂いていながら、悪い性質を直しているつもりでいたのですから。

翌日の昼までに、わたしは起きて服に着替え、ショールにくるまって、子ども部屋の暖炉のそばに座っていた。身体の力が抜けてぐったりした感じだったが、最悪の病は、どうしようもなく惨《みじ》めな心であった。涙が静かに流れて止まらず、頰の一滴を拭《ぬぐ》うそばから次の一滴がこぼれる、というありさまだった。しかしそれでも、今のわたしは幸せだという思いもあった。リード家の子どもはみんな、「ママ」と一緒に馬車で出かけて留守だったからだ。アボットも別の部屋で縫い物をしていた。ベッシーだけが、おもちゃを片付けたり引き出しを整理したりしながら、あちらこちら動き回り、いつにない優しさでときどきわたしに声をかけてくれた。毎日叱られ通しで、働いてもお礼一つ言われない生活に慣れたわたしのような子どもにとって、こんな状況は平和な天国に他ならないはずだったが、すっかり神経が弱っていたそのときのわたしには、どんな静けさも慰めにならず、どんな楽しみも楽しみとは思えなかった。

ベッシーは台所に降りて行き、綺麗な絵のついたお皿にタルトを載せて持ってきた。昼顔と薔薇の蕾《つぼみ》の花輪の中に極楽鳥の描かれたそのお皿は、いつもわたしの熱烈なあこがれの的で、手に取ってゆっくり眺めさせてほしいと何度も頼んだにもかかわらず、あなたにはとんでもない、と却下されてきたものだった。その貴重なお皿が、今は膝に置かれ、しかも、その上の丸いおいしいお菓子をおあがりなさい、と親切にすすめられているのだ。しかし、今頃になって願いをかなえてやると言われても、何になるだろう！　願っても願っても実現が先送りにされていた、他のいろいろな望みと同じで、来るのが遅すぎたのだ。タルトは食べられなかったし、鳥の羽も花の色も、妙に色あせて見えて、わたしはタルトごとお皿を押しやった。本はどう、とベッシーが聞いた。本という言葉に一瞬心を惹《ひ》かれ、わたしは書斎から『ガリヴァー旅行記』を持ってきて、と頼んだ。

幾度となく読み返して楽しんだ本である。わたしはこれを本当にあった話だと思っていて、おとぎ話よりも深いおもしろさを見出していた。というのも、妖精に会いたくて、ジギタリスの葉と釣鐘の形をした花の間、きのこの下、建物の古い壁の隅に茂る草の陰などを探しても見つからなかったので、妖精たちはもうイギリスを立ち去り、森がもっと自然のままに生い茂っていて人間の少ない、どこかひっそりしたところへ行ってしまったのだ、と悲しい結論をくだしていたからである。それに対して、小人国リリパットや、巨人国ブロブディングナグは地球の表面上に確固たる地歩を占める国であり、いつか長い船旅をすれば実際にこの目で見ることができると信じて疑わなかった――小人の国の小さな野原、木々、家々、小指のように小さな人々、牛、羊、小鳥など、また巨人国では、森のような高さの麦畑、巨大なマスチフ犬、怪物のような猫、塔のように長身の人たちなどの光景を。けれども、いざそのお気に入りの本を手にしてページをめくり、いつも必ず感じる魅力を求めて不思議な挿絵の数々を眺めてみると、すべてが不気味で味気なく感じられた。巨人はやつれた悪鬼のようだし、小人は意地悪で恐ろしい子鬼のようだし、ガリヴァーは危険で恐ろしい土地をさまよう、孤独なさすらい人に思われた。読む気をなくして、わたしは本を閉じ、手をつけていないタルトに並べて置いた。

ベッシーは部屋の掃除と片付けを終え、手を洗うと、小さな引き出しを開けた。中には絹や繻子《しゅす》の色鮮やかな小切れがたくさん入っている。ジョージアナのお人形のための新しい帽子を作りながら、ベッシーは歌を歌った。

はるかな昔
ジプシーのようにさまよいし頃

この歌は前にもよく聞いたことがあり、ベッシーの声もよかったので――少なくともわたしはそう思っていた――聞くのがとても嬉しいものだった。ところが今は、ベッシーの美声に変わりはないにもかかわらず、旋律がどうしようもなく悲しく感じられた。ときどきベッシーは仕事に余念がなくなると、リフレインの部分をとても低く、ゆっくりと歌った。それで、「はるかな昔」がまるで葬送の讃美歌の、悲しい一節のように響いた。ベッシーが次に歌った別の民謡のほうは、本当に憂いに満ちた歌だった。

足は痛んで、くたびれ果てて
山は険しく、行く手は遠い
月も隠れた、わびしいたそがれ

あわれなみなしご、ひとりゆく

こんなに遠く、なぜ追いやられたの
広がる荒野、灰色の岩だけ
人は冷たく、優しい天使だけ
あわれなみなしご、見守っている

夜風は遠くそよそよと吹き
曇らぬ空に星がまたたく
慈《いつく》しみ深き神の守りは
あわれなみなしごの、慰め望み

崩れる橋を踏みはずしても
鬼火さまよう沼に迷っても
父なる神は祝福をもて
あわれなみなしご、抱き取りたもう

われをはげますひとつの思い
寄る辺も宿もない子でも
天のわが家に憩いが待つ
あわれなみなしごの、友は神さま

「さあさあ、ミス・ジェイン、泣いてはいけません」歌い終わったベッシーが言った。そんなことは、まるで火にむかって「燃えるな」と命じるようなもので、無理に決まっている。だが、わたしを苦しめていた病的なほどの苦痛を、どうしてベッシーに理解できただろうか。午前中にロイドさんがまた訪ねてきてくれた。

「なんとなんと、もう起きていますね！」子ども部屋に入ってくると、ロイドさんはそう言い、「加減はどうです？」とベッシーに訊ねた。

とてもよくなってきました、とベッシーは答えた。

「それなら、もっと元気に見えてもよいはずだが。ミス・ジェイン、こっちにいらっしゃい。名前はたしか、ジェインでしたね？」

「はい、ジェイン・エアです」

「おや、泣いていましたね、ミス・ジェイン・エア。どうして泣いたか、話してくれますか？　どこか痛いの？」

「いいえ」

「ああ、泣いたのは、奥様と一緒に馬車でお出かけができなかったからでしょう」とベッシーが口を出した。

「まさか！　そんなことで拗《す》ねたりする歳ではないでしょう」

わたしもそう思った。そして、ベッシーの見当違いの言葉で自尊心を傷つけられたために、すぐにこう答えた。「生まれてから一度だって、そんな理由で泣いたことなんかありません。馬車でお出かけするのは大嫌いだし。わたし、不幸せだから泣くんです」

「まあ、そんなこと！」とベッシーが言った。

人のよい薬剤師は、少し当惑した様子だった。目の前に立ったわたしをじっと見つめている。灰色の目は小さく、それほど輝いているわけではなかったが、鋭い目だったと思う。怖い顔つきをしていたが、気立てはよさそうだった。わたしをじっくり見てから、ロイドさんは言った。

「昨日はどうして具合が悪くなったの？」

「転んだんですよ」とベッシーがまた口出しした。

「転んだとは！　またもや赤ちゃんみたいだな。この歳で、まだちゃんと歩けないんですか？　もう八歳か九歳になるでしょう？」

「殴り倒されたんです」再び自尊心を傷つけられた悔しさのあまり、包み隠しのない答えが、わたしの口をついて出た。「でも、そのせいで具合が悪くなったわけじゃありません」ロイドさんは、嗅《か》ぎ煙草《たばこ》を一つまみ嗅いだ。

煙草の箱をロイドさんがベストのポケットにしまおうとしたとき、召使の食事を知らせるベルの音が大きく鳴り響いた。それが何のベルか承知しているロイドさんは、ベッシーに言った。「ほら、あなたを呼んでいますよ。行ってらっしゃい。戻るまでに、わたしからミス・ジェインによく言い聞かせておきますから」

ベッシーはできればそこにとどまりたいようだったが、行かなければならなかった。食事の時間を厳重に守るのが、ゲイツヘッド邸のきまりだったからである。

「倒れたせいではない、とすると、原因は何だい？」ベッシーが行ってしまうと、ロイドさんは質問を続けた。

「幽霊の出るお部屋に閉じ込められたからです、それも暗くなるまで」

ロイドさんは微笑を浮かべ、同時に眉をひそめた。「幽霊？　ああ、やっぱり赤ちゃんだね。幽霊が怖いの？」

「リードさんの幽霊が怖いんです。あのお部屋で亡くなって、お棺もあそこに安置されたんですもの。行かずにすむなら、ベッシーだって他の人だって夜には行きたがらないお部屋なのに、わたしをたった一人で、ろうそくもなしに閉じ込めるなんて、残酷な仕打ちです。一生忘れません」

「そんなことだったか！　それでそんなに不幸せなの？　昼間でも怖いのかい？」

「いいえ、でもまたすぐに夜が来るでしょう。それにわたしは、とてもとても不幸なんです——別のことで」

「別のこととは？　少し話してごらんなさい」

この質問に対して何もかも話せたらどんなによかったことだろう。でも、答えを言葉にするのはとても難しかった。子どもというものは、感じることはできても、その感情を分析することはできない。思案の末、少し分析に成功したとしても、その結果を言葉に表す術を知らないのだ。しかしながら、人に伝えることで悲しみを和らげることのできる初めてで唯一の機会を逃すまいとして、黙ってあれこれ考えたあと、貧弱ながら、できるだけ真実の答えをまとめようと頑張った。

「ひとつには、両親も兄弟もいないからです」

「親切な伯母さんといとこたちがいるでしょう」

それを聞いて、わたしはまたためらい、それから不器用な言い方をした。

「でも、私を殴り倒したのはいとこのジョンだし、赤い部屋に閉じ込めたのは伯母さんなんですよ」

ロイドさんは、嗅ぎ煙草の箱を再び取り出した。

「ゲイツヘッド邸はすばらしいお屋敷だと思わないかね？　こんな立派なお屋敷に住めることをありがたく思わないの？」

「わたしの家ではありませんもの。アボットが言うには、わたしがここに住む権利は、召使以下なんですって」

「ばかな！　まさか、こんな申し分のないお家を出たいと思うようなおばかさんじゃないでしょう？」

「もしどこか、他に行くところがあったら、喜んで出て行きます。でも、大きくなるまでゲイツヘッドから絶対に出られないんです」

「ひょっとしたら出られるかもしれない。それは誰にもわからないですよ。リード夫人の他に親戚はいるの？」

「いないと思います」

「お父さんのほうの親類も？」

「わかりません。前に伯母さんに聞いてみたことがあるんですけど、そのとき伯母さんは、もしかするとエアという、低い身分で貧しい親類がいるかもしれない、わたしは知らないけどね、と言われました」

「そういう親類がいたら、その人のところに行きたい？」

わたしは考えた。貧乏は大人にとってもいやなものだが、子どもにとってはなおさらだった。勤勉な、恥じるところのない貧乏というものを、子どもはあまり知らない。貧乏という言葉から連想するのは、ぼろぼろの衣服、乏しい食事、火のない暖炉、お行儀の悪さ、品のない悪習などだった。わたしにとって貧乏とは、堕落と同義語だったのだ。

「いいえ、貧乏な人たちと一緒になるのはいやです」とわたしは答えた。

「その人たちが親切にしてくれても？」

わたしは首を横に振った。貧乏な人にどうして親切ができるのか、わからなかったのだ。貧しい人たちのように口をきくようになり、そのふるまいをまね、教育も受けず、ゲイツヘッドの粗末な家の戸口で子どもをあやしたり洗濯をしたりするのを見かけたことのある、貧しい女たちのようになるのはいやだ、と思った。階級を犠牲にして自由を求めようとする覚悟はわたしにはなかった。

「でも、あなたの親戚はそんなに貧しいの？　労働者階級なのかい？」

「知りません。わたしに親戚があったとしたら乞食同然の人たちに違いない、と伯母さんに言われました。物乞いなんか、したくありません」

「学校に行きたいと思う？」

わたしはまた考えた。学校がどういうところか、ほとんど知らなかったのだ。ときどき聞くベッシーの話によると、そこでは娘さんたちが姿勢を正すための板を背中につけ、足には枷《かせ》のようなものをつけて座っていて、非常にきちんと、しとやかにしなければならないとのことだった。ジョン・リードは学校が大嫌いで先生の悪口を言っていたが、ジョンの好みをわたしの尺度にはできなかった。学校の規律についてのベッシーの説明（それは、ゲイツヘッドに来る前の家のお嬢さんたちから聞いた話がもとになっていた）には恐るべきものがあったが、そのお嬢さんたちが身につけたたしなみを詳しく聞くと、恐怖に劣らぬ魅力も感じられた。風景や花の絵をどんなに美しく描いたか、どんな歌を歌い、どんな曲を弾いたか、どんなバッグを編み、フランス語の本をどんなに上手に翻訳できたか、などをベッシーはいかにも得意そうに話したので、聞いているうちに競争心をかき立てられた。それに、学校は完全な変化をもたらすに違いない。長い旅をしてゲイツヘッドを完全に離れ、新しい生活に入ることを意味した。

「学校にはとても行きたいです」考えた末の答えを、わたしはそういう言葉にした。

「なるほど、なるほど。先のことはわからないよ」ロイドさんは椅子を立ちながら言った。そして、「この子には転地が必要だ。神経がかなり参っているからな」と独り言を言った。

そこへベッシーが戻ってきた。同時に、砂利道《じゃりみち》を入ってくる馬車の音が聞こえた。

「あれは奥様のお帰りですか？　失礼する前に、奥様にお話があるのですが」

ロイドさんがそう言ったので、ベッシーは、では朝食室にどうぞ、と答えて案内して行った。その後の成り行きから考えると、ロイドさんはこのときの会見で、私を学校にやるようにとリード夫人にすすめたと思われる。提案は二つ返事で承諾されたようだ。というのは、ある晩わたしがベッドに入ったあと、子ども部屋で針仕事をしていたアボットとベッシーがその件について、こんな話をしているのを聞いたからである。わたしがもう眠っていると思って、アボットは言った。「奥様がおっしゃったわ、いつもみんなを監視したり、こそこそと悪巧みしたりしているみたいな、たちの悪い厄介な子を追い出すことができて、ほんとに嬉しいって」アボットはわたしのことを、昔の火薬陰謀事件の主謀者として悪名高いガイ・フォークスの子ども版だと信じていたようだ。

その夜のアボットの話から、他にも初めて知ったことがあった。わたしの父が貧しい牧師であったこと、母は身分違いで釣り合わない相手だと身内から反対されたにもかかわらず、それを押し切って父と結婚したこと、その不従順が父親の怒りを買って、一シリングの財産もなしに勘当されたこと、結婚の一年後に、父は教区内の大きな工場町の貧しい人たちを見舞っていて流行中のチフスにかかり、それが母にもうつって、二人とも一か月と間を置かずに亡くなったということなどである。

アボットの話を聞いたベッシーは、「ミス・ジェインも気の毒ねえ、アボット」とため息をついた。

「そうね、可愛い良い子なら、孤独な身の上に同情するかもしれないけど、あんないやな子のことなんか、気にかける気持ちになれないわよ」とアボットが答えた。

「たしかにねえ、あまり同情もできないわね。少なくとも、ジョージアナお嬢様のような器量よしなら、同じ境遇でももっと同情を誘うでしょうに」

「ほんとよ！　あたし、ジョージアナお嬢様が好きでたまらないわ」アボットは熱のこもった口調で声を上げた。「すごく可愛いんだもの！　長い巻き毛、青い目、それにあの綺麗な肌の色！　まるで絵に描いたようじゃない！　ねえ、ベッシー、夕飯のことだけど、あたし、チーズトーストが食べたいな」

「あたしも。焼き玉ねぎ付きでね。さ、行きましょう」二人は出て行った。

第4章

ロイドさんとの話や、いま述べたようなベッシーとアボットの話のおかげで希望が湧き、わたしは早くよくなりたいと願った。変化は近い——期待を胸に秘めて、わたしは静かに待った。けれどもその訪れは遅く、何週間かが過ぎた。身体はもとに戻ったのに、心を占領している問題について、新しい動きは何一つ見られなかったのだ。リード夫人はときどき厳しい目つきでわたしを見つめたが、話しかけることはめったになかった。わたしの病気以来、夫人は自分の子どもたちとわたしとの間に、それまで以上にはっきりした線を引いて分け隔てをするようになった。一人で眠るようにと小さな部屋をわたしにあてがい、食事も一人でとるように命じ、いとこたちが客間で遊んでいるときでも、いつもわたしだけ子ども部屋に残らせるのだった。学校の件については、気配すら見せなかった。しかしながら、わたしを屋敷に置くことにもう長くは耐えられまい、とわたしは本能的に確信を抱いた。わたしを見る夫人の目に、それまで以上に深く、抑えきれない憎悪がこめられていたからだ。

イライザとジョージアナは母親の言いつけを守っているらしく、できるだけわたしとは口をきかないようにしていた。ジョンはわたしを見るたびに、口の中で舌を横に突き出し、頬をふくらませて見せた。手を出そうとしたことが一度あったが、前にもわたしにすさまじい行動をさせた、激しい怒りと自暴自棄の反抗心を再びかき立てられてわたしが直ちに反撃に出たため、ここはやめておくほうがいい、と考えたらしい。悪口雑言を並べ立て、鼻がつぶれるほどあいつに殴られた、と訴えながら逃げて行った。ぶったのは事実で、わたしはできるだけの力をこぶしにこめてジョンの鼻を思いきり殴りつけ、その一撃か、あるいはわたしの形相のためにジョンがひるんだのを見ると、勢いに乗ってさらに戦おうとした。が、ジョンはもう母親のそばに行っていた。そして、「性悪のジェイン・エア」が狂った猫みたいに僕に飛びかかってきたんだよ、と泣きながら言いつけはじめたが、ぴしゃりとはねつけられるのが聞こえた。

「ジョン、あの子のことをわたしに言わないでちょうだい。そばに寄っちゃいけないと言ったでしょう。とるに足りない子なの。うちの子どもたちには、あの子と遊んでもらいたくないんですよ」

これを聞くと、わたしは階段の手すりから身を乗り出して、何も考えずに叫んだ。

「そっちこそ、わたしと遊ぶ資格なんかないのよ」

リード夫人は太り気味の体格だったが、思いもよらぬこの不敵な言葉が耳に入ると、階段をすばやく駆け上がってきて、旋風《つむじかぜ》のようにわたしを子ども部屋にさらって行ったかと思うと、乱暴にベッドの端に掛けさせた。そして、今日一日、ここから立ったり、ものを言ったりしたらただではすみませんよ、と語気も鋭く言い渡した。

「リード伯父さんが生きていらしたら、何とおっしゃるでしょう」わたしは、意志とはほとんど無関係に、そう詰問した。というのは、意志の許可なしに舌が勝手にしゃべったようだったからである。わたしに抑えられない何者かが言葉を発していた。

「何ですって?」夫人は小声で言った。いつもは冷たく落ち着いた灰色の目が、恐怖のせいなのか不安げになり、わたしの腕をつかんだ手を放すと、これはいったい人間の子どもなのだろうか、悪魔かもしれない、と疑うようにわたしをじっと見つめた。ここまで来たら、わたしもあとへは引けなかった。

「伯父さんは天国にいらして、伯母さんが考えたりしたりすることを、全部見ていらっしゃる。わたしのお父さんとお母さんも見ているわ。伯母さんがわたしを一日中閉じ込めたことも、わたしなんか死ねばいいと願ったことも、天国ではみんなお見通しなんですからね」

リード夫人はすぐに元気を取り戻し、わたしを力いっぱい揺さぶって両耳を打つと、一言も言わずに出て行った。言葉の不足を補ったのはベッシーで、一時間もお説教をし、あなたほどわがままな悪い子はどこにもいませんと言いきったが、その言葉にわたしもわれながら納得するほどだった。心に悪い感情が渦巻いているのが、自分でも感じられたからだ。

十一月、十二月、そして一月の半分が過ぎていった。ゲイツヘッド邸では、例年通りの賑やかさでクリスマスと新年が祝われた。贈り物の交換、晩餐会、パーティーの数々――もちろん、わたしはそのどれからものけ者にされていた。わたしの分け前といえば、毎日イライザとジョージアナが身につける衣装を拝見し、たとえば薄いモスリンのドレスに深紅のサッシュを締めて着飾った姿で、巻き毛も念入りに整えて客間に下りていくのを見送ることだった。そのあとは、階下のピアノやハープの調べ、執事や召使の行き来する気配、料理や飲み物が手渡されるときのグラスや陶器の音、そして、客間のドアが開け閉めされるときに、切れ切《ぎ》れに聞こえるざわめきに耳を澄ますこと――それに飽きると、わたしは階段の下り口から離れて、しんと寂しい子ども部屋に引っ込むのだった。子ども部屋にいると、少し悲しくはあったが、惨《みじ》めではなかった。本当のことを言うと、お客様のところに出て行きたいとはまったく思わなかった。行ってもほとんどかまわれないからだ。ベッシーさえ愛想よく優しくしてくれるなら、立派な紳士淑女でいっぱいの部屋でリード夫人の怖い目でにらまれながら過ごすより、ベッシーと静かに過ごす夜のほうを嬉しく思ったことだろう。けれどもたいていベッシーは、お嬢様たちの支度をすませるとすぐにろうそくを持って、女中頭の部屋とか台所とかの賑やかな場所に行ってしまうのだった。そういうとき、わたしはお人形を膝にのせ、薄暗い部屋の中に自分より悪い何かがいないかたしかめるためにときどきまわりを見回しながら、暖炉の火の勢いが衰えるまで座っていた。残り火が鈍い赤色になると、服の紐や結び目を力いっぱい引っ張って大急ぎで着替え、ベッドにもぐりこんで寒さと暗さを凌《しの》ごうとした。ベッドにはいつもお人形と一緒に入った。人間には何か愛するものが必要だ。愛情をそそぐ相手として他にたしかなものを持たないわたしは、小さいかかしのようにみすぼらしい、色あせたお人形を可愛がる楽しみを見つけたのだった。感情のある生き物のようにさえ感じて、そのちっぽけなお人形をどんなに一途《いちず》に溺愛したか、今思うと当惑するほどだ。寝巻の腕に抱いていないと眠れなかったし、暖かそうにちゃんとくるまっていれば、お人形も満足だと思って、わたしもそれなりに幸せだった。

お客様の帰りを待つ時間は長く感じられた。ベッシーが上がってくる足音がしないかと耳を澄ましていたものだ。その間にときどきベッシーは、指ぬきや鋏《はさみ》を取りに来たり、場合によっては、ロールパンやチーズケーキなどを夕食代わりに持ってきてくれたりした。そして、わたしがそれを食べている間、ベッドに座って待ち、食べ終わるとわたしを布団に寝心地よくくるんで、二回キスしながら「お休みなさい、ミス・ジェイン」と言うのだった。こんなふうに優しいときのベッシーは、世界一美しく、親切でいい人に思われた。普段はよくわたしを小突いたり、小言を言い、やたらにこき使ったりするベッシーが、そんなことをやめて、いつものそのときのように機嫌よく優しく接してくれたら、と心から祈ったものだった。ベッシー・リーは、生まれつき、よい素質に恵まれた娘だったと思う。何をさせても手際よくやってのけ、お話のこつも心得ていた。おとぎ話を聞いた印象から、とにかくわたしはそう思う。顔や外見についてのわたしの記憶に間違いがなければ、美人でもあった。黒い髪に黒い目の整った顔立ちで、綺麗な色の肌の、ほっそりした若い女性だったと記憶している。気まぐれでせっかちなところがあり、道義とか正義とかについては関心がなかったが、そんなベッシーを、わたしはゲイツヘッドの誰よりも好きだった。

一月十五日、朝九時ごろのことであった。ベッシーは朝食に降りて行っていていなかった。三人の子どもたちは、まだママのところに来るようにと呼ばれていなかった。イライザは、自分の鶏に餌をやりに行くため帽子をかぶり、暖かい庭着を着るところだった。これはイライザの大好きな仕事で、卵を女中頭に売ってそのお金を蓄えるのも、それに劣らず大好きだった。イライザには商才があり、貯金に夢中で、卵やひよこを売るだけでなく、花の根、種子、挿し枝などを庭師に高く売りつけていた。イライザが自分の庭のものを売りたがったら、なんでも買い上げるようにと、庭師はリード夫人から言い渡されていたのである。イライザときたら、高く売れるとなれば、自分の髪さえ切って売ったことだろう。集めたお金を、初めは端切《はぎ》れや使ったあとのカールペーパーなどに包んでどこかの隅に隠していたが、メイドに見つけられることがあってから大事な財産の紛失が心配になったらしく、母親に預けることにした。五割から六割という大変な高利を四半期ごとにしっかり取り立て、間違いのないように小さな帳簿にきちんと書きつけていた。

ジョージアナは高い腰掛けに座って、鏡を見ながら髪を結っていた。屋根裏の引き出しにたくさんしまわれているのを発見した、造花と色あせた羽根を、巻き毛に挿して飾ろうとしているのだった。わたしは自分のベッドを整えていた。戻ってくるまでにきちんとしておくようにと、ベッシーから厳しく命じられていたからだ。（その頃ベッシーは、子ども部屋の下働きでも使うように、部屋の片付けや椅子のちり払いなどの用事をしょっちゅうわたしにさせていた。）ベッドカバーを広げて掛け、寝巻をたたみ終わると、散らかった絵本やお人形の家の家具を片付けようと思って、出窓のところに行った。すると、すかさずジョージアナから、おもちゃはそのままにしておいて、と命令が飛んだので、わたしは手を止めた。（小さな椅子や鏡、優美なお皿やカップはジョージアナのものだった。）そしてもう他にすることがなかったので、花模様のように窓ガラスについた霜を息で溶かしはじめた。そうすると、外が見えるほどの透き通った場所ができる。すっかり霜で凍った外の世界では、すべてが石のように硬くなって静まり返っていた。

この窓から、門番の小屋と馬車道が見えた。窓ガラスの銀白色の霜を、ちょうど外が見えるくらいに溶かしたとき、門がさっと開いて一台の馬車が入ってくるのが見えた。馬車が上ってくるのを、わたしは特に関心もなく眺めていた。ゲイツヘッドにはよく馬車が来たが、興味を感じるような人を乗せてきたためしはなかったからだ。馬車は屋敷の正面で停まり、ベルが大きく鳴らされて、訪問者は中に通された。すべて、わたしには何の意味もないことだった。すぐにわたしの注意は、一羽の小さな駒鳥のほうへひきつけられた。窓のそばの、葉を落とした桜の木の枝に来て、おなかをすかせて鳴いている。わたしの朝食のパンとミルクの残りがテーブルの上にあったので、ロールパンを一口分ちぎって小さく崩した。そしてそれを外の窓敷居に置こうとして、窓枠を力いっぱい引っ張って開けようとしているところへ、ベッシーが階段を駆け上がって子ども部屋に入ってきた。

「ミス・ジェイン、エプロンをはずしなさい。そこで何をしてるの？　今朝は手と顔を洗いましたか？」これに答える前に、わたしは窓をもう一度引っ張った。小鳥にどうしてもパンを食べさせたかったからだ。窓は開き、わたしはパンくずを石の窓敷居や桜の枝にばらまくと、窓を閉めながら返事をした。

「いいえ、ベッシー、やっと今、お掃除がすんだところよ」

「なんてのんきで、手のかかる子なの！　今、何をしていたんです？　真っ赤なお顔をして、いたずらでもしていたみたいじゃありませんか。何のために窓なんか開けていたの？」

この質問には答えずにすんだ。ベッシーは、わたしの説明を聞く暇もないほど急いでいたからだ。わたしを洗面台に引っ張っていくと、石鹼《せっけん》と水とざらざらしたタオルで、わたしの顔と手を手荒く、しかし幸いにも簡単にこすった。それから毛の硬いブラシで髪を梳《と》かすと、エプロンをはずしてくれ、階段の下り口までわたしをせき立てて行った。人が待っていますからね、まっすぐ朝食室に行くのよ、と言うのだった。

誰が待っているのか、リード夫人も部屋にいるのか、聞いてみたかった。けれどもベッシーは行ってしまい、子ども部屋からは締め出されてしまっていた。わたしは、のろのろと降りて行った。夫人のそばへはもう三か月近くも呼ばれていなかったし、ずっと子ども部屋に入れられていたので、朝食室も食堂も客間も、びくびくせずにはとても入って行けない、恐ろしい場所になっていた。

　誰もいない廊下で、わたしは朝食室のドアを前にしていた。ぶるぶると震えながら、足を止めたままだった。不当な罰に植えつけられた恐怖のせいで、当時のわたしは何と惨めな臆病者になっていたことだろう。子ども部屋に戻るのも、部屋に進んで行くのも、どちらも恐ろしく、ためらいで揺れる心でそこに十分間ほど立っていた。朝食室から激しく鳴らされる呼び鈴の音がした。入るしかない、とわたしは決心した。

「いったい誰が待っているのだろう」両手でドアハンドルを回しながら、心の中で思った。ハンドルは堅くて、一、二秒の間、回すことができなかった。「伯母さん以外に、誰がこの部屋にいるのかしら。男の人？　女の人？」ハンドルが回って、ドアが開いた。わたしは部屋に入り、ていねいにお辞儀をしてから顔を上げた。目に入ったのは一本の黒い柱――その瞬間、少なくともわたしにはそう見えた。細くてまっすぐで、黒い服装をしたものが、敷物の上に直立している。てっぺんに載っている厳《いか》めしい顔は、柱頭として柱につけられた、彫刻のお面のようだった。

　リード夫人は暖炉のそばの、いつもの席に座っていて、こちらに来なさい、とわたしに合図した。近づいて行くと、夫人はその柱のような人にわたしを紹介した。「ご相談したいと申しましたのは、この子でございます」

男の人は、立っているわたしのほうへゆっくりと顔をむけ、濃い眉毛の下に光る、探るような灰色の目でわたしを観察してから、低い声で重々しく言った。「小柄な子ですな。歳はいくつです？」

「十歳でございます」

「おや、そんなに？」疑わしそうにそう言うと、何分間かわたしをじろじろと眺め、やがてわたしにむかって話しかけた。

「名前は？」

「ジェイン・エアです」

そう答えて、わたしは上を見た。背の高い人のように思ったが、当時のわたしはとても小さかった。顔の造作の一つ一つが大きく、目鼻立ちも身体の線もすべて、いかつくて堅苦しかった。

「では、ジェイン・エア、あなたは良い子ですか？」

はい、と答えることはできなかった。わたしのまわりの小さな世界では、みんなが反対の意見を持っていたからである。わたしは黙っていた。代わりにリード夫人が、意味深長に首を振って見せ、すぐに言葉を足した。「そのことでしたら、言わぬが花、かもしれませんわ、ブロックルハースト様」

「それは遺憾《いかん》なことです！　少しこの子と話をする必要がありますな」その人は垂直の姿勢を折り曲げ、リード夫人の向かいの肘掛け椅子に腰をおろして「ここに来なさい」と言った。

わたしは敷物の上を歩いて行き、その人の正面に立たされた。ほぼ同じ高さで向き合って見ると、何という顔だっただろう！　巨大な鼻と口、それに大きく出っ張った歯！

「言うことを聞かない子を見るほど悲しいことはありません。女の子の場合は特にそうです。悪い子は死んでからどこへ行くか、知っていますか？」

「地獄です」わたしはすぐに型通りの返事をした。

「で、地獄とはどんなものか、わかりますか？」

「燃える火でいっぱいの穴です」

「それで、その穴に落ちて、永久に焼かれたいと思いますか？」

「いいえ、いやです」

「そうならないためには、どうすればいいですか？」

わたしは少し考えた。その結果出てきたのは、あるまじき答えだった。「健康を保って、死なないようにすることです」

「どうして健康でばかりいられるのかね？　あんたより小さな子が、毎日死んでいるのですよ。ほんの二日ばかり前にも、五歳の幼な子を葬ったところです。良い子だったから、その魂は、今では天国にあります。もしあんたが召されても、同じことが言えるかどうか、危ぶまれますね」

そう言われても答えようがなかったので、わたしはただ、敷物に植えられたような、大きな二つの足に目を落とし、遠くに逃げたい、と念じながらため息をついた。

「そのため息が心からのもので、立派なご恩人の悩みの種になっていることを後悔しているのならよいがね」

「恩人？　恩人ですって？」わたしは心の中で言った。「みんな、リード夫人をわたしの恩人だと言うのね。もしそうだとしたら、恩人って不愉快なものだわ」

「朝晩、お祈りをしていますか？」審問が続いた。

「はい、しています」

「聖書は読みますか？」

「ときどき」

「喜んで？　聖書が好きですか？」

「黙示録、ダニエル書、創世記、サムエル記が好きです。出エジプト記が少し、列王記と歴代誌とヨブ記とヨナ書にも、好きなところがあります」

「では、詩編は？　もちろん、好きでしょうね」

「いいえ」

「好きでない？　それはけしからん。わたしにはあんたより小さい子どもがいるが、詩編を六つも暗記していますよ。ショウガ入りのクッキーを一つ食べるのと、詩編の一節を覚えるのと、どちらがいいかと訊ねると、「もちろん、詩編だよ。詩編は天使の歌だもの。ぼくは地上の小さな天使になりたいんだ」と答えます。だから、あどけない信仰心のご褒美に、クッキーを二つもらうことになるんですよ」

「詩編はおもしろくありませんから」

「それは悪い心を持っている証拠です。その心を変えてくださるように、新しい清い心を授けてくださるように、神さまにお祈りしなくてはいけません。「石の心を除き、肉の心を」（「エゼキエル書」十一章十九節）と聖書にも書かれている通りです」

どうすれば心が変えられるのかを質問しようとしているところに、リード夫人が口をはさみ、座るようにとわたしに言うと、会話を自分で進めはじめた。

「ブロックルハースト様、三週間前にさしあげたお手紙に、この子がわたくしの望むような性格や気質ではないことを書いたつもりでございます。この子をローウッド校にお入れくださり、校長先生や他の先生方から厳しく監督していただけたら――そして何よりも、嘘をつくという、最大の欠点に気をつけていただけましたら、とても嬉しく存じます。このことは、あなたの前でお話ししておきますよ、ジェイン、あなたがブロックルハースト様を欺《あざむ》こうと企んだりしないようにね」

わたしがリード夫人を恐れ、憎むのも、無理はなかった。こんなふうに残酷にわたしを傷つけるのが夫人の性格であり、わたしは夫人の前で幸せを感じたことが一度もなかったからだ。どんなに気をつけて言いつけに従い、どんなに一生懸命努力して気に入ってもらおうとしても、こんな言葉で報いられ、拒絶されるのだ。よその人の前で言われたこの非難は、胸にこたえた。夫人は、わたしを送り込むことに決めた新しい生活から、早くも希望を消そうとしている――おぼろげながら、わたしはそれに気がついた。その感情を言い表すことはできなかったが、わたしが行こうとする道に嫌悪と酷薄の種をまいているのだと感じた。夫人によってわたしはねじ曲げられ、企みに長《た》けた邪悪な子どもとしてブロックルハースト氏の目に映るようにされてしまった。この不名誉を挽回するために、いったいどうすればいいのだろうか？

「だめだわ、どうしようもない」わたしは必死で嗚咽《おえつ》をこらえ、無力のしるしでしかない、苦悩の涙を急いで拭《ぬぐ》った。

「子どもが人を欺くのは、実に悲しむべき欠点です。嘘をつくのと変わりません。嘘つきは、火と硫黄《いおう》の燃える池に落ちる運命ですよ。とにかく、奥様、この子はお預かりいたします。テンプル先生はじめ、先生方によく話しておきましょう」とブロックルハースト氏が言った。

「この子の将来にふさわしく教育していただけたらと存じます。役に立つ、謙虚な人間になりますように」とわたしの恩人は続けた。「それから、できましたら休暇もずっとローウッドで過ごさせてくださいませ」

「大変に賢明なお考えです。謙虚はキリスト教徒の美徳の一つですし、ローウッドの生徒には特にふさわしいものです。従ってわたしとしましては、その養成に特に配慮するように指示しております。生徒の虚栄心を抑制するにはどうすれば一番よいか、考察を重ねてきました。で、つい先日、成功した喜ばしい証拠を見たのです。わたしの二番目の娘のオーガスタが母親とローウッドを参観に来まして、帰るとこんなことを申しましたよ。『ねえ、お父様、ローウッドの生徒たちって、なんて地味で質素なんでしょう！　髪はみんな後ろに梳かしつけて、長いエプロン、ドレスには小さいポケットをつけて、まるで貧乏人の子どもみたい。絹の服を見たことがないみたいに、あたしとママのドレスを見ていたわ』とね」

「それこそ、わたくしの良しとする在り方でございます。イギリス中を探しても、ジェイン・エアのような子にこんなに適した学校は、めったに見つからないでしょう。ね、ブロックルハースト様、わたくしは、すべてに堅実を尊びますの」

「堅実はキリスト教徒の第一の義務ですのでね、奥様、ローウッド校に関するすべての面において、堅実が守られておるのです。粗衣粗食、簡素な設備、質実剛健の気風――これらは、日々、わが校及び生徒たちの指針として守られております」

「本当にけっこうなお話でございますわ。では、この子をローウッドの生徒として、この子の境遇と将来にふさわしい教育を授けていただけると考えてよろしいのですね?」

「お任せください、奥様。選び抜かれた苗木ばかりの苗木畑にお入れします。選ばれたことの、このうえない恩恵に、将来この子も感謝することでしょう」

「それでは、ブロックルハースト様、できるだけ早く行かせるようにいたします。と申しますのも、どうにも重荷になって参りました責任から、早く解放されたいと願うものでございますから」

「もちろん、そうでいらっしゃいましょうとも。では、わたしはこれで失礼させていただきます、奥様。わたしは一、二週間のうちに、ブロックルハースト館に戻ります。

友人の副監督が、それより早くは帰らせてくれそうもありませんのでね。新入生が一人行くとテンプル先生に知らせておきます。そうすれば、受け入れに関してまったく問題はないでしょう。ではまた」

「ごめんくださいませ、ブロックルハースト様。奥様はじめ、大きいお嬢様、オーガスタ様、セオドア様、ブロートンぼっちゃまにも、どうぞよろしく」

「はい、申し伝えます。そしてお嬢さん、ここに『子どもの道』という本がある。お祈りをして読みなさい。特に『嘘と欺瞞《ぎまん》を常習する悪い子マーサ・Gの、恐ろしい急死のお話』というのをな」

そう言ってわたしに表紙のついた薄い冊子を手渡すと、ブロックルハースト氏は呼び鈴を鳴らして馬車の支度を命じ、出て行った。

あとにはリード夫人とわたしの二人が残り、しばらくの間、どちらも何も言わなかった。夫人は縫い物をしており、わたしはそれを眺めていた。当時、夫人は三十六、七くらいだっただろうか。がっしりした体つきで、怒り肩にたくましい手足、背は高くなかった。恰幅《かっぷく》はよかったが、太りすぎというわけではない。やや大きめの、顎《あご》の張った顔で、額《ひたい》はせまく、下顎が目立って大きいが、口と鼻は普通に整っていた。薄い眉の下には無情な目が光っており、肌は暗くくすんで、髪は亜麻色に近かった。釣鐘のように丈夫な体質で、病気は決して夫人に近寄らなかった。厳格で巧みな管理の腕の持ち主だったので、家政も小作人も完全にその支配下にあり、ときにその権威を無視したり、ばかにしたりするのは子どもたちだけだった。夫人はよい服装をし、立派な装いを引き立たせるための貫禄と身のこなしを身につけていた。

夫人の肘掛け椅子から二、三ヤード離れた低い腰掛けに座って、わたしは夫人の姿や目鼻立ちをじっくりと眺めていた。手には、嘘つきの子の急死の話の載った冊子があり、その話はわたしにふさわしい教訓だからよく読むようにとのことなのだった。たった今起きたこと、わたしについてリード夫人がブロックルハースト氏に言ったこと、そして二人のやりとり全体が、まだ生々しく思い出されて、心が痛んだ。一語一語がはっきり耳に聞こえ、胸に刺さるようで、激しい憤りの念が湧き上がってきた。

リード夫人は縫い物から目を上げて、わたしの目を見た。それと同時に、せっせと動かしていた手が止まった。

「ここから出て、子ども部屋に戻りなさい」と夫人は命じた。わたしの表情か、あるいは他の何かが夫人には気に入らなかったに違いない。抑えてはいたが、強い苛立《いらだ》ちが、その口調にあったからである。わたしは立ち上がってドアまで行ったが、引き返した。部屋を横切って窓際に歩いて行くと、夫人に近づいた。

さあ、言わなくては。ひどく踏みつけにされたんだから、はね返してやらないと。でも、どうやって？　敵に報復するための、どんな力がわたしにあるだろう。わたしは力を奮い起こし、遠慮を捨てて言った。

「わたしは嘘つきではありません。嘘つきだったら、伯母さんが大好きだと言うところだわ。でも、はっきり言います、伯母さんなんか嫌いよ。ジョン・リードを別にしたら、世界で一番嫌いです。そして、この、嘘つきの子どもの話の載った本は、ジョージアナにあげるといいわ。嘘をつくのは、わたしじゃなくてあの子なんですからね」

夫人の手は、縫い物の上で止まったままで、氷のような目は、じっと冷ややかにわたしの目を見つめていた。

「他に言いたいことは？」子どもに話しかけるというより、大人を相手にするような口調で、夫人は言った。

その目、その声によって、わたしの反感がひとつ残らずかき立てられた。抑えきれない興奮で、頭から爪先まで全身に震えが走った。わたしは続けて言った。

「あなたと血がつながってなくてよかった。伯母さん、なんて、これから一生呼ばないつもりだし、大人になったら二度と会いに来ませんからね。もしも誰かに、伯母さんのことが好きだったか、とか、伯母さんにどんな扱いを受けたか、とか聞かれたら、こう答えるつもり――「あんな人、思い出すだけでぞっとするわ。ひどく残酷な仕打ちをされたのよ」ってね」

「よくもそんなことが言えたものね、ジェイン・エア」

「よくもそんなこと、ですって？　だって、ミセス・リード、本当のことですもの。わたしには感情というものがなくて、愛情や優しさなんかまったくなくても生きていけると思っていらっしゃるの？　そんなわけはありません。あなたは、思いやりがひとかけらもない人です。わたしを赤い部屋に押し込んだとき、どんなに手荒く中へと押し込んで鍵をかけたか、死ぬまで忘れないわ。息が止まるほど、もがき苦しんで「許して、リード伯母さん、許して」って泣き叫んでいたわたしをね。しかも、あんな罰を受けたのも、もとはと言えば、あの悪い子がわたしをぶったため――何もしていないわたしを殴り倒したためなんですからね。もし聞かれたら、誰にでもこの本当の話をします。みんな、あなたを善い人だと思っているけど、本当は悪い人です。冷酷な人です。あなたこそ、嘘つきよ！」

この言葉を言い終わらないうちに、かつて経験したこともない、自由と勝利の不思議な感覚でわたしの心はふくらみ、はずんだ。それはまるで、目に見えない枷《かせ》が吹き飛んで、思いがけない自由の世界に躍り出たかのようだった。無理もない気持ちだった。リード夫人にはぎょっとした様子が見え、膝から縫い物が滑り落ちていた。両手を上げて身体を前後に揺すり、泣き出しそうに顔を歪《ゆが》めている。

「あなたは思い違いをしているわ、ジェイン。いったい、どうしたの？　なぜそんなに激しく震えているの？　お水でも飲まない？」

「けっこうです」

「では、他に何かほしいものは？　わたしはね、ジェイン、あなたと仲よくしたいと願っているんですよ」

「願い下げだわ。わたしが悪い性格の嘘つきの子だって、ブロックルハーストさんに言ったでしょう？　あなたがどんな人で、どんなことをしたか、ローウッドの人たち全部に話すつもりよ」

「ジェイン、あなたにはわからないことなのよ。子どもの欠点というものは直さないとね」

「嘘をつくという欠点なんか、わたしにはありません！」高い声で、かみつくようにわたしは叫んだ。

「でも、ジェイン、あなたはすぐかっとなるわね。それは認めなくてはいけないわ。さあ、子ども部屋に帰りなさい。そしてね、いい子だから少し横になって休みなさいね」

「いい子じゃないし、横にもなれません。すぐに学校にやってください、ミセス・リード、この家にいるのは、いやでたまらないんです」

「本当に、すぐに学校にやるとしよう」夫人は小声でこうつぶやくと、縫い物をまとめて、さっさと部屋を出て行った。

あとにはわたし一人が、戦いの勝者として残された。それまでで一番激しい戦闘、そして初めて手にした勝利だった。わたしはしばらくの間、ブロックルハースト氏の立っていた敷物に立ち、戦勝者の孤独を味わっていた。初めのうちは昂揚して、微笑みを浮かべていたのだが、この激しい喜びは、速まっていた動悸《どうき》がおさまるのと同じ速さで静まっていった。わたしがしたように年上の人と言い争ったり、勢いに任せて激情をぶつけたりした子どもは、あとで必ず自責の念に駆られ、反動として訪れる冷気を味わわなくてはならないものである。夫人を責めたり脅したりしていたときのわたしの心が、すべてをのみ込もうとするかのように、生き物のような炎を上げて燃えさかるヒースの丘にたとえられるとしたら、火が消えたあとの黒く焼け焦げた丘の姿が、その後のわたし――静かに三十分間反省した結果、自分の行為がいかに気違いじみたものであったかを悟り、人から憎まれ、人を憎むことのわびしさを痛感する、わたしの心だった。

復讐というものを、わたしはこのとき初めて味わったのだ。香りのよいワインのように、喉越しは温かで、豊かな風味があった。しかし、あとには錆《さ》びた金属のような金臭さが残り、毒でも飲んだような感じがした。すぐに夫人のところに行って許しを乞いたかったが、そんなことをすれば夫人は軽蔑を二倍にふくらませてわたしをはねつけ、その結果、わたしの中の荒々しい衝動が再び呼び起こされることになるだろうということが、経験と本能とからわたしにはわかっていた。

激しい言葉を使うこととは別の能力をはたらかせたい、暗い怒りではなく穏やかな気持ちを心に抱きたい、という思いから、わたしは一冊の本を手に取った。アラビアの物語だった。腰をおろして読もうとしたのだが、まったく中身がのみ込めない。いつもなら惹《ひ》きつけられる、その本のページとわたしの間に、わたしの思いがちらついて邪魔をするのだ。わたしは朝食室のガラス戸を開いた。木々は静まり返り、日光や風に溶かされることもなく、霜が黒々と地表を覆っている。着ていたスモックの裾を持ち上げ、頭と腕を包むようにして、奥の木立のほうを歩いてみようと外に出た。静かな木々、秋の形見のような樅《もみ》の実、風に吹き寄せられて固まった朽ち葉色の落ち葉――そんな景色に喜びは少しも感じられなかった。わたしは門に寄りかかって、短い草が白く凍《い》てついているだけの、草を食《は》む羊も何もいない牧草地を眺めた。暗い灰色の日で、「やがて雪となりゆく」どんよりした空が天蓋《てんがい》のようにすべてを覆い、そこから時折はらはらと舞ってくる雪は、硬い小道や白い草地に落ち、溶けずにそこにとどまるのだった。惨めな気持ちでいっぱいの幼いわたしは、立ったまま小声で何度も自分にこう言った。「どうしたらいいのかしら？　どうしたらいいのかしら？」

そのとき突然、明るい声がした。「ミス・ジェイン、どこにいるの？　お昼ですよ」ベッシーだった。わたしにはよくわかっていたのに、動こうとしなかった。ベッシーが軽い足どりで小道をやってくるのがわかった。

「悪い子ねえ！　呼ばれたときに、どうして来ないんです？」

それまで考え込んでいたことに比べれば、ベッシーの登場は心を明るくしてくれそうに思われた。ベッシーはいつものように、少々不機嫌ではあったけれども。それに実を言うと、リード夫人と衝突し、勝利をおさめたあとだったから、子守り係の一時の立腹などはあまり気にならなかったのだ。むしろベッシーの若々しい陽気さにあやかりたいような気分だった。そこでわたしは両腕でベッシーに抱きつき、「ねえ、ベッシー、叱らないで」と言った。

これは、いつものわたしにない、率直で思いきった行為だったが、どうもベッシーを喜ばせたようだった。ベッシーは上からわたしを見て言った。

「あなたって、おかしな子ねえ、ミス・ジェイン。孤独なさすらいの子だわ。学校に行くことになるの?」

わたしはうなずいた。

「このベッシーを置いて行くのが平気なの?」

「ベッシーはわたしのことなんか、何とも思っていないでしょ?　いつも叱ってばかりで」

「それはあなたが、引っ込み思案でおどおどした、変な子だからですよ。もっと大胆にならないと」

「何ですって?　もっとぶたれるために?」

「また、ばかなことを!　でもたしかに、ちょっといじめられすぎているわね。先週、母があたしに会いにきたときに言ってたわ、自分の子どもならジェインのような境遇には置きたくない、って。さあ、入りましょう。あなたにいいこと聞かせてあげる」

「いいことなんか、あるはずないわ、ベッシー」

「まあ、この子ったら、何を言うの?　そんな悲しそうな目であたしを見て。やれやれ。でもね、聞いて。奥様とお嬢様たちとジョンぼっちゃまはお茶におよばれで、午後はお留守なの。だから、あたしと一緒にお茶にしましょう。コックに頼んで、あなたに小さいケーキを焼いてもらうわ。それからあなたの箪笥《たんす》の整理をするから手伝ってね。もうじき、あなたのトランクの荷造りをしなくちゃならないからね。奥様はあと一日か二日のうちにも、あなたをゲイツヘッドから発たせるおつもりらしいの。持って行きたいおもちゃも選んでね」

「出発までわたしを叱らないと約束してよ、ベッシー」

「そうね、約束するわ。でも、すごく良い子でいるのよ。それから、あたしを怖がらないこと。ちょっと厳しい言い方をしたとしても、びくびくしないで。あれって、腹が立つんだから」

「もう二度と怖がったりしないと思うわ、ベッシー。だって、もう慣れたもの。それにもうすぐわたしには、怖い人が別にできるでしょう」

「怖がると嫌われますよ」

「ベッシーもわたしが嫌い？」

「いいえ、あたしは嫌ってなんかいませんよ。他の誰より、あなたのことが好き」

「そうは見えないけど」

「まあ、はっきり言うわね。口のきき方がすっかり前と変わったみたい。なぜそんなに大胆になったのかしら」

「だって、もうすぐお別れだし、それに――」リード夫人とのやりとりを話そうかと思ったが、そのことは黙っていたほうがよいと思い直した。

「じゃ、あたしと別れるのが嬉しいの？」

「嬉しくなんかないわ、ベッシー。今では、どっちかというと悲しいくらい」

「今では！　どっちかというと！　なんて冷たいお言葉！　キスしてちょうだい、と今頼んだとしても、どっちかというとしないほうがいいみたい、とか言って、してくれないでしょうね」

「喜んでキスするわ。身をかがめて」そう言うと、ベッシーはかがんでくれて、わたしたちは抱き合った。わたしは楽な気分になって、ベッシーのあとから家に入った。平和で静かな午後が過ぎ、夜になるとベッシーは、とっておきのお話をいくつか聞かせてくれ、また一番美しい歌をいくつか歌ってくれた。わたしのような者の人生にも、太陽が輝いていた。

第5章

一月十九日の朝、時計が五時を打つか打たないかの時刻に、ベッシーがろうそくを持ってわたしの部屋に入ってきた。わたしはもう起きて、着替えもほとんど終わっていた。その三十分くらい前には起きて顔を洗い、ベッドのそばの細長い窓から差し込む、傾いた半月の光で身支度をすませていたのだ。その日、午前六時に門の前を通る乗合馬車で、わたしはゲイツヘッドを出発することになっていた。起きているのはベッシーだけで、子ども部屋の暖炉に火をおこして、わたしの朝食を用意してくれていた。旅に出ることで興奮している子どもは、たいてい食べ物が喉を通らないもので、わたしもそうだった。ベッシーはわたしのために、温めた牛乳にパンを浸して、これを少しでも食べてごらん、と熱心にすすめてくれたが、だめだとわかると、ビスケットを何枚か紙に包んで鞄に入れてくれた。それから、わたしがマントと帽子を身につけるのに手を貸してくれ、自分もショールをまとって一緒に部屋を出た。リード夫人の寝室の前を通るとき、ベッシーは「お部屋に入って、奥様にさようならを言いますか?」とわたしに訊ねた。

「いいえ、ベッシー、行かない。昨日の晩、ベッシーが夕飯に降りて行ってた間に、ミセス・リードはベッドのそばに来て言ったんだもの、明日の朝はわたしも子どもたちも起こさなくてけっこうよ、って。それから、わたしがいつもあなたとは一番の仲良しだったことを忘れずに、人にもそう言い、感謝するようにって」

「で、何とお返事したんです?」

「答えなかったわ。布団で顔を隠して、壁のほうをむいちゃった」

「それはいけませんね、ミス・ジェイン」

「ちっともいけなくないわ。仲良しなんかじゃなくて、ずっと敵なんだもの」

「まあ、ミス・ジェイン、そんなことを言うんじゃないの」

「さようなら、ゲイツヘッド!」廊下を通って、正面のドアを出るとき、わたしは大声でそう言った。

月は沈んで、外はとても暗かった。ベッシーの下げているランプが、雪どけで濡れた石段や砂利道《じゃりみち》に光を投げた。冬の朝はしんしんと冷え、馬車道を急ぐわたしの歯はかちかちと鳴った。門番小屋には明かりがついていて、わたしたちが行くと、ちょうどおかみさんが火をおこしているところだった。前の晩のうちに運び込まれていたわたしのトランクは、紐が掛けられ、ドアのそばに置かれていた。六時数分前だった。六時が鳴るとまもなく、遠くに車輪の音が聞こえ、乗合馬車の来るのがわかった。わたしは戸口に行って、暗闇の中をどんどん近づくランプの光を見守っていた。

「この子、一人で行くの？」と門番のおかみさんが訊ねた。

「ええ」

「だって、どのくらいあるの？」

「五十マイル」

「あら、そんなに！　この子をそんなに遠くまで一人で行かせるなんて、奥様はご心配じゃないのかしらねえ」

馬車は停まった。四頭立てで、上には乗客たちが座っている。馭者《ぎょしゃ》と車掌が大声でせき立てる中、わたしのトランクが積まれ、ベッシーにすがりついて何度もキスしていたわたしも、その首から引き離されることになった。

「よく面倒を見てやってくださいね」車掌がわたしを抱き上げて乗せるとき、ベッシーは大きな声で頼んだ。

「へい、へい」と言う返事とともに、扉がピシャリと閉められた。「ようし」と言う声がして、馬車が走り出し、わたしはベッシーとゲイツヘッドから引き離された。そして未知の、当時のわたしにとっては遠くはるかで神秘的なところへと、飛ぶような速さで運ばれて行ったのである。

旅の途中のことは、ほとんど覚えていない。記憶にあるのは、その日が異様に長く、何百マイルも走ったように感じたことだけだ。町をいくつか通り過ぎ、ある大きな町で馬車は停まった。馬がはずされ、乗客たちは食事のために馬車を降りた。わたしも宿屋に連れて行かれて、何かお食べ、と車掌にすすめられたが、食欲はまったくなかった。それでわたしは、両側に暖炉のある広い部屋にとり残された。天井からシャンデリアが下がり、壁の高いところに、いくつもの楽器を並べた小さな赤い棚がある。落ち着かない気持ちで、わたしは長いこと部屋の中を歩き回った。誰かが来て自分をさらっていくのではないかと、ひどく心配だった。ベッシーが炉辺で聞かせてくれたお話には人さらいがよく出てきたので、人さらいが本当にいると信じていたのだ。ようやく車掌が戻ってきて、わたしは再び馬車に乗せられた。わたしを預かっているその人は、馭者台に上がって、鈍いホルンの音を響かせた。L町の「石畳の道」を、馬車はがらがらと走った。

午後は雨になり、もやが立ちこめた。夕暮れが近づく頃には、ゲイツヘッドからずいぶん遠くに来たものだと感じずにはいられなかった。町を通ることはなくなり、土地柄が変わったことを示すかのように、地平線のあたりに大きな灰色の丘の連なりが見えてきたからである。夕闇の濃くなる頃、馬車は木々の生い茂る谷を下って行った。夜が来て、景色はすっかり見えなくなり、やがて木々を揺する激しい風の音だけが聞こえてきた。

その風の音を子守り歌のように聞きながら、わたしはうとうとと眠りに落ちた。しかしそれも束《つか》の間《ま》、馬車が突然停まって目を覚ますと、開いた扉の外に召使のような女の人が立っていた。ランプの光で、その人の顔と服装が見えた。

「こちらに、ジェイン・エアという女の子はいますか？」とその人が聞いたので、わたしは「はい」と答えた。すると、馬車から抱き降ろされ、トランクも降ろされたかと思うと、馬車はたちまち走り去った。

長い時間座り通しだったので身体がこわばり、馬車の揺れと騒音とで頭が混乱していたが、元気を奮い起こしてまわりを見回した。そこにあるのは風と雨と闇だけのようだったが、目の前に壁があり、そこについた扉が開いているのが何とか見分けられた。迎えてくれた人と一緒に、わたしはその扉を入った。その人は、扉を閉めると鍵をかけた。わたしに見えたのは、ずっと先まで続く建物——一棟なのか何棟もあるのかはわからなかったが、たくさんの窓があって、そのいくつかに明かりのついている建物だった。水たまりのある広い砂利道を行き、一つの扉から、わたしたちは中へと入った。そしてその人は、廊下を通って、暖炉に火のある部屋にわたしを案内すると出て行った。

かじかんだ指を火にかざして温めながら、立ったままでまわりを見回した。ろうそくはなかったが、ちらちらする暖炉の火で、壁紙を貼った壁、絨毯《じゅうたん》、カーテン、光沢のあるマホガニーの家具などが、時折浮かんで見えるのだった。そこは客間で、ゲイツヘッドの客間ほど広くも豪華でもなかったが、十分に快適だった。壁に掛けられた絵を見て、これは何を描いたものなのかしら、と考えていたところにドアが開いて、ろうそくを持った人が入ってきた。すぐ後ろに、もう一人が続いていた。

初めの人は長身で髪も目も黒く、額《ひたい》の秀でた、青ざめた婦人だった。ショールを身にまとい、威厳のある表情、端正な身のこなしだ。

「こんな小さい子を一人でよこすとはね」その人はそう言いながら、ろうそくをテーブルに置くと、少しの間、優しい目でわたしを見つめた。

「すぐに寝かせるといいわね。疲れた様子ですもの。疲れましたか？」わたしの肩に手を置いて、その人はわたしに聞いた。

「はい、少し」

「それにおなかもすいているに違いないわ。休む前に何か食べさせてやってくださいな、ミラー先生。それであなたは、ご両親から離れて学校に入るのは初めて？」

両親はいません、とわたしは答えた。するとその人は、両親が亡くなってどのくらいたつのか、歳はいくつで、名前は何というか、読み書きややさしい裁縫などはできるかなどと訊ねた。それから、人差し指で優しくわたしの頬に触れて「良い子になりましょうね」と言ってから、ミラー先生について行きなさい、と言った。

部屋に残った人は二十九歳くらいで、ミラー先生はそれよりいくらか若いように思われた。初めの人は、その声、容貌、態度などで、わたしに深い印象を与えたが、ミラー先生のほうはどちらかといえば平凡だった。疲れがにじんではいるが血色のよい顔、足どりも動作も気ぜわしく、いつもいろいろな仕事を抱えている人のようだった。助教師らしく見えたが、実際そうだということがあとになってわかった。わたしはこのミラー先生のあとについて、大きくて不規則な形をした建物の中を、部屋から部屋へ、廊下から廊下へと歩いて行った。どこも静まり返って、わびしい雰囲気だった。が、やがて大勢の人の声の混じりあった低い響きが耳に入ってきたかと思うと、たくさんのテーブルのある、広い部屋に出た。部屋の両端に二つずつ置かれた松材の大きなテーブルの上には、それぞれ二本のろうそくがついていて、テーブルのまわりの腰掛けには、九歳から二十歳くらいまでの、さまざまな年齢の女の子たちが座っていた。糸芯ろうそくのかすかな光で見ると、その数は膨大に思われたが、実際には八十人に満たなかった。全員が奇妙な仕立ての茶色の服に、亜麻布の長いエプロンをつけている。今は自習の時間らしく、明日のために小声で暗唱をする声が集まって、さっき聞こえた響きになっていたのだ。

ミラー先生は、ドアのそばの席に座るように、と身振りでわたしに合図してから、長い部屋の奥まで行って大声で言った。

「級長さんたち、教科書を集めて片付けなさい」

すると背の高い四人の女の子がそれぞれのテーブルから立ち上がり、本を集めて回って片付けた。ミラー先生が次の指示を出した。

「級長さんたち、夕食のお盆を持ってきなさい」

背の高い少女たちが出て行って、まもなく戻ってきた。手にしたお盆には、真ん中に水差しとマグ、それに何だかよくわからなかったが、切り分けられた何かの食べ物が載っていた。その食べ物は皆に回され、水が飲みたい人は共用のマグで飲むのだった。わたしは喉が渇いていたので、自分の番が来たときに水を飲んだが、食べ物には手を触れなかった。興奮と疲労のせいで何も食べられなかったからだ。配られた食べ物が、小さく切り分けた薄いオート麦パンだということはわかった。

食事が終わり、ミラー先生のお祈りがすむと、皆は二人ずつ並んで階段を上がっていった。この頃までにわたしは疲れ果てていたので、寝室がどんな様子かということにほとんど注意を払わなかった。教室同様、とても細長い部屋だと思っただけだった。その晩はミラー先生が一緒に寝てくれることになっていて、先生が着替えも手伝ってくれた。横になると、ずらりと並ぶたくさんのベッドが見え、それぞれのベッドに二人ずつの生徒がすばやくもぐりこむのが見えた。十分後にただ一つの明かりが消されると、真っ暗な静寂の中でわたしは眠りに落ちた。

夜が過ぎるのは早かった。疲労のあまり夢さえ見ず、一度目を覚ましたときには、風が猛烈に吹き荒れる音と、土砂降りの雨の降る音が聞こえ、横にはミラー先生がいてくださるのだと意識した。次に目を開けたときには、鐘が大きく鳴り響いていた。生徒たちは起きて着替えをしている。まだ夜が明けはじめてもおらず、部屋には灯心ろうそくが一本か二本、ともされていた。わたしもしぶしぶ起き上がったが、身を切るような寒さだ。震えながらも何とか着替えて、顔を洗うための洗面器の順番を待った。部屋の中央の台に一つずつ載っている洗面器は、一つを六人で使うため、空くまでには時間がかかるのだ。また鐘が鳴り、全員がきちんと二列に並んで階段を下りると、薄暗く冷え冷えとした教室に入った。ミラー先生のお祈りがあり、そのあと、先生が大きな声で指示を出した。

「級に分かれて」

するとしばらくの間大騒ぎが起こり、ミラー先生は「静かに！」「きちんと！」と何度も大声で注意を与えていた。騒ぎが静まってみると、生徒は四つに分かれ、それぞれが一組の机と椅子を前にして半円を描いて立っているのがわかった。全員が手に本を持ち、誰も座っていない椅子の前の机の上には、聖書のような大きな本が一冊ずつ置かれていた。少しの間静かになったものの、また小声のざわめきが起こり、ミラー先生が組から組へと回って、それを静めた。

遠くで鐘が鳴った。するとすぐに三人の女の先生が入ってきて、それぞれ机の前の席についた。ミラー先生は戸口に近い、四つ目の椅子に座ったが、そのまわりには一番年少の子どもたちが集まっていて、わたしもそこに呼ばれ、末席に加わった。

一日の日課が始まった。その日の祈禱文、聖書の一節に続いて、聖書の本文の数章が一時間にわたって、長々と読み上げられた。それが終わる頃には、すっかり夜が明けていた。これで四度目になる鐘の音が、しつこく鳴り響いた。一同は組ごとに整列し、朝食のために部屋を移動した。何か食べられそうだとわかって、なんと嬉しかったことか！　前日あまりにわずかしか口にしていなかったので、空腹で気分が悪くなりかけていたのだ。

食堂は天井が低く、暗くて大きな部屋だった。細長い二つのテーブルでは、何か熱いものの入った鉢から湯気が立っていたが、愕然としたことにその匂いは、食欲をそそるには程遠いものだった。それを食事としてあてがわれるはずの生徒たちの鼻にその匂いが届くと、みんなの顔に不満の色が浮かぶのがわかった。列の先頭にいる、背の高い最上級生たちの間にささやきが広がった。

「ああ、いやだ、お粥《かゆ》がまた焦げてる」

「静粛に！」という厳しい声──それはミラー先生ではなく、上級の先生の一人の声だった。髪の黒い小柄な先生で、感じのよい身なりではあったが、少々陰気な顔つきの人だ。その先生が一つのテーブルの上座に、また、もっと太った先生がもう一つのテーブルの上座についた。前の晩に初めに迎えてくれた先生を探したが、どこにも姿が見えなかった。ミラー先生はわたしのいるテーブルの端に、見慣れない外国風の、中年の婦人がもう一方のテーブルの端についたが、その人はフランス語の先生だとあとでわかった。長いお祈りが捧げられ、讃美歌が歌われた。それから召使が先生たちにお茶を運んできて、やっと食事が始まった。

わたしは気が遠くなりそうなほど空腹だったので、味のことなど考えもしないで、与えられたものを一さじ、二さじと、むさぼるように食べはじめた。しかし、激しい空腹感が少し落ち着くと、手にした食べ物が吐き気を催すほどひどいものだと気づいた。焦げたお粥は腐ったじゃがいもと同じようなもので、空腹ならかえってすぐに気分が悪くなってしまうだろう。皆のスプーンの動きは遅く、口に入れた食物をなんとか飲み込もうと、誰もが努力しているのがわかった。けれども、大部分の少女はまもなくその努力をあきらめた。食べた者のいない朝食が終わった。食べなかったものへの感謝の祈りを捧げ、讃美歌を歌うと、一同は食堂を出て教室に移動した。わたしは最後のほうだったので、テーブルのそばを通るとき、一人の先生がお粥の鉢を取って味見し、他の先生たちの顔を見回すところを見た。先生たちは皆、不機嫌な表情になった。太った先生が小声でつぶやいた。

「どうしようもないものね。まったくひどい話ですわ」

課業が次に始まるまで十五分あり、その間、教室は大変な騒ぎだった。この時間には、声をひそめたりせずに自由なおしゃべりが許されているらしく、生徒たちはその特権を活用していたからである。誰もが朝食のことを話題にし、口をきわめてののしっていた。かわいそうに、慰めはそれしかないのだった。部屋にいる大人はミラー先生一人で、大きい生徒たちが先生のまわりに集まり、真剣に怒った様子で何か言っていた。何人かの口からブロックルハースト氏という名前が出るのが聞こえた。ミラー先生は、感心しませんね、というように首を横に振っていたが、生徒の憤慨を抑えようとしている様子はなかった。先生自身も同感なのは間違いなかった。

教室の時計が九時を打った。ミラー先生は生徒たちの輪を離れると、部屋の中央に立って大きな声で言った。

「静粛に！　席について！」

規律が戻った。混乱していた群れは五分間で秩序を回復し、部屋いっぱいに広がっていた喧騒はかなり静まった。上級の先生たちも遅れずに席についたが、全員がまだ、何かを待っているように思われた。部屋の両側の腰掛けに八十人の少女たちが並んで、身動きもせずに背筋を伸ばして座っている——それは奇妙な一団に見えた。髪には巻き毛一つ見せずに地味に梳《と》かしつけ、襟飾りのついた高いカラーで襟元の詰まった茶色の服を着ている。スコットランドの人の財布のような形の、亜麻布の小さな袋を胸につけているのは裁縫道具入れらしく、毛織の靴下に、真鍮《しんちゅう》のとめ金つきの田舎じみた靴をはいていた。このおそろいの服装の生徒のうちの二十人以上が、十分に成長した少女、というより若い女性だったので、少しも似合っていなかった。一番器量のいい子でさえ、奇妙な印象を与えるのだった。

わたしは生徒たちを眺め続け、時折、先生たちも観察した。見ていて嬉しくなるような人は一人もいなかった。太った先生は少し品がないし、黒い髪の先生はかなり怖そうだし、外国人の先生は厳しく、異様に見えた。そしてミラー先生ときたらお気の毒に働きすぎで、日焼けした顔が紫色に見えた。こうして顔から顔へと目を移していたとき、まるで一つのばねで弾かれたように、全員が一斉に起立した。

いったいどうしたというのだろう――号令は何も聞こえなかったのに。困惑したわたしの心が落ち着くより前に、全員が再び着席した。だが、全員の目が今や一点に向けられていたので、わたしもそちらに目を向けた。するとそこには、前の晩に迎えてくれた女の人がいた。その細長い教室には両端に暖炉があり、その人は奥の暖炉の前に立ち、二列に座った生徒たちを黙って重々しく見渡した。ミラー先生が歩み寄って何か訊ね、答えを聞くと自分の席に戻って指示を出した。

「一組の級長さんたち、地球儀を持ってきなさい」

それが実行される間に、ミラー先生から質問を受けた婦人は、ゆっくりと前に進んだ。わたしには尊敬の能力が、かなり具わっていると思う。というのは、その人の歩みを目で追ったときの賞賛と畏敬の念を、今もよく覚えているからだ。昼間の光で見ると、色白で姿の良い、長身の婦人だった。穏やかな光をたたえた茶色の瞳と、それをとり囲む、綺麗な長いまつ毛が、広い額の白さを際立たせている。当時流行の髪形で、濃い茶色の髪は左右のこめかみのあたりで、いくつものカールになっていた。まっすぐな髪を束ねるのや、長い巻き毛は流行していなかったのである。ドレスも流行に沿ったもので、紫色の布地をスペイン風の黒いビロード飾りが引き立てていた。ベルトには金時計が(まだ懐中時計は今のように広まっていない頃だったが)輝いていた。この肖像への最後の仕上げとして、優雅な顔立ち、青白いが明るく澄んだ肌、そして威厳ある態度と物腰をつけ加えていただけるなら、読者はその脳裏に、テンプル先生の外面的な姿に関してできうる限り正確なイメージを浮かべたことになるだろう。ちなみに「マリア・テンプル」というお名前は、後に教会へ行くときにお預かりした祈禱書に書かれているのを見て知ったのだ。

ローウッドの校長であるテンプル先生は、机に置かれた一組の地球儀と天球儀の前に座ると、一番上のクラスをまわりに集めて地理の授業を始めた。年下のクラスはそれぞれの先生に呼ばれて、歴史や文法などのおさらいを一時間、続いて書き取りと算数を勉強した。年長の生徒には、テンプル先生の音楽の授業もあった。授業の時間は壁の時計で計られていたが、その時計が十二時を打つと、テンプル先生が立ち上がった。

「皆さんにちょっとお話があります」

授業終了による騒がしさがすでに始まっていたが、その言葉で声が静まった。先生は続けた。

「今朝の朝食は、皆さんの食べられないようなものでした。きっとおなかがすいていているに違いありません。チーズとパンを軽食として、全員に出すように指示しておきました」

先生たちは驚いたようにテンプル先生を見た。

「これはわたくしの責任ですることです」テンプル先生は、他の先生たちに説明するようにつけ加えると、すぐに部屋を出て行った。

まもなくパンとチーズが運ばれてきて配られると、みんな大喜びで生き返ったようになった。次に「校庭へ！」という指示が出された。生徒たちが、染めた木綿紐のついた粗末な麦わら帽子をかぶり、灰色の毛織の外套を着るのを見て、わたしもそれにならい、あとについて戸外に出た。

校庭は、外の景色がまったく見えないほどの高い塀で囲まれた広い場所だった。片側は屋根つきのベランダで、たくさんの小さな花壇に仕切られた庭の中央の部分を、広い遊歩道がとり囲んでいた。花壇は生徒たちの園芸用で、それぞれ持ち主が決まっていた。花がいっぱいに咲くときにはさぞかし美しいのだろうが、一月の末という季節なので一面に生気のない茶色で、わびしく荒涼としていた。わたしは立ったまままわりを見回し、身震いした。外で運動をするには険悪な空模様だった。雨ではないが、黄色っぽい霧が立ちこめて薄暗かった。前日の雨で、足元の地面はまだぬかるんでいた。元気のある生徒たちは走り回って活発に遊んでいたが、やせて青白い顔の少女たちは寒さと霧を避けようと、ベランダに身を寄せ合っていた。震える身体に濃い霧がしみ込むと、その子たちがしきりに咳をするのが、わたしにもよく聞こえた。

このときまで、わたしは誰にも話しかけていなかったし、わたしに注意を向ける者も誰もいないようだった。一人ぼっちで立っていたが、孤独には慣れていたので、それほど憂鬱にはならなかった。ベランダの柱に寄りかかり、灰色の外套をしっかり身体に巻きつけた。身体を凍えさせる外界の寒さと、内からわたしを苦しめる、満たされない飢えを忘れようと、わたしは観察と考え事にふけろうとした。このときの思いは、あまりに漠然としていて断片的で、ここに記すほどのことでもない。自分がどこにいるのかもよくわからなかった。ゲイツヘッドと過去の世界は、はるかかなたに漂って行ったように思われ、現在は漠然としてよそよそしく、未来はまったく予測できなかった。わたしは修道院のような庭を見渡し、建物を見上げた。大きな建物の半分は灰色で古く、もう半分はとても新しい。教室と寄宿舎のある新しい部分は、縦格子や斜め格子のついた明かりとりの窓があって、教会のような外観だった。扉の上には次のように刻んだ石の銘板が掲げられていた。

「ローウッド養育院　この建物は西暦――年、本州ブロックルハースト家、ナオミ・

ブロックルハーストにより再建されたものである」「そのように、あなたがたの光を人々の前に輝かしなさい。人々が、あなたがたの立派な行いを見て、あなたがたの天の父をあがめるようになるためである。――「マタイによる福音書」五章十六節」

わたしはこれを、何度も何度も読んだ。この銘文は何かを説明しているらしいという感じがしたが、意味がよくわからなかったからだ。「養育院」の意味を考え、前半の言葉と聖書の語句との間にどんな関係があるのかを理解しようとしていると、すぐ後ろで咳が聞こえたので、振り返った。するとすぐそばの石のベンチに、一人の少女が腰掛けていた。一冊の本の上に身をかがめ、一心に読んでいる様子だった。わたしの立っている場所から見えたタイトルは『ラセラス』(サミュエル・ジョンソンの小説。一七五九年刊行)――聞き慣れない名前だったので、惹《ひ》きつけられた。ページをめくろうとして、たまたま上をむいたその子に、わたしは声をかけた。

「その本、おもしろい?」早くもわたしは、いつかその本を貸してと頼む気になっていた。

その子は、わたしのことをちょっと見つめてから答えた。

「わたしは好きよ」

「何が書いてあるの?」自分がどうして、知らない相手とこんなふうに会話を始めるほど大胆になれたのか、今もわからない。わたしの性格や習慣にはないことだった。自分でも読書が好きなために、本に熱中するその子の姿に何か共感を覚えたのだろう。内容のある堅い本はまだ読みこなせず、子ども向けのたわいない本に限られてはいたが、わたしは読書が大好きだったのだ。

「見ていいわよ」その子は、わたしに本を差し出してそう言った。

受け取ってちょっと見せてもらうと、内容は題名ほど魅力的ではないことがすぐにわかった。わたしの好みからすると、『ラセラス』はつまらなさそうだった。妖精のことも精霊のことも書いてないようだし、活字の詰まったページからはおもしろい展開など期待できそうもなかったからである。わたしが本を返すとその子は黙って受け取り、そのまままさっきのように読書に没頭しようとした。そこでわたしは再び話しかけた。

「扉の上の石に書いてあることの意味、教えてくれない？　ローウッド養育院って、何のこと？」

「あなたが入った、この施設のことよ」

「どうして養育院っていうの？　他の学校と、何か違いがあるの？」

「それは、一部、慈善の学校だからよ。あなたもわたしも、他の子たちもみんな、慈善を受けている生徒なの。あなたは孤児でしょう？　お父さんかお母さんが亡くなっているんじゃない？」

「わたしがごく小さいうちに、二人とも亡くなってしまったわ」

「そう。ここにいるのは、両親のどちらか、または二人とも亡くした子どもばかりなの。孤児を育てる学校だから、養育院と呼ばれるわけ」

「わたしたち、お金は全然払ってないの？　ただで入れてもらっているの？」

「払ってはいるのよ、家族とか親戚とかがね。生徒一人につき、一年で十五ポンド」

「じゃ、なぜ慈善を受けている子どもって呼ばれるの？」

「寄宿費と学費に十五ポンドでは足りないから、不足分は寄付で補われているの」

「誰が寄付するの？」

「この近くやロンドンにいる、善意の方々」

「ナオミ・ブロックルハーストって、誰？」

「あの碑文にあるように、この新しい建物を建てた人よ。その人の息子さんが、学校を監督して、すべて指示なさるの」

「なぜ？」

「だって、その人が学校の経営者で、財務管理者だからよ」

「それじゃ、この学校は、時計をつけた、背の高い先生――パンとチーズをあげます、ってさっき言われた、あの先生の学校ではないわけね？」

「テンプル先生？　もちろん、違うわ！　そうならいいと思うけど。テンプル先生は、なさることは何でもすべて、ブロックルハーストさんに説明しなきゃいけないの。わたしたちの食べるものや身につけるものを買うのはブロックルハーストさんだから」

「ブロックルハーストさんは、ここに住んでるの？」

「いいえ、二マイル離れたところにある、大きなお屋敷」

「いい人？」

「牧師さんで、いいことをたくさんしているんだって」

「あの背の高い先生はテンプル先生っていうのね？」

「そう」

「他の先生たちは、何ていうお名前？」

「赤い頬っぺたの人はスミス先生。針仕事と生地の裁ち方を見てくださるの。ここの生徒は、制服からマントとかまで、自分の着るものは全部自分で作るんですもの。黒い髪の小柄な人はスキャチャード先生。歴史と文法の担当で、二組の暗唱も聞いてくださるのよ。そして、ハンカチーフを黄色いリボンで服の脇にとめて、肩にショールを掛けた人がマダム・ピエロ。フランスのリール出身で、フランス語の先生よ」

「先生たちのこと、好き？」

「ええ、まずまずね」

「黒い髪の小柄な先生も？　それからそのマダム——発音があなたみたいにできないんだけど、そのお名前の先生も？」

「スキャチャード先生は気が短いの。怒らせないように気をつけないといけないわ。マダム・ピエロは、悪い人じゃないわよ」

「でも、テンプル先生が最高、でしょ？」

「テンプル先生はとってもいい方、とっても賢い方よ。どの先生よりすばらしいわ。誰よりもずっと、いろんなことがわかっていらっしゃるんだもの」

「あなたは、ずっと前からここにいるの？」

「二年前から」

「孤児なの？」

「母を亡くしたのよ」

「ここで、幸せ？」

「あなたったら質問のしすぎよ。さしあたり間に合うだけは答えてあげたでしょう。わたし、本が読みたいの」

しかし、ちょうどそのとき昼食を知らせる鐘が鳴り、一同は中に入った。食堂に満ちた匂いは、食欲をそそるかどうかの点で、朝食のときに私たちの鼻をついた、あのけっこうな匂いと大して変わらないものだった。昼食は二つの大きなブリキの入れ物に入っており、そこから変質した脂の匂いの強い湯気がさかんに立ち上っていた。中身の正体は、古いこま切れ肉と質の悪いじゃがいもを混ぜて煮たもので、この料理は生徒たちの皿に、割合にたっぷりと配られた。わたしはできるだけ食べたが、毎日の食事はずっとこんな調子なのかと、心に不安を覚えた。

昼食のあとは直ちに教室に移動し、授業がまた開始され、五時まで続いた。

午後の出来事で唯一特筆すべきなのは、ベランダで話をしたあの生徒が、スキャチャード先生の不興を買って歴史のクラスからはずされ、広い教室の真ん中に立たされたことだった。この罰は、わたしにはとても屈辱的なものに思えた。十三歳か、それ以上に見える年かさの子にとってはなおさらである。きっととても悲しそうで恥ずかしそうな様子をするだろうと思ったが、驚いたことにその子は泣きもしなければ赤くもならず、真面目ではあるが落ち着き払った態度で皆の注視の中に立っていた。「どうしてあんなにしっかり、落ち着いていられるのだろう」とわたしは思った。「もしわたしだったら、足元の地面が裂けて自分をのみ込んでくれればいい、とさえ思うだろうに。あの子はまるで、罰のことなどでなく、置かれた状況やまわりのもの、眼の前にあるものを越えた、何か別のことを考えているように見える。白昼夢ということを聞いたことがあるけれど、あの子は今、白昼夢を見ているのかしら。目は床にじっとそそがれているけれど、床を見ていないのはたしか。視線は内側に向けられて、心に食い入っているようだわ。現実にあるものではなく、記憶の中にあるものを見ているのね。いったいどういう人なのかしら。いい子なのか、悪い子なのか」

午後五時過ぎに、小さいマグ一杯のコーヒーと黒パン半切れが出た。わたしはパンとコーヒーに飛びつくようにして平らげ、もっとあればいいのに、と思った。まだ空腹だったのだ。そのあとに三十分の休み時間があり、勉強があって、コップ一杯の水とオート麦のパン一かけら、お祈り、就寝。これがローウッドでの最初の一日だった。

第6章

翌日も前の日と同じく、起床して灯心ろうそくの明かりで着替えをするところから始まった。けれども、顔を洗う儀式は省略しなくてはならなかった。水差しの水が凍っていたからだ。前の晩のうちに空模様が変わり、寝室の窓の隙間から一晩中ひゅうひゅうと音を立てて吹き込んできた、身を切るような北東の風が、ベッドのわたしたちを震えさせ、水差しの水を氷に変えたのだ。

お祈りと聖書朗読の、長い一時間半の間、わたしは寒くて寒くて死にそうだった。やっと朝食の時間になった。この日のお粥《かゆ》は焦げておらず、何とか食べられる出来だったが、量が少ない。なんてちょっぴりなのかしら、この二倍あればいいのに、と思ったものだ。

わたしはその日から四組に入れられ、一人前に課題や仕事を与えられた。それまでのわたしはローウッドという舞台の観客にすぎなかったが、いよいよこのときから、演じる側の一員になったのだ。暗唱することに慣れていなかったので、勉強は初め、長くて難しいものに思われたし、することが次々と変わるのにも戸惑った。だから、午後三時ごろになってスミス先生から、針や指ぬきなどと一緒に二ヤードのモスリンの布を渡され、教室の静かな隅に座ってこの布の縁《ふち》を縫いなさい、と言われたときは嬉しかった。その時間、ほとんどの生徒たちは同じように縫い物をしていたが、一クラスだけはまだスキャチャード先生の椅子のまわりに立って、音読を続けていた。部屋が静かなため、読んでいる内容や、生徒一人ひとりの受け答えと、それを批評したり褒《ほ》めたりするスキャチャード先生の言葉も耳に入るのだった。読んでいたのは英国史で、その生徒の中に、昨日ベランダで知り合った女の子の姿が見えた。授業の初めにはクラスの一番だったのに、発音の間違いだか句読点の見落としだかの理由で、突然最下位に落とされてしまった。そしてそんな位置にいても、スキャチャード先生の注意はそれることがなく、絶えずこんなお叱りを受けるのだった。

「バーンズ」(これが名前らしかった。よそで男子生徒を呼ぶように、ここの生徒は苗字で呼ばれていた。)「バーンズ、片方の靴が曲がってますよ。今すぐ爪先をそろえて!」「バーンズ、顎《あご》を突き出して、感じが悪いじゃないの。顎を引いて」「バーンズ、顔を上げるように言っているでしょう。わたしの前でそんな態度は許しませんからね」と、こんな調子である。

ひとつの章を二回読んだあと、生徒は本を閉じて質問を受ける。チャールズ一世の統治時代を学んでいて、トン税、ポンド税、船舶税などについていろいろと質問があり、ほとんどの生徒には答えられないのだが、バーンズにかかると、どんな難問でも即座に答えが出る。学科の内容がすっかり頭に入っているようで、どこを聞かれても答えに困らないのだ。こんなによくできればスキャチャード先生に褒められるに違いない、と思っていたのだが、先生は急に大声でこう言った。

「まあ、なんて汚い、いやな子なの！　今朝、爪を洗ってないわね！」

バーンズは何も答えなかった。なぜ黙っているのだろう、とわたしは思った。

「どうしてあの子は言わないのかしら、水が凍っていたから、爪も顔も洗えませんでしたって」と思った。

ちょうどそのとき、糸の束を持っていて、とスミス先生に頼まれたので、わたしの注意はそれた。スミス先生は糸を巻き取りながら、わたしがこれまでに学校に行ったことがあるのか、縫い物、編み物はできるかなど、いろいろと話しかけたので、この仕事が終わるまでスキャチャード先生の動静の観察はお預けだった。席に戻ったとき、スキャチャード先生は何か指示を与えているところで、わたしには内容がつかめなかったが、バーンズはすぐに教室を出て本のしまわれている奥の小部屋に行くと、三十秒もたたないうちに戻ってきた。端を紐で縛った、小枝の束を手にしている。この不吉な道具を、スキャチャード先生にうやうやしく差し出すと、バーンズは静かに自分からエプロンをゆるめた。すると先生は、すかさずその小枝の束で、バーンズのうなじを勢いよく十数回打った。バーンズの目には一滴の涙も浮かばなかった。この光景に、どうしようもなくむなしい怒りでいっぱいになったわたしは指先が震えてしまい、縫い物の手を止めていたが、バーンズの物思わしげな顔には、いつもとまったく変わらない表情が浮かんでいるだけだった。

「強情な子だわね！　あなたのだらしなさは、どうやっても直せないわ。鞭《むち》を片付けなさい」スキャチャード先生は、叫ぶように言った。

バーンズは言いつけに従った。本の小部屋から出てくるところを、わたしは注意して見た。ポケットにハンカチを戻そうとしているやせた頰に、涙の跡が光っていた。

夕方の休み時間は、わたしにとってローウッドの一日で一番楽しいひとときだった。五時に出る一口のパンとコーヒーは、空腹を満たすまでにはいかないとしても元気をつけてくれたし、一日の長い束縛からいくらか解放された気持ちになれるときで、教室も午前中より暖かく感じられた。まだろうそくをつけない代わりの意味もあって、暖炉の火を少し多めに焚《た》くことが許されたからである。赤みがかった光の薄暮、公認されている大騒ぎ、がやがやと入り混じったたくさんの声、それらがわたしたちに喜ばしい自由の感覚を与えるのだった。

スキャチャード先生がバーンズを鞭で打つのを見た日の夕方、机や腰掛けや笑いさざめくグループの間を、わたしはいつものように一人で歩いていたが、寂しいとは感じていなかった。窓の近くを通るときには、ときどき鎧戸を上げて外を眺めた。雪がしきりに降っていて、すでに窓ガラスの下のほうには吹きだまりができていた。窓に耳を寄せると、室内の楽しいざわめきとは別の、外を吹く暗い風のうなりを聞きとることができた。

もしもわたしが、優しい両親のいる、温かい家庭をあとにして来たばかりの子どもだったとしたら、この時間こそ悲しみを最も痛切に感じるときになったに違いない。風の音に心は沈み、外の闇に心の平安は乱されたことだろう。だがわたしは、その両方に奇妙な興奮を覚えていた。熱っぽく向こう見ずな気分になって、風がもっと激しくうなればいい、薄い闇はもっと暗く、混乱は喧騒に変わればいい、と思っていた。

腰掛けを飛び越え、机の下をくぐって、わたしは暖炉の一つに近づき、その金属製の炉格子のそばに膝をついた。するとそこにバーンズが、残り火の弱い光に本を広げ、周囲のすべてを忘れた様子でひとり静かに読書に没頭していた。

「まだ『ラセラス』?」わたしはバーンズの背後から近寄って訊ねた。

「そう。ちょうど読み終わったところ」

そしてそれから五分ほどして本を閉じたので、わたしは嬉しかった。

「さあ、これで話が聞けるかもしれない」そう考えながら、その子のそばの床に座った。

「バーンズじゃなくて、上のお名前はなあに？」

「ヘレンよ」

「遠くから来てるの？」

「ずっと北のほう、もうスコットランドとの境に近いところよ」

「いつか、帰るでしょう？」

「帰りたいと思うけど、先のことは誰にもわからないわ」

「ローウッドから出て行きたいと思うでしょ？」

「いいえ、出たいなんて、どうして？　わたし、教育を受けるためにローウッドに入れられたのよ。その目的を達成しないうちにここを出たら、何にもならないわ」

「だけど、あの先生——スキャチャード先生が、あなたにひどい仕打ちをするじゃない？」

「ひどい仕打ち？　そんなことないわ。先生は厳しいのよ。わたしの欠点がお嫌いなのね」

「でも、もしわたしだったら、あんな先生、きっと大嫌いになるし、抵抗するわ。あの鞭で打たれたりしたら、鞭をこっちに取り上げて、目の前でへし折っちゃう」

「たぶんそんなことはしないでしょうけど、もし本当にそんなことをしたら、ブロックルハースト氏に学校を追い出されてしまうでしょう。そうしたら、身内の人たちをすごく悲しませることになるわ。軽率なことをして、その結果まわりの人にまで迷惑をかけるくらいなら、自分だけが我慢すればすむ痛みにじっと耐えるほうがずっといい。それに、聖書でもいわれているでしょう、悪には善をもって報いよって」

「だけど、鞭で打たれたり、人がたくさんいる部屋の真ん中に立たされたりするなんて、不名誉なことだわ。しかもそんなに大きい生徒なのに。ずっと年下のわたしでも、そんなこと我慢できないわ」

「どうしても避けられないことなら、それに耐えるのが義務でしょう。運命によって耐えるように定められていることを、我慢できないなんて言うのは、愚かで弱いことよ」

この言葉にわたしは驚嘆した。このような忍耐の教えは理解できなかったし、それ以上に理解も共感もできなかったのは、自分を罰した先生に対する寛容の精神だった。それでもヘレン・バーンズが、わたしには見えない光でものを考えていることは感じられた。ヘレンが正しく、わたしが間違っているのではないかと思ったが、このことをあまり深く考えようとはしなかった。ユダヤ総督フェリクスではないが、もっと「ふさわしいとき」まで延ばすことにしたのだ（「使徒言行録」二十四章）。

「ヘレン、あなたには欠点があるって言うけど、どんな欠点なの？　わたしには、とてもいい子に思えるんだけど」

「それじゃ、わたしという見本を見て、外面で人を判断しないことを学びなさいね。スキャチャード先生のおっしゃる通り、わたしは物をちゃんとしまうのが苦手で、整頓が全然できないの。うっかり屋で、規則は忘れるし、勉強しなくてはいけないときに本を読んでしまう。几帳面《きちょうめん》さもないわ。そしてときどきあなたと同じように、我慢できないって言ったりもするのよ、規則正しいやり方を押しつけられることをね。こんな性格が、スキャチャード先生には腹立たしいんだわ。生来、几帳面できちんとした、厳しい方だから」

「そして、怒りっぽい、無慈悲な人！」わたしはそうつけ加えたが、ヘレンは黙ったままで、わたしの言葉に同意する様子は見せなかった。

「テンプル先生も、スキャチャード先生と同じようにあなたに厳しいの？」

テンプル先生の名前が出ると、柔らかな微笑がヘレンの真面目な顔をかすめた。

「テンプル先生は優しさでいっぱいの先生よ。相手がどんな子でも――たとえ学校中で一番悪い子だとしても、厳しくするのを苦痛に思われるの。わたしの過《あやま》ちを見ると優しく教えてくださるし、賞賛に値するようなことができたりすれば、たくさん褒めてくださるのよ。先生がいくら優しくわかりやすく忠告してくださっても欠点が直らず、褒められたらもちろんそれをありがたく思うのに、これからは慎重に注意深くしよう、という決意が長続きしない――これこそ、わたしの欠点だらけの性格がいかにどうしようもないかの証拠じゃないかしら」

「それは変よ。注意深くするなんて、簡単なことだもの」とわたしは言った。

「もちろん、あなたにとってはね。午前中の授業のときのあなたの様子を見てたけど、本当に集中しているのがわかったわ。ミラー先生が説明したり質問したりなさってる間、一度だって他の事に気をとられたりしていないようだった。ところがわたしは、いつも上の空になってしまうの。スキャチャード先生のお話をよく聞いて、しっかり覚えなきゃいけないときでも、声さえ耳に入らなくなることがたびたび。一種の夢の世界に入ってしまうみたい。ときには自分がノーサンバーランドにいるような気がして、まわりに聞こえるのは、うちのそば、ディープデンを流れる小川のせせらぎ。それで答える番になると、目を覚ましなさいと言われるけど、夢の中の川の音を聞いていて、本の中身は聞いていなかったんだから、答えられるわけがないわよね」

「でも、今日の午後の授業では、とってもよく答えていたじゃない？」

「あれはたまたまなの。読んでいたところに興味があったからよ。ディープデンの夢を見る代わりに今日わたしが考えていたのは、正しい行いをしたいと願っている人が、なぜ不誠実で愚かなことをするのかということ。チャールズ一世がときどきそうで、あんなに高潔で誠実な人だったのに、王の特権しか目に入らなくなったのはなんと残念なことか、遠くを見ることさえできて、時代の精神とでもいうべきもののゆくえを見極められていたら、と思っていたの。もっとも、チャールズ一世が好きなことに変わりはないわ。尊敬するの。お気の毒に、殺されてしまうなんて。そう、敵方が一番悪いんだわ、流す権利のない血を流した人たちが。王様を殺すなんて、よくできたものね」

ヘレンは自分自身にむかって話していた。わたしがよく理解できないということ、自分の話していることについて、わたしがほとんど何も知らないということを忘れているようだった。わたしは自分のレベルにヘレンを引き戻した。

「それで、テンプル先生のときにも、上の空になってしまうの？」

「いいえ、そうしょっちゅう、そうなりはしないわ。たいていテンプル先生のお話は、わたしの考えつかないようなことばかりですもの。先生の言葉はなぜかとても気持ちよく響くし、授けてくださる知識は、ちょうどわたしが求めていたものであることが多いしね」

「じゃ、テンプル先生のときには、良い生徒なのね？」

「ええ、流されるような形でね。自分で何一つ努力するわけじゃないのよ。好きだという気持ちに従うだけ。それで良い子だからって、まったく価値なんかないわ」

「いいえ、すごくあるわ。よくしてくれる人に対して、あなたも良い子でいるんでしょう？　わたしがめざすのはまさにそういうことだわ。残酷で不正な人たちにいつも素直に従っていたら、その人たちは勝手なことをして、恐れるものもなく、行いをあらためるどころか、どんどんひどくなってしまう。理由もなくぶたれたら、力いっぱいぶち返すべきよ。絶対にそう思うわ。ぶった人が二度とぶたないように、思いきり強くね」

「もう少し大きくなったら、その考えも変わると思うわ。あなたはまだ、何も知らない小さな子ですもの」

「でもヘレン、気に入ってもらおうとどんなにこちらが努力しても、わたしを嫌い続けるような人たちなら、わたしだってその人たちを嫌わなくちゃならない――そう感じるの。不当ないじめには抵抗しなくちゃ。愛してくれる人を愛し、当然だと思える罰なら甘んじて受ける、それと同じくらい自然なことよ」

「異教徒や野蛮人にはそういう考え方もあるけど、キリスト教徒の間や文明国では認められないわ」

「なぜ？　わたしにはわからない」

「憎しみに勝つために一番のものは暴力ではないし、確実に傷を癒《いや》すのは報復ではないからよ」

「じゃ、何なの？」

「新約聖書を読んで、キリストのおっしゃること、なさることを学ぶといいわ。キリストの言葉に従い、行いにならうの」

「どんな言葉？」

「敵を愛しなさい。悪口を言う者に祝福を祈り、あなたがたを憎む者、侮辱する者に親切にしなさい」（「ルカによる福音書」六章二十七―二十八節）

「それじゃ、ミセス・リードを愛せって言うの？　そんなことできないわ。息子のジョンに祝福を？　絶対に無理」

今度はヘレンがわたしに説明を求めた。そこでわたしはすぐに、自分の苦難と憤懣《ふんまん》の物語をすっかり打ち明けた。興奮して辛辣《しんらつ》な言葉も連ね、感情のおもむくまま、表現を和らげたり抑えたりすることなど、忘れていた。

ヘレンはわたしの話を、最後まで忍耐強く聞いてくれた。何か言ってくれるかと思ったが、黙っている。わたしは待ちきれずに訊ねた。

「ね、ミセス・リードって、冷酷な悪い人じゃない？」

「たしかにあなたに意地悪だったわね。スキャチャード先生と同じで、あなたの性格が嫌いだからなのね。それにしても、ミセス・リードがあなたにしたことや言ったことを、何から何まで、よくそんなに細かく覚えているものね！　不当な扱いをされたことが、異常なくらいに心に深く刻みつけられたようね。ひどい仕打ちを受けても、わたしの場合はそんなふうに心に焼きつきはしないの。夫人の厳しい仕打ちも、それによってあなたの心に生まれた激しい感情もみんな忘れようと努めたら、もっと幸せになれるんじゃないかしら。人生は短いんだから、不当な仕打ちを恨み続けたり、憎しみを育てたりしている時間はないとわたしは思うの。わたしたちはみんな一人残らず、この世では欠点という荷を負っているんだけど、朽ち果てる身体を脱ぎ捨てるのと一緒にその欠点も脱ぎ捨てる日が、遠からず訪れると信じているわ。この厄介な肉体とともに、堕落と罪も振り落とされて、魂の輝きだけが残るの。造物主の手から吹き込まれたときの純粋さを失わない、命と思考の精髄みたいなもの――それがもとの場所に戻って行くでしょう。ひょっとしたら、人間より高い存在に再び授けられることになるのかもしれないわ。人間の青白い魂から、輝く天使へと、栄光の級を上っていくのかも。逆に、人間から悪霊へと退行することは決してない――ありえないわ。わたしの信条はそうではないの。誰かに教えられたわけではないし、めったに人に言わないけれど、その信条はわたしの喜びであり、支えなのよ。何しろ、すべての人の希望の源なのだから。それが死後に始まる永遠の世を休息の場に、恐怖や深淵ではなく、すばらしい家にしてくれる。それにこの信条があれば、罪人と罪とをはっきりと分けることができるのよ。罪は憎むけれど、罪人は心から許すことができるわ。この信条のおかげで復讐に心を悩ますことはなく、堕落をひどく憎むこともないし、不当な仕打ちに押しつぶされることもない。わたしは終末を待ちつつ、静かに生きているの」

いつもうつむきがちのヘレンが、こう言い終わったときには一段と低く頭を垂れた。もうわたしとよりも、自分自身の思考との会話を望んでいるのだということが、その様子から見てとれた。しかし、瞑想《めいそう》の時間は長くは与えられなかった。級長をしている大柄で荒っぽい生徒がまもなくやって来て、強いカンバーランドなまりで叫んだからである。

「ヘレン・バーンズ、今すぐ行って、あんたの引き出しを整理して、縫い物をたたみなさい。さもないと、スキャチャード先生を呼んでくるからね!」

夢想は消え、ヘレンはため息をついた。そして立ち上がると、黙ってすぐに命令に従った。

第７章

ローウッドでの最初の学期は、まるで一時代のように長く思われた。それも、もちろん黄金時代ではない。新しい規則や慣れない課業に自分を慣らすことにさんざん苦労したし、そのことで失敗するのではないかという恐れは、肉体的な苦難以上にわたしを悩ませた。肉体的な苦難も、決して小さなものではなかったが。

一月、二月、それに三月に入ってもしばらくは、雪が深いのと、それがとけたあとの道路がほとんど歩けないためとで、教会に行く以外わたしたちは塀の外に一歩も出ることができなかった。そんなときでも、毎日一時間は庭に出て過ごさなくてはならなかった。わたしたちの衣服は厳しい寒さから身を守ってくれるようなものではなかったし、深靴ではないため、雪が靴に入って中でとけた。手袋なしの両手は、両足と同じく、かじかんでしもやけができた。夕刻に温まったときの足の、どうしようもないほどの痒《かゆ》さ、こわばって赤く腫《は》れた爪先を、朝になって靴に押し込むときの痛さは今でも忘れられない。また、食べ物の量の少なさにも苦しんだ。食欲旺盛な育ちざかりのわたしたちに、まるでか弱い病人の命を辛うじて支える程度の食事しか出ないのだ。こんな栄養不足のため、下級生を的にしたいじめが発生した。空腹の上級生たちが、折さえあればだましたり脅したりして、下級生の食べ物を取り上げるのだ。お茶の時間に配られた一片の貴重な黒パンを二人の上級生に分け与えなければならず、さらにコーヒーの半分は三人目の上級生に取られて、痛いほどのひもじさでひそかに涙を流しながら残りのコーヒーを飲んだことも、一度や二度ではなかった。

寒い季節の日曜日は本当に憂鬱な日だった。学校の後援者が司祭を務めるブロックルブリッジの教会まで、二マイルの距離を歩いて行かなくてはならない。出るときから寒く、着く頃にはいっそう冷えきっているのが常で、朝の礼拝の間、身体はしびれたようになっていた。昼食に戻るには遠すぎるので礼拝の間に冷肉とパンが配られたが、量はいつもと同じで乏しかった。

午後の礼拝がすむと、起伏のある吹きさらしの道をたどって学校に戻る。北にそびえる山々の、雪に覆われた頂上から吹き下ろす寒風は身を切るようで、皮膚が顔からはがれるのではないかと思うほどだった。

とぼとぼと進むわたしたちの列の横を、軽く足早に歩いていらしたテンプル先生の姿を今も思い出すことができる。北風にはためく格子縞の外套をかき寄せながら、みんなが元気を出して、先生の言葉を借りれば「勇敢な兵士みたいに」行進できるようにと、いわば教訓と実例の両方でわたしたちを励ましてくださった。お気の毒に他の先生方ときたら、すっかり気力を失っていて、生徒を励ます余裕もなかったのである。

やっと帰り着いたとき、燃えさかる暖炉の火の明るさと暖かさがどんなに恋しかったことだろう！　だが、少なくとも下級生にとって、それは手の届かない望みだった。教室の暖炉はどちらも上級生たちの二重の輪でとり囲まれてしまい、小さい生徒たちはその外側で、凍えた腕をエプロンに包みながら身を寄せ合ってうずくまっていた。

お茶の時間に、一つのささやかな慰めがあった。それは、いつもの倍のパン――つまり、半分ではなく一枚全部のパンに、薄くバターまで付けてもらえるという、すばらしい贅沢だった。これこそが、安息日から次の安息日まで生徒全員が待ち焦がれる、週に一度のご馳《ち》走《そう》なのだ。わたしはたいてい、この豊かな配給の半分を取っておこうとしたが、残りは必ず人のものになるのだった。

日曜日の夜には、教理問答とマタイ伝五、六、七章を暗唱し、ミラー先生の長いお説教を聴くことになっていた。お疲れに違いなく、先生もあくびをなさるのだった。これらの課業の間には、パウロのお説教の最中に居眠りをした使徒言行録のユテコのエピソード（「使徒言行録」二十章九節）を、数人の下級生が演じることにもなりがちだった。ユテコが三階から落ちたように、睡魔に負けた小さい生徒たちは四列目の腰掛けから転げ落ち、それでも眠りこけたまま抱え起こされる。対策としては、その子たちを教室の真ん中に押し出し、お説教の終わるまでそこに立たせておくことだったが、ときには立っていることもできなくなって、次々に倒れこむこともあった。その場合には級長用の高い腰掛けを背中にあてて、つっかい棒にした。

ブロックルハースト氏の視察についてまだ触れていなかった。わたしの入学後の一か月近く、ずっと留守にしていた。副監督の友人のところでの滞在が延びていたのかもしれない。お留守で大助かり――言うまでもなくわたしには、帰りを恐れる理由があったからである。しかし、ついにそのブロックルハースト氏が帰ってきた。

ある日の午後のことである(わたしがローウッドに来て三週間たった頃だった)。石板を手に、割り算の答えを考えながら座っていたとき、ふと窓を見上げるとちょうど通り過ぎる人影があった。そのひょろ長い輪郭が誰か、わたしはほとんど本能的に悟った。そして二分後に、先生たちを含めて全校生徒が一斉に立ってお迎えしたとき、その人物を見上げてたしかめる必要はなかった。教室を大股に歩き、すでに立ち上がっていたテンプル先生の横にまもなく並んだのは、ゲイツヘッドの炉辺の敷物に立って、眉をひそめ、不機嫌にわたしを見下ろした、あの黒い柱だった。柱そのもののようなこの人物を、わたしは横目でちらっと見た。やはり間違いない。外套のボタンをきっちりとめ、ますますやせて細長く、厳格さを増したように見えるブロックルハースト氏だった。

この人の突然の出現にわたしが狼狽《ろうばい》するのには理由があった。わたしの性質その他についてリード夫人がほのめかした偽り、そしてこの子の悪い性格は必ずテンプル先生や他の先生方に伝えましょうというブロックルハースト氏の約束を、わたしは忘れようにも忘れられずにいたのだ。あれ以来ずっと、その約束の実現を恐れ、「いずれ来る人」を毎日警戒していた。その人によってわたしの過去の言動が知られたら、悪い子という烙印《らくいん》を永久に押されてしまう――そう恐れていた人物がついに姿を現したのだ。テンプル先生の横に立ち、先生の耳に何かささやいているではないか。わたしがどんなに悪い子かを話しているに違いない。先生の黒い瞳が、嫌悪と軽蔑をこめて今にもこちらに向けられるのではないかと、わたしはどきどきしながら先生の目を見守っていた。たまたま教室の前方にいたので、耳を澄ますと言葉がほとんど聞きとれ、内容がわかると、とりあえず心配は解消した。

「ロートンでわたしが買った糸、あれは使えるでしょう、テンプル先生。キャラコの肌着を縫うのにぴったりの質だと思いましてね。糸に合う針も選んできましたよ。スミス先生に伝えてください、かがり針について書きとめるのを忘れたが、来週には届くからと。それから、生徒には一度に一人一本しか絶対に渡してはいけないということもです。それ以上あると不注意になって、なくしがちになりますからな。それから、そうだ先生、ウールの靴下はもう少し大事にしてもらいたいものですな。この前に来たときわたしは裏に行って、干してある洗濯物を調べたんですがね、繕《つくろ》っていない黒靴下が大量にありましたよ。あいている穴の大きさから見て、まめに手入れしているとは考えられませんでしたな」

ブロックルハースト氏は、言葉を切った。

「お言いつけ通りにいたします」とテンプル先生が言った。

「それから、先生、洗濯係から聞いたのですが、洗濯した襟カラーを週に二本使う生徒がいるそうですな。二本とは多すぎる。規則では一本ですぞ」

「そのことでしたら、ご説明いたしましょう。アグネス・ジョンストーンとキャサリン・ジョンストーンが、先週の木曜日、ロートンにいる親戚のところにお茶に招かれました。それできれいな襟カラーをつけて行ってよいと、わたくしが二人に許可したのでございます」

ブロックルハースト氏はうなずいた。

「ま、今回だけはよしとしましょう。しかしながら、そうたびたび同じことがあっては困ります。それともう一つ、びっくりしたことがあるのですぞ。賄《まかな》い方の監督と経費支払いのチェックをしていて発見したのですが、チーズとパンという軽食が、この二週間の間に二度も生徒たちに出されているんですな。これはどういうことです？　規則を調べても、軽食などという言葉はどこにも見当たりませんぞ。こんな新機軸は、誰が、どのような権限で導入したものでしょうか」

「それはわたくしの責任でございます」とテンプル先生は答えて言った。「朝食の調理の手落ちで、生徒たちがとうてい食べられなかったことがございました。わたくしといたしましては、昼食までひもじいままにしておくことができなかったのでございます」

「先生、ちょっと待ってください。ご承知と思うが、わたしの教育方針は、頑健で忍耐強く、克己心《こっきしん》のある人間を育てること。贅沢やわがままに慣らしてはならんのです。たとえ調理の失敗や料理の味の濃い薄いなどのちょっとした理由で、食欲を満たせないことがあったとしても、得られなかった楽しみを他の、さらに上等のもので補って埋め合わせるなどということがあってはなりません。それはすなわち、肉体を甘やかし、学校の精神をないがしろにすることです。一時的な苦しみに耐え、不屈の精神を発揮するように生徒たちを励ますことで、精神的な教化の手段とするべきなのです。ちょっと訓戒を垂れるのに絶好の機会ではありませんか。賢明な教師であれば、ここでひとつ、初期キリスト教徒の受難や、殉教者の苦難について言及するでありましょう。十字架を背負ってあとに続けと弟子たちに命じられた主《しゅ》のお言葉、「人はパンだけで生きるものではない、神の口から出る、一つ一つの言葉で生きる」という主のお諭し、あるいは「わがために飢え渇くあなたがたは幸いである」という主の慰めについて言及することもできましょう。おお、先生、焦げた粥《かゆ》の代わりにパンとチーズを生徒の口に入れたとき、あなたは子どもたちの卑しい肉体に糧を与えたかもしれませんが、不滅の魂を飢えさせることになるということは、ほとんど考慮なさらんわけですな」

ブロックルハースト氏は、ここで再び言葉を切った。感動を抑えきれなかったのかもしれない。ブロックルハースト氏が話しはじめたとき、テンプル先生は視線を落としていたが、今はまっすぐに前を見つめていた。もともと大理石のように青ざめたお顔が、色だけでなく、大理石の冷たさと不変の硬さも備えてきたように思われた。特にその唇は、開くには彫刻家ののみが必要かというほどにきつく結ばれ、額《ひたい》も次第に石のように厳しくなった。

一方ブロックルハースト氏は、暖炉のそばに立って両手を後ろに組み、教室全体を堂々と見渡していたが、突然目をぱちぱちさせた。まるで何か目のくらむようなものか、瞳に衝撃を与えるようなものに出会ったかのようだった。身体の向きを変えると、それまでにないほど早口になって、こう言った。

「テンプル先生、テンプル先生、いったい――いったい、何ですか、あの巻き毛の子は！　赤毛ですぞ、先生、それが巻き毛だ、巻き毛をあんなにつけて！」そしてステッキを伸ばして、恐るべき対象を指し示した。その手がぶるぶる震えている。

「ジュリア・セヴァーンでございます」テンプル先生は落ち着き払って答えた。

「ジュリア・セヴァーンですとな、先生。で、あの子は、いや、他の生徒もだが、なぜ巻き毛なんです？　ここの方針と教えをすべて公然と無視し、あのように臆面もなく、俗世の風に染まるとは！　ここは福音主義の慈善学校ですぞ。しかるに、巻き毛だらけの頭をして！」

「ジュリアの髪は、生まれつき巻き毛なのでございます」いっそう落ち着きを増して、テンプル先生が言った。

「生まれつき？　なるほど。しかし、人間は生まれつきのままであってはならんのです。生徒たちには、神の恩寵を受けた子であってほしい。それがどうして、あんなに多くの巻き毛を？　髪型について、わたしは何度も繰り返して申したはずです、ぴったり梳《と》かしつけて、地味に控えめに結うようにと。あの生徒の髪はそっくり切らねばいけませんよ、テンプル先生。明日、理髪師をよこしましょう。他にも余計なことをしている生徒がおるようですな。あの背の高い生徒、あの子にこちらをむくように言ってください。一列目の生徒は全員起立して、壁のほうをむくように言ってください」

テンプル先生は、思わず唇に浮かぶ微笑をそっと拭き取るかのように口元にハンカチをあてたが、生徒への指示は出した。言われたことの意味がわかると、上級生たちはそれに従った。わたしのところからは、腰掛けに座ったまま上体を少し後ろにそらせば上級生の顔が見えたが、その表情やしかめつらから、この指図を批判していることが見てとれた。ブロックルハースト氏にはそれが見えないのが残念だった。もし見えたら、聖杯と大皿の外側をいかに整えようとも、内側は思い通りにならない（「マタイによる福音書」二十三章二十五―二十六節）ことを悟ったかもしれない。

生きた聖牌の裏側を約五分間調べてから、ブロックルハースト氏は刑を申し渡した。その言葉は最後の審判の鐘のようにくだってきた。

「束ねた髪は全部切ること」

テンプル先生は異議があるそぶりを見せた。

「いや、先生、わたしは主にお仕えする身、神の国は地上にはありません。わたしの使命は、肉体の欲望を抑えるように、また、編んだ髪や高価な衣装で着飾るのではなく、質素につつましい身なりをするように、生徒たちを導くことにあります。しかるに、ここにいる生徒たちの頭には、虚栄心そのものによって編み上げられたようなものが載っているではありませんか。だから、繰り返しますが、そんなものは切らねばならんのです。浪費される時間を考えると――」

話はここで中断された。新たな訪問者――三人の女性がちょうど部屋に入ってきたからである。もう少し早く来て、服装についてのブロックルハースト氏の訓戒を聞くべきであった。というのは、三人ともビロードや絹や毛皮で豪華に装っていたからだ。三人のうちの若い二人(十六、七の綺麗な娘だった)は、ダチョウの羽のついた当時流行の、灰色のビーバーの毛皮の帽子をかぶっており、この優雅なかぶりもののつばの下には、念入りにカールした明るい色の髪が豊かに下がっていた。年かさの女性は、テンの毛皮で縁《ふち》どりした、贅沢なビロードのショールを掛け、フランス風にカールした付け前髪をつけていた。

この女性たちは、ブロックルハースト夫人ならびにその令嬢として、テンプル先生にうやうやしく迎えられ、一番の上席に案内された。一家のご立派な主《あるじ》とともに馬車で来たらしい。主が賄いの監督と経費のチェックをしたり、洗濯係に質問したり、校長先生にお小言を言ったりしている間、二階の部屋をくまなく調べて回っていたようだ。共同寝室の監督でシーツ類の管理も担当しているスミス先生が、三人からご意見、お叱りをいただいていた。けれどもわたしにはそれを聞いている余裕はなかった。他のことに気をとられていたからだ。

この時点まで、ブロックルハースト氏とテンプル先生の発言を耳に入れながら、同時に自分の身の安全を守ることへの注意も怠《おこた》らないわたしだった。見つからなければ大丈夫だと思っていたのだ。そこで腰掛けに深く座り、計算に一生懸命の様子で、顔を隠すように石板を抱えていた。その石板がわたしの努力を裏切って手から滑り落ちることさえなかったら、うまく気づかれずにすんだかもしれない。しかし石板はすさまじい音を立て、部屋中の視線を集める結果となってしまった。もうだめだ、とわたしは覚悟を決め、二つに割れた石板を拾いながら、最悪の事態に備えて勇気を奮い起こした。そのときが来たのだ。

「なんと不注意な！」ブロックルハースト氏は言い、すぐに続けた。「そうか、あの新入生だな」そして、わたしが息を吸い込む暇もなく、「あの生徒について、言っておかねばならないことがある」と言ってから、今度ははっきりと命じた。その声が、わたしには何と大声に思われたことか。「石板を割った子を前に出しなさい」

自分一人では、身動きすらできなかっただろう。身体がしびれたようになっていたのだ。けれども、両側に座っていた二人の上級生がわたしを立たせて、恐ろしい裁判官のほうへ押し出し、テンプル先生が優しく手を取って、近くまで連れて行ってくださった。

先生の忠告の言葉が、小さく耳元に聞こえた。

「怖がらなくていいのよ、ジェイン。うっかりしただけですもの、罰を受けはしないわ」

思いやりのあるその言葉は、まるで短剣のようにわたしの心に刺さった。

「すぐにわたしは偽善者として、先生に軽蔑されることになるんだ」という思いが確信に変わり、リードやブロックルハーストの面々に対する激しい怒りが胸中に湧き上がってきた。わたしはヘレン・バーンズのような人間ではなかった。

「その腰掛けを持ってきなさい」ブロックルハースト氏は、一人の級長が立ち上がったばかりの、高い腰掛けを指差した。それが運ばれてきた。

「その子を腰掛けの上に立たせなさい」

わたしは椅子に乗せられた。誰の手によってだったか、ともかく、細かいことに注意を払えるような状態ではなかった。わかったのは、自分がブロックルハースト氏の鼻の高さまで上げられ、一ヤードと離れていない近さに氏がいたこと、下のほうに玉虫色の絹の上着がオレンジ色や紫色に広がり、銀色の羽飾りが雲のように浮かんで見えることだけだった。

ブロックルハースト氏は咳払いをした。

「淑女の皆さん」まず、夫人と娘にこう呼びかけた。それから「テンプル先生、先生方、生徒の皆さん。この子が見えますか？」と聞いた。

見えるに決まっていた。全員の視線が集中して、まるで集光レンズで熱があたっているように、肌に熱さを感じるほどだったのだから。

「これこの通り、この子はまだ幼く、普通の子どもの姿をしております。慈悲深い神さまは、わたしたちにくださったのと同じ姿かたちを、この子にもお与えになりました。要注意人物であることを示すような異常は、どこにも見当たりません。すでに悪魔がこの子を従え、しもべにしているなどと、誰が思いつきましょうか。しかしながら、悲しむべきことに、事実はそうなのであります」

ここで話がちょっと途切れた。その間にわたしは、衰えていた気力を取り戻そうとした。ルビコン川を渡ってしまったのだ。避けようもない試練であれば、耐えるしかない、と思った。

「生徒の皆さん」黒大理石のような牧師は、悲痛な調子になって続けた。「これは悲しく憂鬱な事態であります。神の小羊であってよいはずの少女が、神から見捨てられた子であることを皆さんにお知らせし、注意を促《うなが》すのがわたしの任務だからであります。まことの群れの一員ではなく、侵入者であり、よそ者なのです。この子には気をつけ、この子のまねをしてはいけません。必要であればこの子を遠ざけ、遊びの輪から排除し、口をきかないように。先生方、皆さんもこの子を監視してください。行動から目を離さず、発言はよく吟味し、行状を調べてください。魂を救うために肉体を罰しなさい。もっともそれは、もしそれで救済が可能なら、の話です。というのも――わたしはこうして話すのにさえ、口ごもってしまうのですが――この子どもは、キリスト教国に生まれた子でありながら、ヒンズーの神ブラフマンに祈る異教徒、クリシュナ神の像ジャガナートの前にひざまずく異教徒より劣ります。この子は、嘘をつくのです！」

ここで十分の休憩になった。すっかり落ち着きを取り戻していたわたしは、ブロックルハースト家の三人の女性がハンカチを取り出して目にあてるのを眺めていた。年配の婦人は身体を前後に揺らし、若い二人は「なんて恐ろしい子なの！」とささやき合っていた。

ブロックルハースト氏が再び話しはじめた。

「この事実は、この子どもの恩人にあたるご婦人からうかがったことです。慈善の心に富み、信仰あついそのご婦人は、孤児となったこの子を引きとってご自分の娘のように養育なさいました。その親切と寛容とに報いるのに、この不幸な子はなんと、大変な忘恩行為で応えたのです。そのひどさに、立派なご婦人もついに、この子をご自分のお子様たちから遠ざける決意を余儀なくされました。純粋なお子様たちが悪に染まるのを恐れられたのです。昔のユダヤ人が病人をベテスダの波立つ霊泉に送ったように（「ヨハネによる福音書」五章二―四節）、婦人はこの子の浄化を願って、ここへ送られました。校長先生ならびに先生方、この子のまわりの水が澱《よど》まないように、どうぞよろしくお願いいたします」

　崇高な言葉で話を結ぶと、ブロックルハースト氏は外套の一番上のボタンをとめ、家族に何かささやいた。三人は立ち上がって、テンプル先生にお辞儀をした。そして偉いご一家は威厳たっぷりに引き上げていったが、わたしを裁く裁判官は、入り口のところで振りむいた。

「この子をあと三十分間、その椅子に立たせておくこと。そして、今日は一日、誰もこの子と口をきかないように」

　こうしてわたしは、高い場所にひとり立たされていた。教室の真ん中の床に立たされるのさえ我慢できないと言ったわたしが、不名誉な台上に立たされてみんなの視線にさらされている――そのときの気持ちがどんなだったか、言葉には表せないほどだった。けれども、さまざまな感情がこみ上げてきて喉を締めつけ、息が止まりそうになった瞬間、一人の子が近づき、わたしのそばを通り過ぎながら、上を見上げた。その目に輝く不思議な光！　その目から発せられる異様な感覚！　その新しい感情が、なんとわたしを支え励ましてくれたことか！　まるで殉教者か英雄が、奴隷か生贄《いけにえ》の脇を過ぎながら力を吹き込むようだった。わたしは昂《たかぶ》る激情を抑え、頭を上げて、椅子の上にしっかりと足を踏ん張って立った。ヘレン・バーンズは縫いかけの物のことでスミス先生にちょっとした質問をしに行ったらしく、つまらないことを聞きに来て、とたしなめられて席に戻る途中、またわたしの横を通りながら微笑んでくれた。なんという微笑だったろう！　今でも忘れない。その微笑はすばらしい知性と真の勇気の発露だったのだ。まるで天使の顔から発せられる光のように、ヘレンのやせた顔、灰色のくぼんだ目、特徴ある顔立ちを輝かせていた。しかもそのとき、ヘレンの腕には「だらしない子の印」がつけられていた。練習問題を書き写すとき紙にインクのしみをつけたという理由で、翌日のお昼はパンと水だけしかあげませんと、ほんの一時間前にスキャチャード先生から言い渡されるのがわたしの耳にも入っていた。人間はもともと不完全な存在なのだ。そのくらいの疵《きず》は、どんなに純粋な球体の表面にもあるに違いない。スキャチャード先生のような人にはそういう些細な欠陥しか見えず、天球の輝きには気づきもしない。

第8章

三十分が終わらないうちに五時の鐘が鳴り、休み時間になった。みんなは食堂へお茶に行ってしまい、わたしは思いきって椅子から下りた。すっかり暗かった。教室の隅に行って床に座った。それまでわたしを支えてくれていた魔力が薄れはじめ、反動が訪れた。耐えがたい悲しみに襲われ、わたしは床に突っ伏して泣いた。ヘレン・バーンズはおらず、わたしを支えてくれるものは何もない。一人ぼっちになったわたしは、悲しみに身を任せ、涙で床を濡らした。ローウッドで良い子になり、たくさんのことをしようと思っていたのに。友達も大勢作り、みんなの敬意を得たい、愛されたいと思っていたのに。実際、成果もちゃんと表れていたのだ。わたしはその朝、クラスの一番になり、ミラー先生から優しいお褒《ほ》めの言葉をいただいていたし、テンプル先生も賞賛の微笑を向けてくださった。先生はわたしに、今と同じような進歩があと二か月間続いたら、デッサンを教えてあげますよ、フランス語も習わせてあげましょうね、と約束してくださった。それに、生徒たちも好意的に接してくれている。同じ年齢の子たちからは対等に扱われ、誰からも困らせられることはない。それなのに、今はまた、踏みつけられ、押しひしがれて倒れているわたし——再び立ち上がることができるだろうか。

「だめだわ、絶対に」わたしはそう思い、死んでしまいたいと心から願った。すすり泣きながら、もう死にたい、と切《き》れ切《ぎ》れにつぶやいていると、誰か近づいてくる者がある。わたしは驚いて飛び起きた。それはヘレン・バーンズだった。がらんとした長い部屋をこちらに歩いてくるのが、消えかかる暖炉の火に照らされて見える。わたしにコーヒーとパンを持ってきてくれたのだ。

「さあ、少し食べて」ヘレンはそうすすめてくれたが、わたしはどちらも押しやった。今の状態では、ほんの一口のコーヒーもパンも、喉に詰まりそうだったからだ。ヘレンはたぶん驚いたのだろう、じっとわたしを見つめた。わたしは心を静めようと頑張ってみたものの、うまくいかず、声を上げて泣き続けた。ヘレンはそばの床に座り、両腕で膝を抱えて、そこに顎《あご》をのせた。そしてそのままの姿勢で、インド人のように黙っていた。先に口をきいたのはわたしだった。

「ヘレン、あなたはどうして、嘘つきだとみんなが信じている子と一緒にいるの？」

「みんな、ですって？　だってジェイン、あなたが嘘つきだと言われるのを聞いたのは、たったの八十人よ。世界には何億っていう人がいるのに」

「だけど、その何億人の人たちと、わたし、何の関係があるの？　わたしの知ってる八十人は、わたしを軽蔑しているんだわ」

「ジェイン、それは違うわ。この学校には、あなたを軽蔑したり嫌ったりしている人は、たぶん誰もいないでしょう。きっと、あなたにすごく同情している人が多いわ」

「ブロックルハーストさんがあんなことを言ったのに、なぜ同情なんかできるの？」

「ブロックルハーストさんは神さまじゃないし、それどころか、偉い人でも、尊敬される人でもないわ。ここではあまり好かれていないの。好かれようという努力をなさったためしもないしね。もしあなたがブロックルハーストさんの特別のお気に入りになっていたら、まわり中を敵にまわしていたでしょう。公然たる敵と隠れた敵の両方よ。でもあんな話だったから、できればあなたに同情を示したいと思ってる人が多いのよ。先生も生徒も、一日か二日はあなたを冷たい目で見るかもしれないけど、心には好意を秘めているわ。だからあなたがちゃんと努力を怠《おこた》らずにいれば、すぐにその気持ちは、一時抑えられただけに、いっそうはっきりと表れてくるでしょう。それにね、ジェイン」

ヘレンはここでちょっと言葉を止めた。

「なあに、ヘレン」わたしは訊ねながら、片手をヘレンの両手の中に滑り込ませた。

ヘレンはわたしの指を優しくこすって温めてくれた。

「たとえ世界中の人があなたを憎んで、悪い子だと信じたとしても、あなた自身の良心に照らして気のとがめることがなく、罪の意識もないのなら、味方がいないわけじゃないのよ」

「ええ、自分をちゃんと信じるべきだっていうことはわかってるの。でも、それだけではだめ。もし人から愛されないなら、わたし、死んだほうがましだわ。一人ぼっちで嫌われているなんて、とても耐えられないのよ、ヘレン。ねえ、聞いて。あなたとか、テンプル先生とか、自分の本当に好きな人から本当に愛してもらえるなら、わたし、腕の骨を折られてもいいし、牛に角で放り上げられてもかまわない。さもなければ、馬の後ろに立って、ひづめで胸を蹴り上げられたって」

「ジェインったら、静かに！　あなたは人間の愛情を重く考えすぎよ。衝動的で激しすぎるわ。あなたの身体を作り、命を吹き込んでくださった神さまは、か弱いあなた自身やあなたと同じにか弱い人たちに、肉体以外の力を与えてくださったのよ。人間とその世界とは別の、目に見えない世界、霊の王国が、わたしたちのまわりに存在するの。どこにでもあるんだから。その霊は、わたしたちを守るのが使命で、見守っているのよ。もしわたしたちが苦痛と恥辱のうちに死にかけていたら、もし四方八方から嘲笑に襲われ、憎しみに押しつぶされていたら、その苦しみを天使はごらんになって、潔白を認めてくださるわ。（潔白ならばね。ブロックルハーストさんの非難は、よく知りもしないのにリード夫人の言ったことを偉そうに受け売りしただけよね。だからわたし、あなたが潔白なのはわかっているの。その燃える目と明るい顔に、正直な性格が見えるもの。）神さまは、十分に報いてくださるために、わたしたちの霊が肉体から離れるときを待っていらっしゃるわけ。命は短く、死は幸福と、それから天の栄光への入り口であるのがたしかなのに、嘆きに打ちのめされている必要があるかしら」

わたしは黙っていた。ヘレンの言葉は心を静めてくれたが、そこに生まれた静謐《せいひつ》には、表現しがたい悲しみが混じっていた。話を聞くうちに悲しい気持ちになったが、それがどこから来るのかはわからなかった。ヘレンは話し終わると、少しせわしい呼吸になって短い咳をした。わたしはヘレンのことが何となく心配になり、自分の悲しみを一瞬忘れた。

ヘレンの肩に頭をのせ、両腕をヘレンの腰に回すと、ヘレンもわたしを抱き寄せてくれた。そうして二人で静かにしていたが、少しすると別の人がやって来た。風が出てどんよりした雲を吹き払い、空には月が出ていたが、そばの窓から差し込むその光が、わたしたちを照らし、近づいてくる人を照らした。テンプル先生だということに、二人ともすぐに気づいた。

「あなたを探しに来たんですよ、ジェイン・エア。わたしのお部屋にいらっしゃい。

ヘレン・バーンズもいたのね。じゃ、ヘレンも一緒に来るといいわ」

二人は先生のあとについて行った。入り組んだ廊下を右に折れ、左に折れして進み、階段を上ってようやくたどり着くと、先生のお部屋には暖炉に赤々と火が燃えていて、気持ちがよさそうだった。先生は、暖炉の片側の低い肘掛け椅子に座るようにとヘレンにおっしゃり、ご自分は別の椅子に掛けて、わたしをそばに呼ばれた。

「すっかりすみましたか？」先生はわたしの顔を見てお訊ねになった。「涙で悲しみをすっかり流せたかしら」

「それはできないと思います」

「なぜ？」

「理不尽な非難を受けたからです。今ではわたし、先生にもみんなにも、悪い子だと思われています」

「どんな子だと思うかは、あなたが見せてくれる姿で決まるのよ、ジェイン。これからもずっと良い子でいてちょうだいね。そうすれば、わたしも嬉しいわ」

「そんなふうにできるでしょうか？」

「できますとも」先生は片方の腕をわたしの身体に回して、おっしゃった。「ところで、ブロックルハーストさんがあなたの恩人だと言った婦人のことだけど、その方はどなた？」

「ミセス・リードといって、わたしの伯父の奥さんです。伯父は亡くなって、わたしを夫人の手に残したんです」

「じゃ、その夫人は、自分からあなたを引きとったわけではないのね？」

「はい、気が進まないことでした。でも、伯父は亡くなる前に、わたしをずっとそばに置くことを約束させたと、召使たちが言うのを何度も聞きました」

「そうだったの。ねえ、ジェイン、知らないかもしれないから教えてあげるけど、何かの罪で責められたとき、その人は自分の潔白を申し立てることが許されるの。あなたは嘘つきだと非難されたんですから、できるだけの言葉で弁明をしてごらんなさい。間違いないと記憶にあることは何でも言ってかまいませんが、そうでないことをつけ足したり、大げさに言ってはいけませんよ」

できるだけ穏やかに、正確に話そう、とわたしは深く心に決めた。そして、言うべきことを頭の中で整理するために少し考えてから、子ども時代の悲しい日々のことをすっかり先生に話した。感情の昂《たかぶ》りで疲れていたので、惨《みじ》めな話をしていても、言葉はいつもより落ち着いていた。憤懣《ふんまん》にわれを忘れることをヘレンに注意されたのを忘れず、恨みや苦しみをいつになく減らして語ったので、抑制のきいた、淡々とした話しぶりになって真実らしさが増した。話を進めるうちにわたしには、先生にすっかり信じてもらえたのが感じられた。

話の途中で、あの発作のあとに診《み》に来てくれたロイドさんのことにも触れた。赤い部屋での恐ろしい経験は決して忘れられるものではなく、詳しく話しているうちに興奮がいくらか限度を超えてしまった。許しを求めて泣き叫ぶわたしをはねつけて、亡霊の出る真っ暗な部屋にリード夫人がわたしを押し戻して閉じ込めたときの、心臓が締めつけられるような激しい苦しみは、時がたっても和らぐことがなかったのだ。

わたしの話が終わると、テンプル先生はしばらく黙ったまま、わたしを見つめていた。それからこう言われた。

「ロイドさんのことは、少し知っています。お手紙を書いてみましょう。あなたの言ったことと一致するお返事が来たら、あなたに着せられた汚名のすべては、晴れて返上ですよ。もっとも、良い子だということが、わたしにはもうすっかりわかりましたけれどね、ジェイン」

先生はわたしにキスしてくださった。そのお顔、ドレス、一つ二つのアクセサリー、白い額《ひたい》、つやつやしたカールの髪、黒く輝く瞳などを眺めて、わたしは子どもながら満ち足りた気持ちで立っていたが、先生はわたしをそばに立たせたまま、ヘレンに話しかけた。

「ヘレン、今夜はどう？　今日は咳がたくさん出た？」

「いいえ、それほどでもなかったと思います」

「胸の痛みは？」

「ちょっとよくなりました」

先生は立ち上がると、ヘレンの片手を取って脈を調べ、それから席に戻られたが、椅子に掛けるときに小さなため息をつかれるのが聞こえた。そして少しの間何か考えていらしたが、元気を奮い起こすように明るく、

「とにかく、今夜あなた方はわたしのお客様ですものね。それにふさわしいおもてなしをしなくては」とおっしゃって、呼び鈴を鳴らした。

「バーバラ、わたしはまだお茶をいただいてなかったから、持ってきてくださいな。二人のお嬢さんのカップも、一緒にお願いね」

先生がそう言いつけたので、まもなくお茶の支度が運ばれてきた。磁器のカップとぴかぴかのティーポットが暖炉のそばの小さな丸テーブルに置かれた様子は、わたしの目になんと美しく見えたことだろう。そして、お茶の香りとトーストの香ばしい匂い！

しかし残念なことに、トーストはほんのちょっぴりしかないのね、と空腹のわたしは思

った。先生もそれに気づいて、おっしゃった。

「バター付きパンをもう少しいただけないかしら、バーバラ。三人にこれでは足りないわ」

バーバラは出て行き、すぐに戻ってきた。

「先生、いつもの量はお出ししました、とハーデンさんが申しますが」

ハーデンさんというのは食品の管理主任で、ブロックルハースト氏お気に入りの、鯨《くじら》の骨と鉄でできたような女性だった。

「そう、それならいいです」と先生は答えた。「これで何とかするしかないのね、バーバラ」そしてバーバラが出て行くと、にっこりして「今夜は幸運なことに、足りない分を何とかできるのよ」とおっしゃった。

ヘレンとわたしにテーブルのそばに来て座るようにすすめ、二人それぞれの前にお茶のカップと、おいしそうな、しかしほんのちょっぴりのトーストを置くと、先生は立ち上がって、鍵のかかった引き出しの中から紙に包んだものを取り出した。わたしたちの前に現れたのは、かなり大きいシードケーキだった。

「帰りに持たせてあげるつもりだったけど、トーストがこれっぽっちですから、今おあがりなさいね」先生はたっぷりと切り分けてくださった。

その宵、わたしたちはまるで神さまのご馳走《ちそう》、神さまの美酒をいただいたようなものだった。中でもとりわけ嬉しかったのは、たっぷりのすばらしいご馳走で空腹を満たしているわたしたちを眺める先生の、満足そうな微笑みだった。お茶がすんで道具が片付けられると、先生はわたしたちを再び暖炉のそばに呼んでくださった。わたしたちは先生の両側に座った。先生とヘレンの間に交わされる話を聞くことができたのは、まさに貴重な特典だった。

テンプル先生は常に落ち着いた雰囲気の方で、物腰には威厳があり、言葉づかいには品格があった。激したり、興奮したり、われを忘れたりすることはない。先生を前にしてお話を聞く相手の喜びは、畏敬の念に駆られておのずから静かなものになるのだった。そのときのわたしもそうだったが、ヘレン・バーンズの様子については驚くばかりだった。

おいしいご馳走、暖かな火、大好きな先生の優しさなども理由だったに違いないが、もしかするとそれら以上に、ヘレン自身の特別な精神の内にある何かが、ヘレンの中に力を呼び起こしたのかもしれない。その力は目覚め、燃え上がった。初めはその頬——それまではいつも、血の気がなく青ざめた色しか見たことのなかったヘレンの頬を赤く輝かせ、次にはその澄んだ目をきらきらと輝かせた。そしてその目は先生の目以上の不思議な美しさを見せた。綺麗な色や長いまつ毛や整った眉の美しさではなく、そこにこめられた意味、動き、輝きの美しさだった。魂が唇に宿ったように言葉が湧き出てきたが、源がどこにあるのかはわからなかった。純粋で豊かで燃えるような雄弁が湧き上がる泉、それを内に抱くほど大きく強い心が、わずか十四歳の少女にあるのだろうか。わたしにとって忘れられないこの晩、ヘレンの話はそんなふうだった。長生きする多くの人が語ることを、ヘレンの魂は短い時間の中で語り急ぐように思われた。

先生とヘレンは、わたしが聞いたこともないような事柄について語り合っていた。さまざまな民族のこと、過去のこと、遠い国々のこと、自然界での発見や推測されている秘密、あるいは本についての話である。二人ともなんとたくさんの本を読み、なんとたくさんの知識を持っていたことだろう！　フランスの人名や作家についてもとても詳しいようだった。けれどもわたしの驚きが頂点に達したのは、先生がヘレンにむかって、お父様から教わったラテン語を思い出すことがありますか、と訊ねられてから、一冊の本を棚から引き出し、『ウェルギリウス』の一ページを読んで訳してごらんなさいとおっしゃったときである。ヘレンは言われた通りに読みはじめ、それが一行一行進むにつれて、わたしの崇敬の念は高まっていった。そのページが終わるのとほとんど同時に、就寝時刻を告げる鐘が鳴った。遅れることは許されない。テンプル先生はわたしたち二

人を胸に抱き寄せて、

「大事なあなたたちに、神さまの祝福がありますように」とおっしゃった。

先生はわたしより一瞬長くヘレンを腕にとどめ、わたしより名残惜しそうにヘレンを離した。出て行く後ろ姿を目で追ったのもヘレンなら、もう一度悲しげなため息をついて頬の涙を拭《ぬぐ》われたのも、すべてヘレンのためだった。

寝室に着くと、スキャチャード先生の声がした。先生は引き出しの点検中で、折しもヘレンの引き出しを開けたところだったので、わたしたちが入って行くとたちまち、ヘレンに厳しい叱責が向けられた。きちんとたたんでいなかった数点の品物を、明日は肩にピンでとめておくようにと、ヘレンは先生に申し渡された。

「持ち物が、恥ずかしいくらい乱雑になってたの。きちんと整頓するつもりだったのに忘れちゃって」とヘレンは小声でささやいた。

翌朝スキャチャード先生は、ボール紙によく目立つ字で「だらしない子」と書き、それをヘレンの、優しく物静かで知的な、広い額に、お守り札のように結びつけた。ヘレンは当然の罰として不満も見せず、夕方まで我慢強くそれをつけていた。午後の授業が終わってスキャチャード先生が出て行ったとたんに、わたしはヘレンに駆け寄り、それをむしり取ると火の中に投げ込んだ。ヘレンの感じない怒りが、一日中わたしの心の中で燃えさかっていて、大粒の涙が絶えずわたしの頰を熱く焦がしていたのだ。ヘレンが服従している悲しい姿を見ていると、耐えがたい痛みが胸をついた。

この出来事があって一週間後、ロイドさんからの返事の手紙がテンプル先生に届いた。手紙の内容はわたしの話の正しさを保証してくれたようだった。先生は全校生徒を集めると、ジェイン・エアについて述べられた非難について問い合わせをしましたが、着せられた汚名はすべて根拠のないことだとここに断言できるのをとても嬉しく思います、と言ってくださった。先生たちはわたしと握手し、キスしてくださったし、生徒たちの間にも「よかったわね」というささやきが広がった。

こうして辛い重荷から自由になったわたしは、どんな困難にも負けずに道を開いていくのだという決意を固めて、そのときから心も新たに勉強を始めた。頑張ったかいがあって、努力に比例する成果が上がった。わたしの記憶力は生まれつきよいとはいえなかったが、訓練によって進歩したものだった。理解力も学習によって増した。何週間かたつと上のクラスに進むことができ、二か月足らずでフランス語と図画の勉強を許された。フランス語の動詞 Être の最初の二つの時制変化を習った日に、初めて小さな家のスケッチもしたのである。（ちなみにその絵の家は、ピサの斜塔に負けないくらいに傾いていたものだ。）その夜ベッドに入ったとき、わたしは熱々のベークドポテト、または白パンと新鮮な牛乳という空想のご馳走を頭の中に支度するのを忘れた。いつもはそれで、食物への渇望を満たしていたのだ。代わりに楽しんだのは、闇に浮かんでくる理想のデッサンで、すべてわたしの描いたものだ。鉛筆でのびのびとスケッチした家々、木々、趣《おもむき》のある岩や廃墟、オランダの画家のコイプ風に描いた家畜の群れなど、あるいは、薔薇の蕾《つぼみ》の上を舞う蝶、熟したさくらんぼをついばむ小鳥、真珠のような卵をツタの小枝がとり巻くミソサザイの巣などを描いた綺麗な絵。また心に思ったのは、マダム・ピエロがその日見せてくださったフランス語の小さい絵本を、いつか自分ですらすら訳せるようになれるかしら、ということだったが、納得できるような答えが出る前にすやすやと眠ってしまった。

ソロモンの名言に「肥えた牛を食べて憎み合うよりは青菜の食事で愛し合うほうがよい」というのがある。

衣食住に欠乏はあっても、このローウッドの生活を、贅沢なゲイツヘッドの暮らしと取り替えたいとはもう思わなかった。

第9章

ローウッドでの不自由、というより辛苦の数々も少なくなっていった。春が近づいていた。それどころか、すでに訪れていたといってもよい。霜は降りなくなり、雪はとけ、身を切るような風も穏やかになってきた。一月の刺すような空気で皮がむけて腫《は》れあがり、まともに歩けないほどだった惨《みじ》めな足も、四月の優しい息吹で、腫れがひいて治ってきた。血管の血を凍らせるような、カナダ並みの朝晩の低温にも見舞われなくなり、庭での遊び時間にも耐えられるようになった。晴れた日には、気持ちがよくて楽しいと思えることさえあった。茶色の花壇に緑が芽生え、毎日伸びていく様子は、夜の間に希望の女神があたりを歩き回り、朝には日ごとに輝きを増す足跡を残していくかに思われた。マツユキソウ、クロッカス、紫色のアツバサクラソウ、パンジーなどの花が、葉の中からのぞきはじめた。木曜日の午後はお休みなので散歩に出かけ、路傍の生垣の下に、さらに綺麗な花を見つけた。

わたしが見つけた大きな喜びは他にもあった。校庭を囲む、忍び返しのついた高い塀の外に広がる世界、地平線までさえぎるもののない景色である。広い窪地をとり巻く、新緑と影に富んだ堂々たる山々を眺め、黒い小石の上をきらきらと渦巻き、ほとばしって流れる小川を見るのも、喜びの一部だった。冬の鉄色の空の下、霜でこわばり、雪に覆われているのとは、なんと違った景色なのだろう。あの頃には死のように冷え冷えとした霧が、東風に乗って紫の山並みに漂って行き、川辺の緑地に降りて小川の凍るような霧と混じりあっていた。小川も冬には濁った激流で、森をばらばらにするような勢いで奔放に流れ、轟音《ごうおん》を立てていた。大雨や風を伴う氷雨などでよく激しさを増し、川岸の森は骸骨の列にしか見えなかった。

四月が過ぎて、五月になった。明るくのどかな五月――青い空に穏やかな日ざしが降りそそぎ、西風や南風がそっと吹く毎日が続いた。草木はぐんぐんと生長する。ローウッドは、編んでいた髪をほどいたようだった。一面が緑になり、花であふれた。骸骨のようだったニレ、トネリコ、樫《かし》などの木はすべて堂々たる姿に戻り、林の奥にはいろいろな植物が勢いよく芽生えた。窪地は無数の種類の苔で満ち、野生のサクラソウの群れはまるで地上の日光のように不思議な光を放っていた。陰になった場所のあちらこちらで、その淡い金色の輝きが美しいカットグラスのかけらのようにきらめくのを、わたしは見たことがある。こういったものすべてを心ゆくまで、監視されることもなくほとんど一人で自由に楽しむことができた。そんな異例の自由と楽しみには理由があり、ここでそのことを語らなくてはならない。

丘陵の森に抱かれ、川のほとりに建つこの学校の敷地を、住むには快適な場所としてここまで述べてきたかもしれない。たしかに快適ではある。ただし、健康によいかどうかは別の問題であった。

ローウッドのある森の中の谷間は、霧が生まれ、霧に育《はぐく》まれる疫病の揺り籠のようなものだった。疫病は春の息吹とともに活気を帯び、養育院に忍び込んで、生徒でいっぱいの教室や寮にチフス菌を吹き込んだ。五月の訪れを待たずに、学校は病院に変えられてしまったのだ。

なかば飢餓の状態に加えて、風邪をひいても身体を労わることのできない日常生活のせいで、生徒の大部分は病気に感染しやすくなっていた。八十人の生徒のうち四十五人が一度に寝込んだ。学級閉鎖、規則の緩和、そして体調のよい少数の生徒には、ほとんど無制限の自由が与えられる結果となった。健康状態を保つためにはよく運動させなくてはいけないとの指示が校医から出されたし、仮にそれがなかったとしても、元気な生徒の監督や指導のために人手を割《さ》く余裕が学校には残っていなかったのだ。テンプル先生は看護に全力を傾注され、様子を見て夜間に何時間かの短い休息をとる以外は、病室から一歩も出ないで過ごしていらした。病気の巣から引きとろうと申し出るだけの好意と力のある親戚や知人がいる、幸運な生徒を送り出すためには、荷造りやその他の支度が必要で、先生たちはそれで手いっぱいになっていた。すでに感染した多くの生徒たちは、死ぬために家に帰るようなものだった。学校で亡くなった生徒は、病気の性質上一刻の猶予《ゆうよ》もならず、急いでひっそりと埋葬された。

病気がローウッドの住人になり、死はそこへ足繁くやって来る訪問者になったこの時期、壁の内に陰鬱と恐怖が満ち、部屋や廊下には病院の匂いが立ちこめ、死の匂いを抑えようと薬剤や脱臭用の香錠がむなしく健闘していたこの時期、戸外では晴れた空から明るい五月の太陽が、そびえる丘や美しい森に光をそそいでいた。庭も花々で燃えるような鮮やかさ――タチアオイは木のように高く伸び、百合は蕾《つぼみ》を開き、チューリップも薔薇も花ざかりだった。小さな花壇の縁《ふち》は、ピンクのアルメリアと真紅の八重咲きヒナギクで華やかに飾られ、野薔薇は朝夕、香辛料とりんごのような香りを放っていた。こういう香り高い宝物も、ときに柩《ひつぎ》に入れるための一握りの花や香草を提供する以外、ローウッドの住人のほとんどにとって無用のものだった。

けれども、わたしを含めて健康な者たちは、その季節、その情景の美しさを思う存分楽しんだ。ジプシーのように、朝から晩まで森の中を歩き回っていても叱られない。わたしたちはしたいことをし、行きたいところに行った。生活も前よりよくなった。ブロックルハースト氏とその一家は、今ではローウッドに寄りつこうとしないし、経営の詳細の検査もない。あの、いやな管理主任は病気の感染を恐れて逃げ出してしまい、その後任に来たのはロートン施療院の看護師長だった人で、ここでのやり方に慣れないせいで、比較的気前よく食べ物を支給してくれた。第一、食べる人の数が減ったし、病人はほとんど食べないから、朝食の一人分も以前より多くなった。きちんとした昼食の準備が間に合わないことがよくあり、そんなときには大きく切り分けた冷たいパイとか、厚切りパンとチーズなどが配られる。それを持ってわたしたちは森に出かけて行き、それぞれが一番好きな場所を選んで豪華な食事をするのだった。

わたしの大好きな場所は、小川の真ん中に鎮座している、平らで大きな岩の上だった。水面より高い場所にあって白く乾いているが、そこまでは流れの中を歩いて行かなくてはならず、わたしはそれを裸足《はだし》でやってのけた。岩はわたしともう一人が楽に座れる広さだったので、相手に選んだのはメアリ・アン・ウィルソンという友達だった。よく気のつく賢い子で、機知に富む独創的なことを言うし、一緒にいると気持ちが安らぐので、メアリ・アンとつきあうのは楽しかった。わたしよりいくつか年上で、世の中のことをよく知っていて、わたしの知りたいことを話してくれる。メアリ・アンの話でわたしの好奇心は満たされた。わたしの欠点はすべて寛大に許してくれ、わたしが何を言っても、決して抑えたり止めたりすることはなかった。メアリ・アンは語るのが得意で、わたしは分析が得意、メアリ・アンは知識を与えるのを好み、わたしは質問好き、というわけで、お互いにとても相性がよく、あまりお互いを向上させる助けにはならなかったかもしれないが、楽しいつきあいを続けていた。

では、ヘレン・バーンズはいったいどこに？　なぜわたしは、すばらしい自由の日々をヘレンとともに過ごしていなかったのだろうか。ヘレンを忘れてしまったのか？　あるいはヘレンとの純粋な友情に飽きてしまうほど、わたしはつまらない人間だったのか？　メアリ・アン・ウィルソンが、先に知り合ったヘレンに劣ることはたしかだった。メアリ・アンは愉快な話を聞かせてくれ、わたしの喜ぶような、刺激のある世間話をするだけの相手だったが、それに対してヘレンは、もしわたしがここまで述べてきた見方に間違いがなければ、彼女との対話という特権を得られた相手に対して、ずっと高いものを与えることのできる人だった。

読者の方々に申し上げるが、本当にその通りにわたしは感じていたし、よくわかってもいた。欠点が多く、それを埋め合わせるような美点もほとんど持たないわたしだが、ヘレンに飽きたことなどなかったし、ヘレンへの気持ち――わたしがそれまでに抱いたどんな愛情より強く、敬意と思いやりに満ちた愛情を、なくしたこともなかった。いつどんな場合でも不機嫌や苛立《いらだ》ちに乱されることのない、穏やかで誠実な友情をわたしに示してくれるヘレンに、そのような愛情を持ち続けること以外、どんな態度がありえようか。しかし、ヘレンはいま病気だった。何週間か前から、どこかわからない二階の部屋に移されてしまっていて、ずっと姿が見えなかった。熱病患者の病棟でないことは聞いていた。ヘレンはチフスではなく、肺病だったからである。そして、無知だったわたしは肺病を、ゆっくり静養すれば必ず治る軽い病気だと考えていた。

その考えを信じていたのは、晴れて暖かい日の午後に一、二回、ヘレンがテンプル先生と一緒に庭に降りてきたのを見たからだった。でも、そばに行ってヘレンと話をするのは許されなかった。教室の窓から眺めるだけで、それもよくは見えなかった。ヘレンはしっかりとくるまれて、遠くのベランダの下に座っていたからだ。

六月初めの、ある夕方のことである。メアリ・アンとわたしは遅くまで森にいた。いつものように他の友達と別れて、二人で森の奥まで歩いて行ったのだが、あまり遠くまで分け入ったために道に迷い、人里離れた一軒家で道を訊ねなくてはならなかった。そこには夫婦が住んでいて、なかば野生の豚の群れに森の木の実を食べさせて飼っていた。学校に帰り着いた頃には月が昇っていて、お医者さんが乗ってくるので見覚えのある小馬が庭の入り口につながれているのが見えた。ベイツ先生がこんな時間に呼ばれたのを見ると、誰かが重病に違いないわ、とメアリ・アンは言い、中に入って行ったが、わたしは少しあとまで庭に残った。森で掘ってきた、一握りの根つきの草花を朝までそのままにしておくと萎《しお》れてしまうだろうと心配だったので、自分の花壇に植えようと思ったのだ。そして植えたあともまだしばらく外にとどまっていた。夜露が降りて、甘い花の香りがする。実に穏やかで暖かく、気持ちのよい夕べだった。まだ赤みの残る西の空は、明日も晴天を約束しており、厳《おごそ》かな東の空には堂々と月が昇る。子どもらしくそれを眺めているうちに、わたしの心に、それまで思ってみたこともない考えが浮かんだ。

「いま病の床で、命の境にいたら、どんなに悲しいことかしら。こんなに素敵なこの世から召されて、どこともしらないところに行かねばならないなんて、寂しいことだろう」

このときわたしの心は、天国と地獄についてそれまでに聞かされてきたことを、初めて真剣に理解しようとしていた。そして初めてひるみ、迷っていた。後ろ、左右、前へと目をやって、まわり中が底知れぬ淵であるのに初めて気づき、現在という、いま立っている一点だけが感じられ、あとはすべて、形のない雲とうつろな深み――つまずいてその混沌に落ちて行くことを考えて、心は震えていたのだ。初めてのこんな思いにふけっていると、玄関のドアの開く音が聞こえた。ベイツ先生が看護婦と一緒に出てきた。馬に乗って立ち去る先生を見送ってドアを閉めようとした看護婦のところに、わたしは駆け寄った。

「ヘレン・バーンズはどんな具合ですか？」

「とても悪いの」

「ベイツ先生は、ヘレンを診《み》に？」

「そう」

「で、何ておっしゃっているんですか？」

「ここにいるのも長くはないだろうって」

わたしがこの言葉を昨日聞いていたなら、ヘレンは故郷のノーサンバーランドに移されようとしているのだと思っただけで、死が迫っているという意味だとは思いもよらなかったことだろう。だが、このときはすぐにわかった。ヘレン・バーンズに残された日がわずかであること、魂の領域――そういう世界があるのならばだが――そこへ連れて行かれるのだということがはっきりと理解できた。衝撃的な恐怖、次には身震いするような悲しみ、そして最後には、ヘレンに会いたいという強い気持ちに襲われて、わたしはヘレンのいる部屋はどこかと聞いてみた。

「テンプル先生のお部屋ですよ」と看護婦が教えてくれた。

「行ってヘレンとお話ししてもいいですか?」

「まあ、そんなこと、だめですよ。できるわけがありません。それに、もう中に入る時間です。夜露が降りているのに外にいたりしたら、熱病にかかりますよ」

看護婦は玄関のドアを閉めた。わたしは教室に通じる脇の入り口から入り、ちょうど間に合った。九時になっていて、ミラー先生が生徒たちに、寝る時間ですよ、と言っているところだった。

それから二時間後――おそらく十一時近かっただろうと思うが――眠れないわたしは、静まり返った寮の気配から、みんな深い眠りに包まれていると考えて、そっと起き上がった。寝巻の上にスモックを羽織り、靴ははかずに忍び足で寝室を出ると、テンプル先生のお部屋探しを開始した。建物の反対の端にあるのだが、行き方はわかっていた。あちこちの廊下の窓から差し込む、澄みわたった夏の月の光が、探すのを楽にしてくれた。カンフルと焦がした酢の匂いは、熱病患者の部屋が近くにあるしるしだ。徹夜の看護婦に気づかれないように、すばやくドアの前を通り抜けた。見つかって追い返されてはいけない。どうしてもヘレンに会わなくては――逝ってしまう前に抱きしめて、最後のキスを贈り、最後の言葉を交わさなくては。

階段を下り、階下の一部を横切って、音を立てずに二つのドアを開けて閉めた。さらに行くと別の階段があり、それを上ると、目の前がテンプル先生のお部屋だった。鍵穴とドアの下から光が漏れていて、あたりは深い静寂に包まれている。近づいてみると、ドアは細く開けてあった。病人の部屋に新鮮な空気を入れようという配慮からだろう。ぐずぐずする気にはなれず、身も心も痛いほど震えながら、抑えがたい衝動に駆られてわたしはドアを押し、のぞきこんだ。目はヘレンの姿を捜し求めたが、死と出会うのを恐れてもいた。

テンプル先生のベッドのそばに、白いカーテンが半分引かれた、小さなベッドが置かれている。掛け布団の下の身体の形は見えたが、カーテンで顔は見えなかった。庭で話をした看護婦は安楽椅子に座ったまま眠っており、芯を切ってないろうそくが一本、テーブルの上で弱い光を放っていた。テンプル先生の姿は見えない。あとで聞いたところでは、ちょうど高熱の患者のところに呼ばれていらしていたのだ。わたしは歩いて行って、ベッドの傍らで止まった。カーテンに片手をかけたものの、開ける前に声をかけることにした。亡骸《なきがら》との対面になるのを恐れる気持ちが、まだあったのだ。

「ヘレン、起きてる？」わたしはささやいた。

ヘレンが身動きしてカーテンを開けた。やつれて青白い顔だったが、とても落ち着きがあり、いつもとほとんど変わらなかったので、わたしの恐怖心は一瞬にして消え去った。

「ジェイン、ほんとにあなたなの？」ヘレンは、その優しい声で聞いた。

ああ、ヘレンは死んだりしないわ。みんな、間違ってる。もし本当に死にかけていたら、こんなに落ち着いて穏やかに話ができるわけないもの、とわたしは思った。

ベッドに近寄り、ヘレンにキスした。額《ひたい》は冷たく、両頬も手も手首もやせて冷たかったが、ヘレンは前と同じに微笑んだ。

「どうしてここに来たの、ジェイン？　十一時過ぎてるわ。さっき、時計が鳴るのが聞こえたもの」

「ヘレン、あなたに会いに来たのよ。病気が重いって聞いて、話をしなくちゃ、眠れなかったの」

「じゃ、さよならを言いに来てくれたのね。ちょうど間に合ったみたい」

「どこかに行くの、ヘレン？　おうちに帰るの？」

「ええ、終《つい》の住みかへ。最後の家へね」

「いやよ、いやよ、ヘレン」わたしは悲しくなって言葉を切った。涙を抑えようとしていると、ヘレンが咳の発作に襲われたが、看護婦は目を覚まさなかった。咳が鎮まると、ヘレンは疲れてしばらく横になったままだったが、やがて小声で言った。

「ジェイン、あなたったら裸足なのね。ここに入って、わたしのお布団を掛けて」

わたしがそれに従うと、ヘレンは片方の腕をわたしに回し、わたしはヘレンに寄り添った。長い沈黙のあとに、ヘレンはまた小声で言った。

「わたし、とっても幸せよ、ジェイン。わたしが死んだと聞いても、悲しまないでね。悲しむことなんか、何もないんですもの。人はみんな、いつかは死ぬんだし、それにわたしを連れ去ろうとしている病気はね、苦しくないのよ。優しくゆるやかに進むの。だから、心が安らかよ。死んでも嘆き悲しむ人は誰もいないしね。父はいるけど、再婚したところだから、わたしがいなくなっても寂しくないはず。早死にするといろいろの苦しみを知らなくてすむのよ。わたしには上手に世の中を渡る素質や才能がないから、きっとまごまごするだけだったと思うわ」

「でも、ヘレン、どこへ行くの？　目に見えるの？　わかっているの？」

「信じているの、信仰があるから。わたしは神さまのもとへ行くのよ」

「神さまって、どこにいるの？　神さまって、なに？」

「わたしの、そしてあなたの、造り主。ご自分の造られたものを滅ぼしたりなさるはずはないわ。そのお力をひたすら信じ、慈《いつく》しみをただただ信頼しているの。神さまのもとに帰り、お姿を見せていただく、その大事なときが来るのを、指折り数えて待っているわ」

「じゃ、ヘレン、あなたは信じているのね、天国というところがあって、死んだら魂はそこに行けるのだって」

「死後の魂の世界はあると確信してるの。神さまは慈悲深い方だから、何の心配もなくわたしの魂を託すことができるわ。神さまはお父様、神さまはお友達。だから愛しているし、神さまもわたしを愛してくださっていると信じられるの」

「わたしも死んだら、またあなたに会えるかしら?」

「同じ幸せの世界に、あなたもきっと来るわ。そして、同じ全能の父に迎えられるのよ、ね、ジェイン」

わたしはさらに質問したが、これは声に出さず、心の中にとどめた。「その世界はどこにあるの? 本当にあるの?」——それからヘレンを、いっそう強く両腕で抱きしめた。今までよりずっと大切なヘレン! わたしのそばから離したくない——そう思いながら、ヘレンの首に顔を押しつけていた。まもなくヘレンは、このうえなく優しい口調で言った。

「なんて気持ちがいいんでしょう! さっきの咳でちょっと疲れちゃった。眠れそうな気がする。でも、行かないでね、ジェイン。そばにいてほしいの」

「ここにいるわ、大事なヘレン。誰が連れに来たって離れないからね」

「寒くない？」

「ええ」

「お休み、ジェイン」

「お休み、ヘレン」

ヘレンはわたしに、わたしはヘレンにキスをした。そして二人とも、すぐにすやすやと眠ってしまった。

目が覚めると、明るくなっていた。変わった動きで目を覚まして見上げると、誰かの腕の中にいた。抱いているのは看護婦で、わたしは廊下を通って、寮に運ばれて行くところだった。ベッドを抜け出したことを叱責する人はなかった。みんな、何か別のことを考えているらしく、わたしがいろいろ訊ねても、そのときは答えが返ってこなかったが、一日か二日たって、話を聞いた。テンプル先生が明け方にお部屋に戻ってみると、ヘレンのベッドにわたしがいたという。ヘレンの肩に顔をつけ、両腕をヘレンの首に回した格好でわたしが眠っていて――ヘレンは息絶えて。

ヘレンのお墓はブロックルブリッジ教会の墓地にあって、その後十五年間は草に覆われた塚にすぎなかった。今はそこに灰色の大理石の墓碑が建ち、ヘレンの名前と「我よみがえらん」というラテン語の言葉が刻まれている。

第10章

ここまでにわたしは、人生の最初の十年間に起きた些細な出来事を詳しく綴って、十に近い数の章を費やした。しかしながら、これを型通りの自伝にしようと思ってはいない。ある程度の興味をかき立てそうな事柄についてだけ記憶を呼び起こせばよいので、ここでは次の八年間について、ほとんど触れずに進めることにしたい。ただし、物語の脈絡をつけるために必要なことを、少しだけ述べておこう。

ローウッド蹂躙《じゅうりん》という使命を完了すると、チフスは次第に終息にむかったが、その猛威と犠牲者の多さのため、学校に世間の注目が集まった。病気の原因が調査され、さまざまな事実が公になって、人々の激しい憤慨を呼んだ。不健康な立地、質量ともに貧弱な子どもたちの食事、炊事に使われていた塩分と臭気のある水、粗末な衣服と建物設備——これらのすべてが明るみに出たことで、ブロックルハースト氏には不名誉な、学校にとっては有益な結果となったのである。

よりよい環境に、より設備の整った建物を建てるために、州内の善意あるお金持ちが多額の寄付をしてくれた。規則は新しくなり、食事や衣服も改良され、学校の財政管理は委員会に委託されることになった。ブロックルハースト氏には富と縁故があるので無視するわけにもいかず、財務担当の地位にとどまることになったが、仕事の遂行にあたっては、もっと優しく心の広い人々の協力を仰ぐことになった。また監査の仕事についても、道理と厳格さ、快適さと節約、同情と公正を両立させる術を知る人々とともに分担することになった。このような改善を経て、学校は有用で立派な施設に変わったのだ。学校の再生後、わたしは生徒として六年、教師として二年、合計して八年間のあいだ、そこにとどまった。そのどちらの立場からも、この学校の価値と存在意義を証言することができる。

八年間のわたしの生活は、いつも一定で単調な毎日だったが、不幸ではなかった。怠惰に過ごした月日ではなかったからだ。すばらしい教育という財産が、手を伸ばせば届くところに置かれていた。お気に入り科目の勉強の楽しさ、全科目で抜きん出た成績をおさめようという意欲、先生たち、特に大好きな先生方を満足させることの大きな喜び――これらがわたしを駆り立てる原動力となったし、与えられた機会は、逃さず十分に活用した。そのうちにわたしは一番上の級の首席となり、その後、教員の職を授けられて熱意を持って教えたが、変化が訪れたのは二年の後であった。

テンプル先生はそのときまで、学校内の改革期を通じてずっと校長でいらして、わたしが身につけたものの大部分は先生のお教えによるものだった。先生のご好意、ご懇意はいつも慰めであり、わたしにとって先生は、母であり、家庭教師であり、後には友であった。先生はこの時期に結婚され、ご主人(牧師で、先生のような女性にふさわしい、すばらしい方)とともに遠くに移られることになって、わたしは先生を失ったのだった。

先生がお発ちになった日を境に、わたしはそれまでのわたしではなくなった。ローウッドをわが家のようなものだと思わせてくれていた絆のすべて、落ち着いた気持ちのすべてが、先生とともに消えてしまった。先生の性質の一部と習慣の多くを、わたしは吸収しており、調和のとれた思考、抑制のきいた感情がわたしのものになっていた。義務と命令に忠実で、穏やかで、満ち足りていると自分でも思っていた。他人の目には、いや、たいていは自分の目にも、自制心のある物静かな性格の人間として映っていた。

けれども、運命がネイスミス牧師という形をとって、先生とわたしの間に現れた。結婚式をすませた先生が、すぐに旅行の服に着替えられて駅馬車に乗り込まれるのを、そしてその馬車が丘を上り、頂《いただき》を越えて見えなくなるのを、わたしはじっと見送った。それから部屋に戻り、お祝いのために半休になったその日の大部分を、一人で過ごした。

その間のほとんど、わたしは部屋の中を歩き回っていた。それは失ったものを惜しみ、そのあとをいかにして埋め合わせようかと思案しているのだとばかり、自分でも思い込んでいた。が、ふと物思いから覚めて目を上げ、もう午後が過ぎて夕方になっているのを知ったとき、新しい発見に気づいた。すなわち、自分は変身の過程を経験していたのであり、わたしの心はテンプル先生からお借りしていたものをすべて脱ぎ捨てた、いや、むしろ、先生の近くでわたしが呼吸していた穏やかな空気を、先生が持って行かれたというべきだろうか。今やわたしは、もとのわたしに戻り、昔の感情が動き出すのを感じはじめているのだとわかった。支えがはずされたというより、動機となるものが失われたように思われた。平静でいる力がなくなったというより、平静でいる理由がなくなったのだ。わたしの世界はこの数年間ローウッドの中にあり、わたしの経験はローウッドの規則と組織の範囲の内のものであった。だが、現実の世界の広さをわたしは思い出した。そこには希望や不安、感情や興奮に満ちたさまざまな領域があり、人生の本当の知識を求めて、危険をかえりみず、その広い世界に踏み出す勇気のある者たちを待ち受けているのだということを思い起こしたのだ。

わたしは窓辺に近づき、窓を開けて外を眺めた。建物の両翼、庭、ローウッドの敷地のはずれ、そして起伏のある地平線が見える。わたしの視線はそれらを通り過ぎ、一番遠くの青い山並みに向けられた。登ってみたいとあこがれていた頂だ。岩とヒースが境界となり、その内側はすべて監獄の地、流刑の土地のように思われた。一つの山裾をうねって進み、山の間の谷に消えていく白い道を、わたしは目でたどった。あの道の先へずっと行ってみたいと、どんなに願ったことか！　馬車であの道を通ってきたときのこと、黄昏時《たそがれどき》にあの丘を下ってきたときのことを思い出した。初めてローウッドに来た日からずいぶん長い時間がたったような気がした。あのとき以来、学校を出たことはなかったのだ。休暇はいつもここで過ごした。リード夫人がゲイツヘッドに呼んでくれたことは一度もなく、夫人も家族も誰一人としてわたしに会いに来てはくれなかった。手紙や伝言による外の世界との連絡も、わたしにはまったくなかった。学校の規則と義務、学校の習慣と信念、声、顔、言葉、衣服、好意と反感――それがわたしの知るすべてだった。それだけでは十分ではない、とそのときのわたしは感じていた。その午後のうちに、八年間の決まりきった毎日に飽きてしまったのだ。自由がほしい、どうしてもほしい、自由を与えてください、とわたしは祈りを捧げた。だがその祈りは、かすかに吹いていた風で散ったようだった。わたしは自由をあきらめ、変化を、刺激をください、という控えめな願いにしたが、それもまたどこへともなく吹き払われたように思われた。「それならせめて、新しい務めを！」わたしはなかばやけになって言った。

ちょうどそのとき、夕食を知らせる鐘が鳴り、わたしは下に降りた。

中断された考え事の続きは、就寝時刻まで再開することができなかった。そのときになっても同室の先生が長々とおしゃべりを続けるので、考えたい問題になかなか戻れなかった。早く眠って静かにしてくれたらいいのに、とどんなに願ったことか！　窓辺に立っていたとき最後に思いついた考えに戻れたら、何か思いきった解決策が浮かぶのではないかと思われた。

ようやくミス・グライスがいびきをかきはじめた。ウェールズ出身の大柄な人で、毎夜のいびきをうるさいとしか思ったことはなかったが、この晩はその低い音が聞こえてくるのを大いに歓迎した。これで邪魔は入らない――途中で消えかかっていた考えが、たちまち生き返った。

「新しい務め！　一理あるわ」わたしは独り言をいった。（心の中で、という意味だと思っていただきたい。声は出さなかったからだ。）「たしかに一理ある。だって、響きがよすぎないもの。自由、刺激、喜び、などの言葉とは違う。そういう言葉はたしかに魅力的な響きだけど、わたしにはただ響きであるだけ。すぐに消えるうつろなものだから、耳を貸すのはただの時間の無駄よ。でも、務め――これは現実的。誰にでも務めることはできるじゃない。わたしもここで八年間、自分の務めを果たしてきたわ。今の望みは、どこか別のところで役に立ちたいというだけのこと。そのくらいの願いならどうかしら、可能なのでは？　そうよ、そうよ、目的の実現はそう難しくないはず――達成の手段を探し出すためによくはたらく頭さえあれば」

その頭をしっかりはたらかせようと、わたしはベッドの上で起き上がった。冷え冷えとした晩だったので、ショールで肩を包み、また一生懸命に考え続けた。

「わたしは何を求めているのかしら。新しい場所——つまり、新しい家で新しい人に囲まれる、新しい環境ね。それ以上のものをほしがっても無駄だから、それを求めている。とすると、そんなとき、人はどうするのだろう。友達に頼むのね、きっと。でも、わたしには友達はいない。友達のいない人は他にも大勢いて、自分で何とか探さなくてはならないこともあるはず。そんなときの手段は？」

わからなかった。答えはまるで見つからない。答えを見つけるのよ、さあ、早く、とわたしは自分の頭脳に命じた。頭脳はスピードを上げて回転し、頭やこめかみがずきずきするのがわかった。だが、一時間近い奮闘努力にもかかわらず、成果は上がらなかった。徒労で火照《ほて》ったわたしは、起きて部屋の中をひと回りした。カーテンを開けると、星が一つ二つ見える。寒さに震え、またベッドにもぐりこんだ。

起きていた間に、親切な妖精が枕の上にアイディアを落としておいてくれたに違いない。横になるとすぐに、その考えがまったく自然に、そっと心に浮かんだからだ。「勤め口を求める者は広告を出す。ヘラルド新聞に広告を出せばいい」

「どうやって？　広告のことはちっとも知らないのに」

今度はすぐに答えが出てきた。

「封筒に広告文と代金を入れて、ヘラルド新聞の編集発行人宛てにする。今度ロートンに行ったらそれを郵便局で出す。返信は、郵便局留Ｊ・Ｅ宛てにしてもらい、一週間くらいたったら局に出向いて、返事が来ているかどうかをたしかめる。もし届いていたら、それに応じて行動すればいい」

この計画を、頭の中で二度、三度と検討してみた。よく納得でき、はっきりした実際的なイメージを持てたことに満足して、わたしは眠りについた。

朝になるとすぐに起き、広告の文を書き上げると封をした。起床の鐘が鳴る前に宛名まで書き終わっていた。次のような文面である。

「教歴のある若い婦人（二年間の教師経験があるのだから）、十四歳以下の子どものいる家庭での教師の職を希望（自分がやっと十八だったので、十四歳以上の生徒だと年齢が近すぎると思ったのだ）。イギリスにおける上等教育の通常科目、ならびにフランス語、図画、音楽を教える資格あり。（今日では貧弱に見えるこのリストも、当時としてはかなり総合的だと考えられたことを、読者の皆さんに申し上げておきたい。）返信は、

――州　ロートン郵便局留　Ｊ・Ｅまで」

この文書は、鍵のかかる引き出しに日中ずっとしまわれていた。お茶のあとでわたしは新しい校長先生に、ちょっとした自分の用事と同僚に頼まれた用事をすませにロートンへ行きたいと申し出、快諾を得て出かけた。歩いて二マイル、雨模様の夕方だったが、日は長かった。一、二軒の店に寄り、郵便局で手紙を出し、大雨でびしょ濡れになりながらもほっとした思いで帰ってきたのだった。

それからの一週間は長く感じられたが、地上のあらゆるものと同じく、この一週間も終わるときが来た。気持ちのよい秋の日の夕暮れ、わたしは再びロートンへの道を歩いていた。それは美しい道で、小川に沿ってゆるやかに谷間をたどっている。しかしこの日は、草地や小川の魅力より、行く先の小さな町でわたしを待っているかどうかわからない手紙のことで頭がいっぱいだった。

表向きの用事は靴の寸法をとってもらうことだったので、まずそれをすませた。それから靴屋の前の、清潔で静かな通りを渡って郵便局にむかった。角縁の眼鏡をかけ、黒い手袋をはめた老婦人が一人、郵便局で働いていた。

「J・E宛ての手紙は届いてないでしょうか？」とわたしは訊ねた。

婦人は眼鏡越しにわたしをじっと見てから、引き出しを開け、長いことごそごそと中をかき回していた。それがあまり長いので望みが消えかけた頃、ついに婦人は一通の手紙を取り出した。それを眼鏡の前に五分間近くもかざして見てから、もう一度こちらを疑い深く探るように一瞥《いちべつ》し、ようやくカウンター越しに差し出した。J・E宛ての封筒だった。

「一通だけですか?」

「ええ、それだけですよ」その返事を聞くと、わたしはそれをポケットに入れて帰路についた。八時までには学校に戻る規則で、もう七時半になっていたため、そこで開けることはできなかったのだ。

帰るといろいろな仕事が待っていた。生徒たちの自習時間の間、そばで見てやらねばならず、次には祈禱文を読み上げ、生徒たちの就寝を見届ける、そして他の先生方と夕食をとった。やっと自室にさがっても、もちろんミス・グライスが一緒なのはどうしようもない。部屋のろうそくが短くなっているので、燃えつきるまでミス・グライスがおしゃべりを続けるのではないかと心配だった。だがありがたいことに、ミス・グライスの平らげた大量の夕食が眠気を誘ったとみえて、わたしの着替えもすまないうちに、早くもいびきが始まった。ろうそくはまだ一インチ残っている。わたしは手紙を取り出した。封ろうはイニシャルのFだった。封を切ると、文面は短いものだった。

「先週木曜日――州ヘラルド新聞に広告を出されたJ・E殿が、記載された通りの学識を有し、人物能力に関してしかるべき推薦状の提出が可能であれば、家庭教師をお願いしたく存じます。教えていただくのは十歳前の女の子が一人、年給は三十ポンドです。推薦状とともに、氏名、住所等の詳細を下記までお送りください。

——州ミルコート近在ソーンフィールド　ミセス・フェアファクス」

わたしはその手紙を、長いことかけて調べてみた。筆跡は古風で、やや勢いに欠けるところがあるのを見ると年配の婦人らしい。条件は申し分なかったが、こんなふうに自分ひとりの判断で事を進めて、大変な窮境に陥るのではないかというひそかな恐れを抱いていた。そして何より、努力の結果がきちんとした成果を生んでほしいと願っていたのだ。年配の婦人というのは、この場合、悪くない要素だという気がした。ミセス・フェアファクス！　黒いドレスを着て、未亡人の帽子をかぶっている姿が目に浮かんだ。冷淡かもしれないが、尊大ではないだろう。初老の上品なイギリス婦人の典型といった人だ。ソーンフィールド！　これはたぶん、婦人のお屋敷の名前だろう。小綺麗なきちんとしたところに違いないと思ったが、お屋敷の構えを想像するのは、どうしてもうまくいかなかった。——州ミルコート。イギリスの地図を思い出してみると、州も町も、わかった。今わたしのいる辺鄙《へんぴ》な州より、七十マイルほどロンドンに近く、これは望ましいことだった。活気と変化のある場所に行きたいと切望していたからだ。ミルコートは、A川のほとりにある大きな工業町である。賑やかなことは間違いない。賑やかならなおさらけっこうだし、完全な変化になることはたしかだ——もっとも、高い煙突や空を覆う煙を想像して魅了されていたわけではないのだが。「だけど、たぶんソーンフィールドって、町からかなり離れているでしょうね」とわたしは思った。

　このとき、ろうそくが燃えつきて、火は消えた。

　次の日は、新たな行動を起こさなくてはならなかった。計画をこれ以上、自分の胸だけに秘めておくわけにはいかない。成功のためには、まわりに知らせる必要があった。お昼の休み時間に校長先生と会って、話を聞いてもらえたので、現在わたしがローウッドで得ている給与（年にわずか十五ポンドだった）の二倍の収入が得られる新しい職に就《つ》けそうだということを伝え、ブロックルハースト氏か委員会のどなたかに先生からこのことを話していただき、身元照会先になっていただけるかどうか伺ってくださいませんか、とお願いした。先生はその頼みを快く引き受けてくださり、翌日、ブロックルハースト氏にこのことを伝えてくださった。ブロックルハースト氏が言うには、リード夫人が本来の保護者であるから、そちらに手紙を出すべきだとのこと。そこでそれに従い、夫人に簡潔な手紙を書いた。リード夫人の返事には「好きなようにしてよろしい。わたしはあなたに関して、口出しをいっさいやめました」とあった。この手紙が委員会に回覧され、わたしにはとても長く思える時間が流れた末に、可能であるならよりよい待遇を求めてかまわないという正式の許可がようやく下りたのである。ローウッドでの日々の態度が教師としても生徒としても立派なものだったというので、人物と能力について記した推薦状は、学校の監督官の署名つきで直ちに発行する、という約束も同時に受け取った。

約一週間後にわたしはこの推薦状を受け取り、その写しをフェアファクス夫人に送った。夫人からは、これで大変けっこうです、では家庭教師として二週間後にこちらにいらしてください、と返事があった。

支度に忙しい日々が始まり、二週間はあっというまに過ぎた。衣類は必要な分を持っているだけでそれほど多くはなかったので、八年前にゲイツヘッドから持ってきたトランクに詰めるには、最後の一日で十分だった。

荷物に紐を掛け、荷札を鋲《びょう》でとめた。三十分もすれば運送の係の人が取りに来て、ロートンへ運んでくれる。わたし自身は翌朝早くロートンへ行って、乗合馬車に乗るのだ。黒い毛織の旅行服にはブラシをかけたし、帽子と手袋とマフも用意した。忘れ物がないか、引き出しも全部開けて調べてみた。あとはもうすることがないので、腰をおろして休もうとしたが、休めなかった。一日中立ち働いていたのに、興奮しているせいか、ほんの少しの休息もとれないのだ。人生のひとつの局面が、まさに今夜閉じようとしており、新しい局面が明日開く。その合間に眠ってなどいられるものか。変化の起きる間、どきどきしながら目を覚ましているほかはない。

心休まらぬ亡霊のように廊下を歩き回っていると、一人の召使が来てわたしに言った。「先生、下にどなたか、先生に会いたいと言っていらっしゃっていますが」「運送の人に違いないわ」わたしはそう思い、それ以上何も聞かずに階段を駆け下りた。そして台所に行こうとして、教員の居間にもなっている、奥の客間の半開きのドアの前を過ぎようとしたときだ。誰かが走り出てきた。「この人だわ、決まってる！　どこで会ったって、あたしにはわかるんだから！」わたしの行く手をさえぎって、手を握った人がそう叫んだ。

見るとそれは服装のよい、召使風の人で、既婚夫人らしい物腰ではあったが、歳はまだ若い。黒い髪と黒い目、快活な顔つきで、とても美しい女性だった。

「さあ、あたしは誰でしょう」その人は微笑しながら言った。何となく聞き覚えのある声だった。「あたしのことを、すっかりお忘れではないでしょう、ミス・ジェイン」

それを聞いた瞬間、わたしは夢中でその人に抱きついてキスをした。「ベッシー！　ベッシー！　ベッシー！」それしか言葉が出なかった。ベッシーは泣き笑いし、わたしたちは一緒に客間に入った。暖炉のそばには、格子縞の上着とズボンを着た、三歳くらいの小さい坊やが立っていた。

「うちの子なんですよ」ベッシーがすぐにそう言った。

「じゃ、結婚したのね、ベッシー」

「はい、駆者《ぎょしゃ》のロバート・レヴェンと。五年近くになります。このボビーと、もう一人女の子がいて、その子はジェインという名前をつけました」

「で、ゲイツヘッドには住んでいないの？」

「門番の小屋にいるんです。門番のおじいさんが辞めたので」

「そう、みんな、どうしてるの？　詳しく話してね、ベッシー。でも、まず座ってちょうだい。それから、ボビー、あなたはわたしのお膝に来ない？」しかし、ボビーは横歩きをして、母親ににじり寄った。

「あまり背が伸びていませんね、ミス・ジェイン。それに横幅も。学校の待遇があまりよくないんじゃありませんか。イライザお嬢様は、優に頭一つ分、あなたより背があるし、ジョージアナお嬢様はあなたの二倍の横幅がありますよ」

「ジョージアナは綺麗になったでしょう？」

「ええ、とっても。奥様と一緒に去年の冬、ロンドンにいらしたときも、あちらですっかり褒《ほ》めそやされて。ある青年貴族に見初められたんですけど、向こうのご親戚が結婚には反対で、それでどうなったとお思い？　二人は駆け落ちを企てたの。見つかって、だめになりましたけどね。見つけたのはイライザ――妬《ねた》んだに違いないわ。そんなわけで、姉妹の仲は最悪、喧嘩《けんか》してばかりですよ」

「まあ、そう。それから、ジョンは？」

「奥様の期待通りには、なかなかねえ。大学に行って、ええと――落第っていうんでしたか――その落第をされて。法律のお勉強をして弁護士に、と伯父様方はお望みでしたが、道楽息子ですからね、どうしようもないでしょうよ」

「見た目はどう？」

「とても背が高くて、ハンサムだと言う人もいますけど、唇が厚くて」

「ミセス・リードは？」

「恰幅《かっぷく》もよくて、お顔もお元気そうですが、あまり心中穏やかではないと思いますね。ジョンぼっちゃまの素行がお気に召さないの、何しろお金づかいが荒いもんで」

「ミセス・リードがあなたをここに来させたの、ベッシー？」

「いえいえ、とんでもない。あたしがずっとあなたに会いたかったんです。あなたからお手紙があって、他へ行かれると聞いたもんですからね、これはひとつ、顔を見に行ってこよう、遠くに行ってしまう前に、と思い立ったんですよ」

「会って、がっかりしたんじゃない?」わたしは笑いながらこう言った。ベッシーの目に好意は表れていたものの、賞賛の色はまったくないのに気づいていたからだ。

「いいえ、ミス・ジェイン、そんなことはありません。とても上品で、お嬢さんらしく見えますよ。昔を考えたら随分の進歩――だって子どもの頃は、ちっとも美人じゃなかったですからねえ」

ベッシーの率直な答えを聞いて、わたしは微笑した。たしかにその通り、そう思いながらも、無頓着に聞き流すことができなかったのを認めなくてはならない。十八という年頃なら、人から気に入られたいと思わない者は少なく、自分の外見がその望みをかなえるだけのものでないと考えざるを得ないのは、嬉しいとはとてもいえないことだからだ。

「でも、あなたはきっと器用でしょう」ベッシーは慰めるように言った。「できることは、何?　ピアノが弾けますか?」

「少しだけね」

その部屋にはピアノが一台あったので、ベッシーは近寄って蓋を開け、座ってちょっと弾いてみてくださいな、と言った。そこでわたしがワルツを一、二曲弾くと、ベッシーはうっとりと聞いてから、嬉しそうに言った。

「リード家のお嬢様たちは、こんなに上手に弾けませんよ。あたしがいつも言ったじゃありませんか、あなたはきっと、習い事ではお二人より上達なさるでしょうってね。絵は描けるんですか？」

「あのマントルピースの上にあるのは、わたしの絵よ」それは風景を描いた水彩画で、わたしのために委員会との間で親切に仲介の労をとってくださったお礼に、校長先生に贈ったものだった。先生はそれをガラスのついた額に入れて、飾ってくださっていたのだ。

「まあ、ミス・ジェイン、とっても綺麗な絵！　うちのお嬢様たちの絵の先生より上手ですよ。もちろん、お嬢様たちにはとうてい描けません。あと、フランス語も勉強なさいましたか？」

「ええ、読むのも話すのもできるわ」

「モスリンや帆布に刺繍《ししゅう》は？」

「ええ、大丈夫」

「ああ、ミス・ジェイン、それなら立派に一人前のご婦人ですよ。きっとこうなると、あたしにはわかってました。親戚が目をかけてくださらなくとも、ちゃんとやっていけますよ。そうそう、聞きたいと思っていたんですけど、お父様の親戚のエア家の人からお便りをもらったことがありますか？」

「一度もないけど」

「そうですか。貧乏で卑しい身分の人たちだと、奥様はいつもおっしゃっていましたね。貧乏かもしれませんが、家柄はリード家に劣らないと思うんです。と申しますのは、七年近く前でしたか、エアさんという方がゲイツヘッドにいらして、あなたに会いたいとおっしゃったんです。五十マイル離れた学校にいると奥様から聞いて、とてもがっかりされた様子でした。外国にいらっしゃるところで、お乗りになる船が一日か二日後にロンドンを出るから、お屋敷にゆっくりはできないのだ、と。立派な紳士らしい方で、お父様のご兄弟だと思います」

「外国って、どこにむかっていらしたのかしら」

「何千マイルも離れた島で、ワインができるところ。執事が教えてくれたんですが」

「マデイラじゃない？」とわたしは言ってみた。

「ああ、そう、それです、それです」

「それで、行ってしまわれたの？」

「はい、お屋敷にはちょっとだけしかいらっしゃいませんでした。奥様はとても横柄《おうへい》に応対なさって、あとで「こそこそした商売人」と呼んだりなさってました。ワイン商だと、うちのロバートは言っております」

「おそらくはね。でなければ、ワイン商の代理人か、販売係をしているのかも」

ベッシーとわたしはそのあと一時間ほど、昔のことを語り合い、やがてベッシーが帰らなければならないときが来た。ベッシーとは翌朝再び、わたしがロートンで馬車を待つ間に数分間だけ会うことができた。それからわたしたちは、ブロックルハースト・アームズの前で別れて、それぞれの道を進んだ。ベッシーはゲイツヘッドに戻る馬車に乗るためにローウッドフェルへ、わたしはミルコート近くの初めての町での、新しい仕事と新しい暮らしにむかう馬車に乗り込んだのである。

第11章

小説の新しい章は、芝居の新しい場面のようなものだ。だから今わたしがここで幕を上げたら、読者の皆さんには、ミルコートの宿屋ジョージ・インの一室を目の前に見ていると想像していただきたい。宿屋の部屋らしい大きな柄の壁紙、宿屋らしい絨毯《じゅうたん》、家具、マントルピースの飾り、版画——また、ジョージ三世やプリンス・オヴ・ウェールズの肖像画や、ウルフ将軍戦死の絵なども掛かっている。これらを照らし出すのは、天井から下がったランプの光と、よく燃えている暖炉の火であり、わたしは今、外套と帽子を身につけたままでその暖炉のそばに座っている。マフと傘はテーブルに置き、十月の寒さに十六時間もさらされて凍え、かじかんだ身体を温めているのだ。ロートンを出たのが午後四時で、ミルコートの町の時計が今、八時を打っている。

読者の皆さんの目には心地よくくつろいでいるように映るかもしれないが、わたしの心はあまり平静ではない。馬車がここに着けば、誰か出迎えの人が来ているものとばかり思っていたのだ。宿屋の雑用係が置いてくれた木製の踏み台を下りるとき、誰かに名前を呼ばれないか、ソーンフィールドへ案内してくれる乗り物が見えないかと、わたしはしきりにあたりを見回したが、何も見当たらなかった。ミス・エアという人はいないかと訊ねてきた人はいなかったかと宿屋のボーイに聞いても、いないという返事なので、部屋に案内してもらうほかはなかった。待っているわたしの心を、さまざまの懐疑と不安が悩ませていた。

自分が世界で一人ぼっちだという感じは、世間知らずの若い者にとってはとても不思議な感覚である。あらゆる纜《ともづな》を解かれ、めざす港に無事に入れるかどうかもわからず、出てきた港に戻ろうにも多くの障害がある。冒険の魅力が気持ちを引き立て、誇りが胸を熱くするが、不安が動悸《どうき》を打って心を乱すのだ。三十分たっても一人のままだったわたしは不安でいっぱいになり、呼び鈴を鳴らそうと思いついた。

「この近くにソーンフィールドというお屋敷はありますか？」やって来たボーイに、わたしはそう聞いてみた。

「ソーンフィールドですか、わたしは存じません。バーで聞いて参ります」ボーイはそう言って出て行き、すぐに戻ってきた。

「お客様、お名前はエア様でしょうか？」

「はい」

「お待ちの方がいらっしゃいます」

わたしは飛び上がってマフと傘を取り、急いで廊下に出た。開いたドアのそばに男の人が立っていて、ランプで照らされた通りには、一頭立ての馬車がぼんやりと見えた。

「これがお荷物で？」その人はわたしを見ると、廊下にあったトランクを指して、いきなりそう訊ねた。

「そうです」それを聞いて、その人はトランクを持ち上げて運び、荷馬車のような馬車に載せた。それからわたしも乗ったが、扉が閉められる前に、ソーンフィールドまではどのくらいあるのか聞いてみた。

「だいたい六マイルでしょうかな」

「時間はどのくらいかかりますか？」

「一時間半ってとこでしょう」

その人は扉を閉めて、外にある自分の席によじ登り、出発となった。ゆっくりと進むので、考える時間はたっぷりある。ようやく旅の終わりに近づいているという安心感があり、優雅とはいえないが快適な乗り物の座席に身体を預けてくつろぎながら、わたしは思いをめぐらせた。

「馬車と従者の質素なのを見ると、フェアファクス夫人はそれほど派手な人ではないようね。けっこうなことだわ。わたしが華やかな人たちの間で暮らしたのは一度だけだけど、とても不幸せだった。フェアファクス夫人は、女の子と二人だけでお住まいなのかしら。もしそうなら、そしていくらかでも優しい方なら、きっとうまくやっていけそうな気がする。ベストを尽くそう。ベストを尽くした結果が必ずしも報われるとは限らないのは残念なことだけど。たしかにローウッドでは、ベストを尽くすと決めてやり通し、良い評価を得るのに成功した。でも、ミセス・リードの場合には、わたしの努力も嘲笑とともに一蹴された記憶しかない。フェアファクス夫人が第二のミセス・リードになりませんように、神さまにお祈りしよう。ただし、もしそうなったときには、ずっととどまる必要はない。最悪の場合には、もう一度広告を出せばいいのだもの。さて、どのくらいまで来たのかしら」

わたしは窓を下げて外を眺めた。ミルコートは過ぎ、灯りの数から考えるとロートンよりはずっと大きい街のようで、窓から見える限りではどうやら共有地のようなところを走っている様子だ。あちこちに家が散らばっている。ローウッドと比べて人口が多くて賑やかな、しかしその反面、趣《おもむき》には欠ける現実的な地方に来たという感じがした。

道は悪く、もやの立ちこめた晩で、馭者《ぎょしゃ》はずっと並足で馬を進めていた。一時間半の予定が、すでに二時間になっていたと思う。ついに馭者が振りむいて言った。

「ソーンフィールドまで、もうそんなに遠くありませんよ」

わたしはもう一度外を見た。ちょうど教会の前を過ぎるところで、空を背景にどっしりした塔が見え、十五分ごとに打つ鐘の音が聞こえた。丘の斜面にきらめく細い灯りの帯は、村か、あるいは小さな集落だろうか。十分ほど走ってから、馭者が降りて門を開けた。馬車が通ると、後ろで門がガシャンと閉じた。坂道をゆっくりと上ると、横長の建物の正面に出た。一箇所だけ、カーテンを閉じた張り出し窓にろうそくの光が見え、あとは真っ暗だった。玄関に馬車が着くと女中が扉を開けてくれた。わたしは降りて、中に入った。

「どうぞこちらへ」と言う女中のあとについて、四方に背の高いドアがついた四角い玄関ホールを通り、部屋に案内された。二時間も暗闇に慣れていた目に、暖炉の火とろうそくという二つの光に照らされた部屋はまぶしすぎて、最初わたしは目がくらんだ。ようやく見えるようになると、目の前には温かい雰囲気の、気持ちのよい光景があった。

居心地のよさそうな小部屋で、明るく燃える暖炉のそばに丸いテーブルがある。高い背もたれのついた古風な肘掛け椅子に、小柄でこのうえなく端正な、年配の婦人が腰掛けていた。未亡人の帽子、黒い絹の服、それに真っ白なモスリンのエプロンをつけたその姿は、わたしが想像したフェアファクス夫人とまったく同じだったが、想像ほど厳《いか》めしくはなく、思っていたより優しい様子だった。編み物をする足元には大きな猫がおとなしく座っており、要するに家庭におけるくつろぎの理想を絵にするとしたら、これで完璧といえる情景なのだった。こちらが圧倒されるような華麗さや、当惑するような威厳はいっさいない。新しく来た家庭教師にとって、これ以上に心強い迎えられ方は考えられなかっただろう。わたしが入って行くと婦人は立ち上がり、こちらにさっと歩み寄って優しく迎えてくれた。

「よくいらっしゃいました。馬車の時間が長くて、退屈なさいましたでしょう。ジョンは馬を全然急がせませんからねえ。寒かったでしょう。どうぞ、火のそばへ」

「ミセス・フェアファクス、でいらっしゃいますね?」

「はい、そうです。お座りくださいませ」

夫人は自分の座っていた椅子をすすめると、わたしのショールを取ったり、帽子の紐をほどいたりしてくれようとした。そんな面倒をおかけしては恐縮ですから、とわたしは遠慮した。

「あら、少しも面倒なんかじゃありませんよ。寒さで両手がかじかんでいらっしゃるでしょう? リーア、ホットワインを作って、サンドイッチも少し持ってきてちょうだい。食料室の鍵はここにあるから」

夫人はポケットから、いかにも一家の主婦らしい鍵束を取り出して女中に渡した。

「さあさあ、もっと火の近くにお寄りなさい。お荷物も持っていらしたでしょうね」

「はい、持って参りました」

「ではお部屋に運ばせましょう」夫人はそう言って、せわしなく出て行った。

「まるでお客様扱い――思ってもみなかった迎えられ方だわ。堅苦しくて冷ややかな応対しか予想していなかった。話に聞いている家庭教師の扱いとは違うみたい。だけど、まだ喜んではいけないわ」とわたしは思った。

夫人は戻ってくると、編み物の道具や一、二冊の本を自分の手でテーブルから片付け、リーアが運んできたお盆を置く場所を作った。そして軽食をわたしに手渡してすすめてくれるのだった。それまでに受けたこともないほどのていねいな心づかいを、それも雇い主で年上でもある人から受けて、わたしはまごまごした。しかし、夫人には自分が場違いのことをしていると思っているふうも見えないので、ここはおとなしく従っているほうがよいだろうと考えた。

「ミス・フェアファクスには、今夜お目にかかれるのでしょうか?」わたしは軽食をいただいてしまうと、そう訊ねた。

「何ておっしゃいましたの? わたしは少し耳が遠くて」夫人はわたしの口に耳を近づけた。

わたしはさっきよりはっきりと、質問を繰り返した。

「ミス・フェアファクス？　ああ、ミス・ヴァランスのことですね。教えていただくことになる子の名前は、ヴァランスというんですよ」

「まあ！　それでは奥様のお嬢さんではないんですね？」

「ええ。わたしには家族はおりません」

それならミス・ヴァランスとのご関係は、と聞いて初めの問いに戻ることもできたが、あまりいろいろと聞くのは失礼になる、と思い直した。それに、いずれ必ずわかることだし、とも思った。

「とても嬉しいわ」夫人はわたしの向かいに座り、猫を膝に抱き上げて、言葉を続けた。「来てくださって、わたし、嬉しいんですよ。お相手ができたから、ここでの暮らしも楽しくなるでしょう。もちろん、ここはいつだっていいところですよ。ソーンフィールドは古くて立派なお屋敷で、最近はあまり大事にされていないかもしれませんが、それでも由緒ある邸宅ですもの。でもね、冬という季節にはどんな素敵な場所に住んでいても、わびしく孤独に感じるものじゃありませんか。そう、もちろん、リーアは良い娘ですし、ジョン夫婦もちゃんとした人たちですけど、やはり使用人ですから、対等に話をするわけには参りません。権威を保つために、一定の距離を置かなくてはなりませんからね。たしか去年の冬(厳しい冬でしたわね、覚えていらっしゃるかしら。雪か、さもなければ雨で、風がやまなくて)十一月から二月までの間、お屋敷に来たのは肉屋と郵便配達だけでしたよ。毎晩毎晩、一人で座っていると、ほんとに憂鬱になったものです。ときどきリーアを呼んで本などを読んでもらいましたが、あの子はそれが苦手らしいの。息が詰まるように感じるのかしら。春と夏は楽ですわね、お日様が照って日が長くなれば、ずいぶん違います。そしてこの秋の初めに、アデル・ヴァランスが子守りと一緒に来ましたの。子どもがいると、たちまち家の中が活気づきます。そして今度はあなたがいらして、すっかり心がはずみますのよ」

話を聞くうちにこの善良な夫人に対する好意が湧くのを覚え、わたしは夫人のほうへ椅子を少し寄せながら、ご期待に沿えるようなお相手になって喜んでいただければよいのですが、と心から述べた。

「でも、今晩は遅くまでお引きとめいたしません」と夫人は言った。「もう十二時を打とうとしていますし、今日はずっと馬車の旅で、お疲れでいらっしゃいましょう。足がすっかり温まったようでしたら、寝室にご案内いたします。わたしの部屋のお隣に用意させました。小さい部屋ですが、表の広い部屋よりお気に召すかと思いましたの。そちらはたしかにもっと立派な家具が備わっていますが、暗くて寂しいので、わたしも使ったことはありません」

　わたしは夫人の心づかいにお礼を言い、長旅で疲れているのでそろそろ休みたいと言った。そこで夫人がろうそくを取って先に立ち、わたしも続いて部屋を出た。夫人は初めに、玄関ホールのドアが閉まっているかどうかをたしかめに行き、錠から鍵を抜くと二階に上がりはじめた。階段と手すりは樫材《かしざい》、高い窓には格子がついている。この階段といい、寝室の並ぶ長い廊下といい、お屋敷というより教会のように見えた。まるで地下墓所のようなひんやりした空気が階段や廊下を満たしており、がらんとして寂しい感じがいっそう暗さを感じさせる。ようやくわたしの部屋に着いて、そこがごく普通の現代風の家具で整えられた、小さな部屋であるのを見て嬉しかった。

　ではゆっくりお休みくださいね、と優しい言葉を残してフェアファクス夫人が立ち去ると、わたしはドアを閉め、落ち着いて室内を見回した。大きな玄関ホール、暗くて広い階段、冷え冷えとした長い廊下、そういったものから受けた不気味な印象は、小さなわたしの部屋の明るさでいくらか和らいだのを感じた。身体的な疲労と心の不安に満ちた一日の終わりに、いま自分はついに安全な港に着いたのだ、という実感が湧き、感謝の気持ちが胸にあふれた。わたしはベッドの脇にひざまずき、祈りを捧げるべき天に、感謝の祈りを捧げた。そして立ち上がる前に、まだ相応のこともしていないわたしに対して寛大に与えられた親切に報いることができますよう、この先も力を与え、お導きください、と祈ることも忘れなかった。その夜のわたしの床《とこ》には人を悩ます棘《とげ》はなく、一人の部屋を襲う恐怖もなかった。疲れていながらも満ち足りた心で、わたしはすぐにぐっすりと眠り、目が覚めたときにはすっかり明るくなっていた。

鮮やかな青の更紗《さらさ》のカーテンの隙間から差し込む光が、壁紙を貼った壁や絨毯を敷いた床を照らしている光景に、ここは本当に晴れやかな部屋だわ、と思わずにはいられなかった。ローウッドの、むきだしの床や、しみだらけの漆喰壁《しっくいかべ》とは全然違う――わたしの心は浮き立った。若い者の心に、外観というのは大きな影響を持つものである。わたしの人生の追い風の時代が始まりつつある、棘や苦労はあっても、花が咲き、喜びも味わえる時代が、とそのときわたしは思った。環境の変化、新しい舞台に刺激されて、全身の機能が興奮していた。何を期待してのことか正確にはわからなかったが、それは楽しいことに違いなく、いつ起こるのか特定はできないが、将来のいつかなのだろう。

わたしは起きて、念入りに支度を整えた。質素なのは仕方ない――簡素な装いしか持っていなかったから。それでも元来、きちんとしていようと心がけるところはあり、外見を軽視したり、人に与える印象に無頓着だったりする性質ではなかった。それどころか、できるだけよく見られたい、美しさの足りない分を補って、人によい印象を与えたいといつも願っていた。もっと綺麗だったら、と残念に思うことはときどきあり、薔薇色の頬、鼻筋の通った鼻、さくらんぼのような小さい口があれば、と思ったり、堂々と背が高く、上品な姿になりたいと願ったりした。こんなにちびで青白く、目鼻立ちも人と違って整っていないなんて不幸だ、と感じていたのだ。なぜこのような願望や失望を抱いたのだろうか。答えるのは難しいし、そのときのわたしにもはっきりと説明はできなかったのだが、とにかく理由が、それも筋道の通った当然の理由があったのだ。とはいえ、ブラシで髪を綺麗に整え、黒い服——クエーカー教徒のようだが、少なくとも身体にぴったり合っている——を着て清潔な白い襟をつければ、フェアファクス夫人の前に出ても見苦しくないし、生徒になる子どもがいやがって後ずさりする恐れもないだろうと思った。窓を開け、化粧台の上の品々がきちんと置かれているのをたしかめてから、思いきって部屋を出た。

絨毯の敷かれた長い廊下を通り、つるつるした樫の階段を下りて玄関ホールに出ると、ちょっと足を止めて、壁の絵を眺めた。(記憶にあるのは、鎧をつけた怖い顔の男の人の絵と、髪粉をかけ、真珠の首飾りをした女の人の絵である。)天井から下がっている青銅のランプ、珍しい彫りが長年こすられて黒檀《こくたん》のように黒くなっている樫の大時計などども見た。何もかもがとても堂々として立派に見えたが、それまでのわたしは、そういう壮麗なものに触れたことがほとんどなかった。半分ガラスがはまった玄関のドアが開いていたので、敷居をまたいで外に出た。晴れた秋の朝で、茶色になった木立やまだ青々としている芝生に、朝の光が穏やかに降りそそいでいる。わたしは芝生に出て、建物の正面をよく見た。三階建てで、広壮な大邸宅というほどではないにしても、かなり大きなお屋敷である。貴族が田舎に持つ邸宅というより、荘園領主の館で、上部の胸壁が趣を添えている。灰色の正面は森を背景にしてくっきりと立っており、森の住人でカアカアと鳴くミヤマガラスは、ちょうど芝生や庭の上を飛んで広い草地に下りていく。屋敷の敷地とその草地の間は、掘り下げた溝の中に設けた隠れ垣で隔てられ、樫の木のように大きくたくましい瘤《こぶ》だらけのソーン（サンザシ）の古木が並ぶのを見れば、ソーンフィールドという名前の由来は明らかだろう。遠くには丘の連なりが見えるが、ローウッドを囲む丘ほど高くはなく、岩もそれほどごつごつしていない。活気のある世界との間の障壁、という印象は薄いものだった。しかしながら静かで寂しい丘であるのはたしかで、ミルコートという繁華な町の近くにあるとは信じられないほど、他から隔絶した感じでソーンフィールドをとり巻いていた。丘の一つの中腹に小さな村落があって、家々の屋根が木々の中に溶け込んでいる。地区の教会がソーンフィールドの近くにあって、その古い塔の先端は、屋敷と門との間にある塚を見晴らしていた。

すがすがしい大気と穏やかな眺めを楽しみ、ミヤマガラスの鳴く声も嬉しく聞き、古めかしく堂々としたお屋敷の正面を眺めながら、フェアファクス夫人のような人が一人で住むにはずいぶん広いところだわ、と考えていると、玄関に夫人が現れた。

「まあ、もう外に？ 早起きでいらっしゃいますね」と夫人は言い、近づいたわたしに優しいキスと握手をしてくれた。

「ソーンフィールドはお気に召しましたか？」そう聞かれて、とても好きになりました、とわたしは答えた。

「そう、綺麗ですものね。でも、だんだんと荒れてしまうのではないかと思うんですよ、ロチェスター様がここにずっと住む気になってくださいませんとね。あるいはせめて、もっと頻繁に来てくださるといいのですけれど。広い敷地の大きなお屋敷というものは、やはりそこに持ち主がいらっしゃらなくてはいけません」

「ロチェスター様ですって！ それはどなたですか？」とわたしは驚いて声を上げた。「ソーンフィールドの持ち主ですよ。ロチェスターというお名前だということをご存じなかったのですか？」と夫人は落ち着き払って答えた。

もちろんわたしは知らなかった。名前を聞いたこともなかった。だが夫人は、その人の存在が万人周知の事実で、知らない人などありえないと思っているようだった。

「わたしは今まで、ソーンフィールドが奥様のものとばかり思っておりました」

「わたしのものですって？　まあ、とんでもないこと。わたしのですって？　わたしはただの家政婦、ここを管理しているだけですのよ。たしかにロチェスター家は母方の遠縁にあたります。いえ、少なくとも主人はそうでした。主人はヘイの――ヘイというのは、あそこの丘にある小さな村ですけどね――そこの教区牧師で、お屋敷の門のそばにある教会に勤めていましたの。今のロチェスター様の母上がフェアファクス家の出で、主人のまたいとこになりますが、でも、だからといってわたしは、出すぎたまねはいたしません。実際、わたしには意味のないことですもの。わたしは自分を、まったく普通の家政婦と考えておりますし、ご主人はいつも礼儀正しくていらっしゃいますから、それ以上望むことはありません」

「それで、わたしがお教えするお嬢様というのは？」

「ロチェスター様が後見役をしておいでのお子様です。家庭教師を探すようにと、わたしに任されましたの。こちらで育てようと、ロチェスター様はお考えのようです。ほら、あそこに参りましたわ、「ボンヌ」とあの子が呼ぶ、子守りと一緒に」これで謎が解けた。この親切で優しい小柄な未亡人は、お屋敷の奥様ではなく、わたしと同じ使用人だったのだ。そのことで夫人への好意が減るどころか、むしろ嬉しさが増した。夫人がわたしを同等の者として迎えてくれたのは実際に対等だからで、夫人がへりくだってそうしたわけではないとわかって、それならますますけっこうなこと、わたしはいっそう自由になれるわ、と思ったのである。

そんなことを考えているうちに、女の子が芝生を駆けてきた。後ろに子守りが付き添っている。わたしは生徒になる子どもを見たが、その子のほうは、初め、わたしに気づかないようだった。華奢《きゃしゃ》な体つきの、まだ七歳か八歳くらいの子どもで、目鼻立ちの小さな青い顔、豊かな巻き毛が腰まで届いていた。

「おはようございます、ミス・アデル。こちらはこれからあなたを教えてくださり、将来、賢い大人にしてくださる先生です。こちらに来てご挨拶を」夫人にそう言われて、子どもは近づいてきた。

「あたしの先生なの?」わたしを指差しながら、子守りにむかって子どもが訊ねると、子守りは答えて言った。

「はい、そうです」

「二人は外国の人なんですか?」やりとりがフランス語だったので、わたしは驚いて夫人に聞いた。

「子守りは外国の人、アデルはヨーロッパ大陸の生まれで、半年前まで向こうで育ったようです。ここに来たときには、英語が全然話せませんでした。今では少し話すようになりましたが、あんまりたくさんフランス語が混じるもので、言いたいことがよくわかりません。でも、あなたならきっと、よくおわかりになるでしょう」

ありがたいことに、わたしのフランス語はフランス人の先生に習ったものだったし、そのピエロ先生とできるだけ会話をするように心がけていたのが役立つときが来た。それにこの七年間、語句を毎日少しずつ暗記し、発音には特に注意して、できるだけ先生の発音をまねるように努力してきたので、フランス語をある程度正しく使えるようになっていた。だから、アデルとの会話でそれほど困ることはないだろうと思った。わたしが自分の家庭教師だとわかると、アデルはそばに来て握手をした。そして一緒に朝食にむかいながらフランス語で話しかけたわたしに、そのときは短く答えただけだった。しかしテーブルに着いて、大きな薄茶色の目で十分近くわたしを観察してから、突然言葉が流れ出るようにフランス語でおしゃべりを始めた。

「ああ、先生はロチェスター様と同じくらいフランス語がお上手ね。おじ様に話すときみたいに先生とお話ができる。ソフィーもね。だから喜ぶと思うわ。ここじゃ、ソフィーの言ってることが、誰もわからないのよね。マダム・フェアファクスはぜんぶ英語だし。ソフィーっていうのはあたしの子守りで、一緒に海を渡って来たの、煙突から煙の出る、大きなお船で。ほんとにすごい煙だった！　あたしは気持ちが悪くなって、それにソフィーも、おじ様も。おじ様は、サロンっていう綺麗なお部屋のソファに横になっていらして、ソフィーとあたしは、別のところにあるベッドだったの。棚みたいなベッドで、あたし、落っこちそうだったのよ。それで、先生、ええっと、お名前は何ていうの？」

「エア、ジェイン・エアよ」

「エール？　ふーん、あたし、うまく言えないな。それでね、お船は朝早くに大きな町に着いたの。黒っぽい建物があって煙だらけの、すごく大きい街。あたしのいた、汚れてない、きれいな町とは全然違ってた。ロチェスター様があたしを抱っこして板を渡って上陸したのよ。ソフィーもあとについて渡ってから、みんなで馬車に乗ったの。行ったのは、大きくて立派な建物、ここよりも大きくて立派で、ホテルっていうところよ。一週間くらい、そこに泊まったかしら。あたしはソフィーと一緒に、公園っていう、木のいっぱいある緑のところを毎日散歩したんだけど、あたしの他にも子どもがたくさんいたわ。池に綺麗な鳥がいっぱいいて、パンくずをやったの」

「こんなに休みない早口のおしゃべりでも、おわかりになります？」とフェアファクス夫人が訊ねた。

よくわかった。マダム・ピエロの、よどみない話しぶりに慣れていたからだ。

「では、両親について、ちょっと聞いていただけません？　記憶があるのかしら」とフェアファクス夫人が言うので、わたしは聞いてみた。

「アデル、そのきれいな町にいたときは、誰と一緒だったの？」

「ずっと前はママと。でも、ママは聖母マリア様のところに行ってしまったの。ママはあたしに、ダンスや歌や詩を教えてくれたわ。男の人も女の人も、たくさんママに会いに来たから、あたしはその人たちの前で踊ったり、お膝に座って歌ったりしたのよ。楽しかった。今、歌って聞かせてあげましょうか？」

アデルは朝食を食べ終わっていたので、わたしはその特技の一端の披露を許した。アデルは椅子から下りてわたしの膝に座ると、気どった様子で両手を前に組み、頭を振って髪を後ろにやった。そして天井を見上げて、オペラの歌を歌いはじめた。それは捨てられた女性の歌で、初めは恋人の不実を嘆くが、その後自尊心を取り戻すと、小間使いに手伝わせて一番きらびやかな宝石と一番豪華な衣装を身につける。そしてその晩の舞踏会に出て陽気にふるまうことで、裏切られても自分には何でもないと相手の男に見せつけてやろうと決心する、という内容の歌だった。

子どもが歌う歌としては奇妙な主題を選んだものだ。恋愛と嫉妬の旋律を子どもの声で歌わせることをおもしろがっていたのだろう。悪趣味だと、少なくともわたしには思われた。

アデルはその歌を、達者な節回しと年齢にふさわしい無邪気さで歌い、終わると膝から飛び降りた。「ねえ、先生、今度は詩を暗唱するわね」

アデルはポーズをとると、ラ・フォンテーヌの寓話「ネズミの会議」の暗唱を始めた。息継ぎや抑揚に気を配り、声を巧みに使って適確なジェスチャーも交えたその暗唱は年齢に似合わないもので、十分に仕込まれたことが見てとれた。

「その詩はママが教えてくださったの？」とわたしは聞いた。

「そう。ママはこんなふうによく言ってたのよ。『ではどうしようというのか、とネズミの一匹が言いました。話してみよ』ここであたしの手を、こんなふうに上げさせたの。質問するとき声を上げるのを忘れないように。さ、今度は踊ってみせる？」

「いいえ、それはいいわ。それで、ママがマリア様のところに行ってしまわれたあとは、誰と一緒だったの？」

「マダム・フレデリックとそのだんな様。親戚じゃないのに面倒を見てくれたの。貧乏な人だと思う。だって、ママみたいな立派なおうちじゃなかったから。そこにはあまり長くいなかったの。イギリスに来て一緒に暮らしたいと思うかって、ロチェスター様に聞かれたから、あたし、行きたいって答えたのよ。マダム・フレデリックよりも前から知っていたし、いつも優しくて、綺麗なお洋服やおもちゃをくださったしね。でも、お約束を守っていないわね。だって、あたしをイギリスに連れてきておいて、ご自分は戻って行って、ずっと会えないままなんだもの」

朝食がすんでから、アデルとわたしは書斎に行った。ここを勉強部屋として使うようにと、ロチェスター様の指示があったようだった。本の大半はガラスのはまった書棚に並んで鍵がかかっていたが、そうでない本棚が一つあって、そこに初等教育に必要になりそうな本のすべてと、その他に数冊の娯楽小説、詩集、伝記、旅行記、空想物語も少しあった。家庭教師の読書用としてはこれくらいで十分だろうとロチェスター様は思われたのだろうし、実際、今のわたしにはこれでとても満足だった。ローウッドでときどき手にすることのできたわずかな書物に比べれば、娯楽と知識の豊かな宝庫のように思えたからだ。この部屋にはまた、新しくて音色のすばらしい小型ピアノと、絵のためのイーゼル、それに地球儀と天球儀があった。

アデルは素直な生徒だったが、勉強に集中するのが苦手だった。規則正しく何かをするということに、それまでまったく慣れていなかったのだ。そういう子どもを初めから長く束縛するのは賢明でないと考え、わたし自身がいろいろと話して聞かせたあとにアデルに少しだけ暗記させると、時間が正午に近づいたこともあり、子守りのもとに帰した。そしてわたしは、それから午餐までの時間に、アデルとの勉強に使うスケッチを描こうと思いついた。

紙ばさみと鉛筆を取りに二階へ行こうとしたとき、フェアファクス夫人に呼び止められた。「朝のお勉強はおすみになったとみえますわね」夫人のいる部屋の折り戸が開いていたので、わたしはそこへ入って行った。立派な広い部屋で、椅子もカーテンも紫色だった。床にはトルコ絨毯が敷かれ、胡桃材《くるみざい》の壁板、美しいステンドグラスのはまった大きな窓、そして高い天井にはすばらしい彫りがほどこされている。夫人はちょうど、サイドボードの上に並んだ見事な紫水晶の花瓶の埃《ほこり》を払っているところだった。

「なんて綺麗なお部屋なんでしょう！」部屋を見回したわたしは声を上げた。その半分も豪華な部屋でさえ、それまで一度も見たことがなかったからだ。

「ええ、ここは正餐《せいさん》の間《ま》なんですよ。空気と日光を入れるために、ちょうど今、窓を開けたところです。めったに使われないお部屋では、何もかも湿っぽくなってしまいますからね。あちらの客間など、まるで地下墓所のよう！」

夫人は、窓に向き合う広いアーチを指差した。窓と同じように赤紫色のカーテンが掛かり、今は寄せて絞ってある。幅の広い段を二段上がって眺めると、妖精の国をのぞいたような気がした。こういう屋敷に慣れていない目に、そこは輝いて見えたのだ。しかしここでは、ただの美しい客間であるにすぎなかった。奥にはご婦人のための部屋もあり、二間とも白い絨毯が敷き詰められて、あでやかな花輪で覆われたように見えた。どちらも天井は真っ白で、葡萄《ぶどう》とその葉の浮き彫りで飾られており、その下にある寝椅子や足載せ台の深紅色と鮮やかな対照を見せている。白色大理石のマントルピースの上には、ルビー色に輝くボヘミアンガラスの装飾品が載っており、窓と窓の間の大きな鏡が、雪と炎の混じりあう部屋の情景を映していた。

「こういうお部屋を、なんてきちんと整えていらっしゃるんでしょう！」とわたしは夫人に言った。「ちり一つなく、しかもカバーなども掛けずに！　空気がひんやりしていなかったら、毎日使っていらっしゃるお部屋だと思ってしまいます」

「だってね、ミス・エア、ロチェスター様はめったにいらっしゃいませんが、おみえになるときは、いつもまったく突然ですの。そして、ものに覆いが掛かっていたり、お着きになってから片付けに大騒ぎしたりすると、どうもご機嫌斜めになるみたいで。だからお部屋はいつもちゃんとしておくのが一番だと思いましてね」

「ロチェスター様は、注文の細かい、厳しい方なんですか？」

「いいえ、特に気難しい方ではありません。でも、紳士としてのお考えや習慣がおありで、何事もそれに従ってとりはからってほしいとお望みでいらっしゃいますから」

「ロチェスター様のことがお好きですか？　皆さんに好かれておいでの方でしょうか？」

「もちろんですとも。ここではずっと尊敬されてきた一族でいらっしゃいます。昔々から、このあたりの土地は見渡す限り、ほとんどがロチェスター家のものなのですよ」

「ああ、でも土地のお話は別として、あなたはロチェスター様がお好きですの？　人となりで好かれていらっしゃる方でしょうか？」

「わたしとしては、好意を持たない理由がございませんわ。借地人たちからも、公正で寛大な地主だと思われていらっしゃいます。あまりこちらにいらっしゃいませんけれども」

「それで、変わったところなどはおありではないのですか？　つまり、どんな性格の方でしょうか？」

「ああ、ご性格でしたら、それはもう、非の打ち所がない方だと思います。ちょっと変わったところはおありかもしれませんわ。旅行をたくさんなさって、あちこちを見てきていらっしゃるようで、頭のよい方だと思いますが、あまりお話ししたことがありませんから」

「変わっていらっしゃるって、どんなふうに？」

「さあ、存じませんわ。説明が難しいですわね。特にどうというわけではないのですが、お話しするとそう感じますの。冗談なのか本気なのか、満足でいらっしゃるのかそうでないのか、決めかねることがございます。おっしゃることが完全にはわからない、と申しましょうか。少なくともわたしはそうなんですよ。でも、そんなことは問題じゃありません。とても良いご主人様ですからね」

わたしたち二人の共通の雇い主についてフェアファクス夫人から聞くことができた説明は、これがすべてだった。人についても物についても、その性質を簡潔に述べたり、特徴を観察してそれを言葉で表現したりすることなど思ってもみない人がいるもので、善良なフェアファクス夫人も明らかにその一人だった。わたしの質問は夫人を困惑させるだけで、話を引き出すことはできなかった。夫人の目で見れば、ロチェスター様はロチェスター様で、紳士であって地主である――それ以上の何者でもないのだ。それ以上に何かを知りたいとか、調べたいなどと思ったためしのない夫人が、ロチェスター様その人についてもっとよく知りたいというわたしの願いに驚いたのは明らかだった。

正餐の間を出ると夫人はわたしに、お屋敷の他のところもお見せしましょうか、と言った。わたしはあとについて階段を上ったり下りたりしながら、あまりのすばらしさと手入れのよさに賞嘆を表さずにはいられなかった。中でも表側に並ぶ大きな部屋は見事だと思った。また、三階の部屋のいくつかは、天井が低くて暗いものの、古めかしい雰囲気があって興味深かった。もともと下の階で使われていた家具が流行遅れになると、ここに運び上げられてきたようだった。細長い窓から入るわずかな光の中に、百年も前の寝台が見える。シュロの枝と天使の顔の奇妙な彫刻のある、樫か胡桃材のチェストはヘブライの聖櫃《せいひつ》のようだった。幅が狭くて背の高い、古めかしい椅子が何列も並び、さらに古風な腰掛けもあって、その詰め物をした座面には、二世代も前に棺のちりになってしまった人の指が針を運んだ縫いとりが、消えかかりながらも残っている。これらの遺物すべての存在が、ソーンフィールド邸の三階に、過去の館、追憶の聖堂という様相を与えていた。日中であれば、こんな奥まった一角の静かで薄暗い趣も好ましく感じられたが、ここにある大きくて重々しい寝台の一つで夜休みたいとは思わなかった。樫材の扉で閉じられている寝台もあれば、奇妙な花や鳥、きわめて奇妙な姿の人間などを厚ぼったく刺繡《ししゅう》した、古いイギリス風のカーテンがまわりにめぐらされている寝台もある。青白い月の光に照らされたら、すべてがどんなに奇怪に見えることだろう。

「召使はこういった部屋で休むのですか？」とわたしは訊ねた。

「いいえ、裏手のほうにいくつかある、もっと小さい部屋です。ここで休む者はおりません。もしもソーンフィールド邸に幽霊が出るとしたら、このあたりに出そうだと言いたいくらいですもの」

「わたしもそう思います。じゃ、お屋敷に幽霊は出ないんですね？」

「ええ、わたしは聞いたことがありません」夫人は微笑して言った。

「出るという言い伝えとか、怪談のようなものも？」

「ないと思います。ただし、ロチェスター家は昔から穏やかなほうではなく、激しい気質の一族だったといわれます。もっとも、だからこそ今ではお墓で静かに眠っているのかもしれませんね」

「ええ、「定めない人生の熱も去り、安らかに眠る」（シェイクスピア『マクベス』三幕二場）というわけですのね」とわたしはつぶやき、そこをあとにしようとしている夫人に「今度はどちらにいらっしゃるんですか？」と訊ねた。

「屋根の上へ。一緒にいらして、屋根からの景色をごらんになりますか？」そこでわたしは夫人について、とても狭い階段を上って屋根裏へ、さらにそこからは梯子《はしご》を使い、はね上げ戸を通って屋根に出た。ここだとミヤマガラスの群れと同じ高さになり、巣をのぞきこむことができる。胸壁に寄ってはるか下を見下ろすと、地図のように広がる敷地を一望できた。屋敷の灰色の土台をきっちりととり巻いている、ビロードのように鮮やかな芝生、古い樹木が点在する、公園のように広い草地、枯れて褐色の森。木々の緑より色の濃い苔に覆われた一本の小道が、森を二つに分けていた。門の脇の教会、道、なだらかな丘――すべてが秋の光の中に静かに広がり、かなたの地平線には真珠のように白い雲を散らした青い空が、のびのびと幸先《さいさき》よく広がっている。風景の中に特別なものは一つもなかったが、すべてが快かった。向きを変えて、はね上げ戸から再び下りようとしたとき、下への梯子がわたしにはほとんど見えなかった。それまで見上げていた青い丸天井、喜びとともに眺めていた、屋敷をとり囲む木立、草地、緑の丘などの明るい風景に比べると、屋根裏部屋はまるで地下の納骨所のように暗かった。

はね上げ戸に錠を下ろすために夫人は少しあとになり、わたしは屋根裏部屋からの出口を手探りで探して、狭い階段を下りた。三階の表側と裏側の部屋の間にある長い廊下に出て、しばらくそこに立ち止まった。天井が低く、向こうの端に小さな窓が一つあるだけの狭くて薄暗い廊下で、閉まったままの小さな黒いドアが両側に並ぶ様子は、まるで青髭物語《あおひげものがたり》に出てくる城のようだった。

静かに歩いていると、こんなに静まり返った場所でまさか聞こうとは思わない声――誰かの笑い声が耳に入った。独特で不自然で陰気な、奇妙な笑い声だった。わたしは立ち止まった。声はやんだが、それはほんの一瞬だけで、今度は前より大きくなった。最初の声ははっきりしていたが、とても低かったのだ。声はすべての部屋にこだまを起こすかと思われるほど騒々しく響き渡って、それから消えた。しかし、明らかに声の出所はある一つの部屋で、それがどこであるか、わたしには指し示すことができた。

「ミセス・フェアファクス！」わたしは夫人を呼んだ。ちょうど階段を下りてくる足音が聞こえたからだ。「あの大きな笑い声、お聞きになりましたか？　誰なんでしょう」

「召使の誰かでしょう。グレイス・プールかもしれません」

「お聞きになりましたか？」わたしはもう一度聞いた。

「はい、はっきりと。あの人の声、よく聞くんですのよ。このあたりの部屋で縫い物をしていましてね。ときどきリーアも一緒になって、騒々しいこともしょっちゅうで」

笑い声は再び低くはっきりと聞こえ、奇妙なつぶやきになって終わった。

「グレイス！」と夫人は大きい声で呼んだ。

グレイスなる人物が返事をするとは、わたしには思えなかった。それまで聞いたこともないほど痛ましく、異様な笑い声だったからだ。これが真昼のことであり、奇妙な高笑いにつきものの気味の悪い状況とは無縁で、およそ恐怖を誘うような場所でも季節でもなかったからよいものの、そうでなかったらわたしは迷信的な恐れを抱いたかもしれなかった。もっとも、驚きを感じるのでさえ愚かしかったとあとになって知らされることになるのだが。

わたしのすぐそばのドアが開き、一人の召使が出てきた。年齢は三十から四十と思われる女で、怒り肩のがっしりした体格で、髪は赤く、不器量で険しい顔つきの人だった。幽霊や伝奇物語からこれほどかけ離れた人物は、とても想像できないほどだった。

「うるさいじゃありませんか、グレイス。言いつけを忘れないように」フェアファクス夫人がそう言うと、グレイスは黙ってお辞儀をして、部屋の中に引っ込んだ。

「女中のリーアの仕事を手伝ったり、縫い物をしたりするために置いている人です。まったく申し分なしというわけではないのですが、まあまあよく働いています。ところで、先生の新しい生徒さんの、今朝の具合はいかがでしたか?」

こうして話題はアデルのことに移り、明るく気持ちのよい階下の部屋に着くまで会話が続いた。するとアデルがわたしたちを迎えに、廊下に走り出てきて叫んだ。

「お食事ができてますよ! あたし、おなかぺこぺこ」

フェアファクス夫人の部屋に、わたしたちのための食事の支度がすっかり整っていた。

第12章

最初にソーンフィールド邸に来たときの静穏な印象は、ここでの順調な道のりを約束してくれるように思えたものだが、それはその後、このお屋敷と住人とに親しむようになっても変わらなかった。フェアファクス夫人は見かけ通りの、親切で穏やかな気質の持ち主で、十分な教育を受け、平均的な知性を具えていた。アデルは元気な生徒で、それまでずっと放任され、甘やかされてきたために、時折わがままを言うことがあった。だが、アデルのしつけはすっかりわたしに任されていて、子どもの進歩のための方針を妨げるような無分別な干渉はどこからもなかったので、まもなくアデルには気まぐれなところがなくなり、素直で教えやすい子になった。すばらしい才能や際立った性格があるわけでも、感情や趣味が特に発達しているわけでもなく、その点で子ども一般の平凡なレベルを一歩でも上回ることはなかった。しかし、逆に平均を下回るような欠点や悪習も持ち合わせてはいなかった。それなりの進歩を見せ、それほど深いとはいえないかもしれないが生き生きとした愛情をわたしに寄せてくれたし、純真さ、快活なおしゃべり、こちらを喜ばせようとする努力などのおかげでわたしのほうにも愛情が生まれ、一緒にいてお互いに満足できる関係ができた。

ちなみにいえば、子どもは天使のようなものだと考える人々、子どもの教育に携わる人間は盲目的な献身を旨とすべきだと考える謹厳な人々は、わたしのような発言を冷淡だと思われるかもしれない。けれどもわたしは、親のうぬぼれにおもねったり、偽善的な言葉を受け売りしたり、嘘いつわりを並べ立てたりするためにこれを書いているわけではない。真実を述べているだけなのである。アデルの幸せと向上を心から願い、幼いアデルに対して静かな好意を抱いていた。それはちょうどフェアファクス夫人とのつきあいにおいて、親切に感謝し、わたしへの穏やかな配慮や、温和な性格と精神などにふさわしい喜びを感じているのと同じことだった。

さらに次のようなことをつけ加えるわたしを、非難したい人は非難してくださってかまわない。ときどき屋敷の敷地内を一人で散歩し、門まで行ってそこから道を眺めるとき、あるいはまたアデルが子守りと遊んでいて、フェアファクス夫人は食料室でジャムを作っている間に、階段を次々と上って行って屋根裏部屋のはね上げ戸を開け、その屋根からはるかな草地や丘やぼんやり霞《かす》む地平線を眺めるとき——そんなときわたしは、そのような限界を超えられる視力、聞いたことはあってもまだ見たことのない、賑やかな地域、活気ある町や世界を見られる視力がほしいと願った。また、今より多くの実際的な経験、自分に似た人たちとのより多くの交際、今周囲にいる人たちよりもっとさまざまな人との出会いを願った。フェアファクス夫人やアデルの美点を評価してはいたが、さらに生き生きとした別の種類の美点というものの存在を信じ、それを見たいと願ったのだ。

わたしを非難する人がいるだろうか。きっと大勢いるに違いなく、足るを知らぬ者とわたしをとがめることだろう。でもわたしにはどうしようもなかった。じっとしていられないのがわたしの天性で、ときどきそれに苦しむのだった。そんなときの唯一の気晴らしは、静かに一人でいられる三階の廊下を行きつ戻りつしながら、目の前に浮かぶ明るい幻——豊かで鮮やかな幻を心の目で眺めることだった。あるいはまた、悩みでいっぱいにもなる胸を活気づけ、ふくらませることだった。そして最高なのは、決して終わることのない物語に心の耳を傾けること——それはわたしの想像力によって生み出され、途切れることなく語られる物語で、望みながらも現実の世界では得られない出来事、人生、情熱、感情などの息づく物語なのであった。

人間は平穏に満足すべきだ、などといっても意味がない。人間は行動せずにはいられない。もし行動できないときには、自分で作り出すことになるだろう。わたしより静穏な運命に定められた人は無数におり、自分の運命に無言の反抗をする人も無数にいる。

政治的な反乱以外に、人々の間に燃え立っては消される反乱がいかにたくさんあることだろう。一般的に女性は穏やかだと思われているが、女にも男と同じ感情がある。能力を発揮し、努力の成果を生かす場を、男性同様に必要としている。あまりに厳しい束縛やあまりに動かぬ沈滞には、男性同様に苦しむのだ。女は家に閉じこもって、プディングを作ったり、靴下を編んだり、ピアノを弾いたり、布袋に刺繡《ししゅう》をしたりしているのが当然だなどというのは、より多くの特権を享受している男性側の偏狭な考えだ。慣習によって必要と認められているより多くのことを行いたい、より多くのことを学びたいと願う女性を責めたり笑ったりするのは、心ないことである。

こうして一人でいるときに、グレイス・プールの笑い声を聞くことがよくあった。初めて耳にしてぞっとしたのと同じ、は、は、という、低くてゆっくりした響きの声である。笑い声より奇妙な、奇矯なつぶやき声も聞こえた。沈黙している日もあれば、わたしにはわからない物音が聞こえる日もあった。また、ときにはその姿を見かけることもあった。鉢かお皿かお盆を手にして部屋から出てくると、台所に降りて行って、まもなく戻ってくる。持っているのはたいてい(空想家の皆様には、趣《おもむき》のない事実を述べることをご容赦いただきたいのだが)黒ビールの入ったマグだった。異常な声でかき立てられる好奇心も、その姿を見るとくじけてしまった。厳しい顔つきで落ち着き払っていて、好奇心を寄せつけないのだ。会話に引き込もうと何度か試みたが、口数の少ない人らしく、そっけない返事が一言返ってくるだけで、せっかくのわたしの努力も水の泡になるのが常だった。

お屋敷の他の人たち――つまり、ジョン夫婦、女中のリーア、フランス人の子守りのソフィーなどは良い人たちではあったが、とりたてて非凡な点があるわけではなかった。ソフィーとはフランス語で話し、フランスについてときどき訊ねてみたが、ソフィーは説明が得意でないため、とりとめのない退屈な返事しか返ってこず、質問する意欲がそがれてしまうのだった。

十月、十一月、十二月が過ぎ、一月のある日の午後のこと、アデルが風邪ぎみなので勉強をお休みにしてほしいとフェアファクス夫人から申し入れがあった。さらにアデル本人にも熱心にせがまれ、自分も小さい頃にはたまのお休みがどんなに貴重だったかを思い出したわたしは、この際柔軟な対応が賢明であろうと判断して承諾した。とても寒かったが、風もなくよく晴れた日だった。午前中ずっと書斎にいて、じっと座っているのがいやになってきたところだったし、フェアファクス夫人が手紙を一通書き上げてあとは投函するだけになっていたので、それをわたしがヘイの村で出してきましょう、と言って帽子と外套を身につけた。二マイルの距離は冬の午後の散歩にちょうどよいと思ってのことだった。フェアファクス夫人の部屋の暖炉のそばに置かれた自分の椅子に、アデルが心地よさそうに落ち着いているのをたしかめ、一番お気に入りのろう人形（いつもは銀紙に包んで引き出しにしまってあるもの）と、飽きたときのための童話の本を一冊渡しておく。「早く帰ってきてね、あたしの仲良しの、大事なマドモアゼル・ジャネット」という言葉にキスで応えて出発した。

地面は硬く、風はなく、道を行くのはわたしだけだった。初めは急ぎ足で歩き、身体が温まってくると速度をゆるめて、このとき、この場所でわたしを待ち受けてくれるさまざまな楽しみをよく味わうことにした。時刻はちょうど三時で、鐘楼の下を通り過ぎたとき、教会の鐘が鳴った。この時間の魅力は、太陽が低く傾いて光が弱まるとともに近づく夕暮れの気配にある。ソーンフィールドから一マイル離れたそこは、夏には野薔薇、秋には木の実やブラックベリーで彩られる小道で、このときもまだ野薔薇やサンザシが珊瑚《さんご》色《いろ》の実をつけていた。しかし何といっても冬の最高の魅力は、葉の落ちた木々の静けさ、完全な静寂にあった。たとえ風がそよいでも、ここではいっさい音がしない。さらさらと音を立てるヒイラギなどの常緑樹が一本もなく、葉のないサンザシやハシバミの灌木《かんぼく》は、道の中央に敷かれた白石同様、そよとも動きを見せないからだ。両側は見渡す限り牧草地で、草を食《は》む家畜の姿も今は見られなかった。時折生垣に遊ぶ茶色の小鳥たちが、散り残る薄茶色の葉のように見えた。

この小道は、ヘイまでずっと上り坂になって続いている。途中まで来たところで、わたしは草原の柵の踏み越し段の一つに腰掛けた。外套をしっかり引き寄せて身体を包み、マフに両手を入れていたので寒さを感じなかったが、土手道の表面の氷で寒気は一目瞭然だった。数日前の急な雪どけで小川からあふれた水が、今は凍りついていたのだ。座っているところから、ソーンフィールドを見下ろすことができた。胸壁のある灰色の建物が眼下の谷の中心で、屋敷を囲む林とミヤマガラスの巣のある森が、西の空を背景にそびえている。太陽が低くなり、木々の間を深紅に染めて、その向こうにすっかり沈んで消えてしまうまでわたしは目を離すことができなかった。それからようやく東をむいた。

丘の上に月が昇ってきていた。まだ雲のように淡い色だが、刻々と明るさを増しつつ、ヘイを見下ろしている。町はなかば木々に隠れ、何本かの煙突から青い煙が立ちのぼっていた。まだ一マイル先だが、完全な静寂の中にいるため、暮らしのかすかなざわめきがはっきりと聞きとれた。森のどんな奥の、どこの谷間を流れるものか、せせらぎの水音さえ耳に聞こえるようだった。ヘイの向こうにはたくさんの山があり、その間を縫うように何本もの小川が流れているのだろう。夕方の静けさのために、遠い風のざわめきも近くの川の水音も同じように耳に運ばれてきた。

さらさらという水や風の音を乱す耳障りな音が、突然遠くからはっきりと聞こえてきた。優しいざわめきをかき消す、馬のひづめの音と金具の鳴る音――ちょうどそれは絵でいえば、暗い色合いで前景に力強く描き込まれた大岩や樫《かし》の大木の粗い幹などが、空色の山、明るい地平線、さまざまな色の溶け合う雲などの織りなす幻のような遠景を消してしまうのに似ていた。

その音は土手道を近づいてくる、一頭の馬らしい。道が曲がりくねっているので姿は見えないが、接近しているのはたしかだった。わたしは段から下りるところだったが、道が狭いので馬を通すために座ったままでいた。当時のわたしはまだ若く、明暗いろいろの空想が心にあった。くだらない考えの中にはおとぎ話の記憶も混じっていて、それらは今よみがえってくるときに、大人になりかけの若さのせいで、小さい頃にはなかった鮮明な迫力を加えていた。馬が近づき、薄暮の中にその姿の見えてくるのを待ちながら、わたしは昔ベッシーが聞かせてくれたお話に出てくる北イングランドのお化け「ガイトラッシュ」のことを思い出していた。馬か騾馬《らば》か大きな犬の姿をして、人の通らない寂しい道に出るもので、行き暮れた旅人の前にときどき現れるという――ちょうど今わたしに近づいてくる馬のように。

ずいぶん近くまで来たようだが、まだ見えない。すると、どしっ、どしっ、というひづめの音とは別に、何かが生垣の下を突進する気配があり、ハシバミの茂みの脇をすり抜けるようにして走って行く一頭の大きな犬の姿が見えた。木立を背景にして、黒と白の毛並みがはっきりわかった。これはまさにベッシーのお話にあったガイトラッシュの姿の一例ではないか――長い毛と巨大な頭を持つ、ライオンのような動物だ。しかし犬は、実に静かに通り過ぎて行った。立ち止まって、犬とは思えない奇怪な目でこちらの顔を見つめるかもしれない、というわたしの予想とは違って立ち止まりもしなかった。そのあとに馬が来た。大きくて、人を乗せている。人間の男だ。それを目にしたとたんに呪縛は解かれた。ガイトラッシュの背にまたがる者はいない。悪鬼というものは、口のきけない獣《けだもの》の死体を借りることはあっても、普通の人間になりすますことはないだろう。だからこれはガイトラッシュではなく、馬上の人はミルコートへ近道でむかう旅人にすぎない。馬は通り過ぎ、わたしは歩きはじめた。が、数歩進んだところで振りむいた。滑るような音、「何てこった」と言う声、それに大きな音を立てて倒れる気配に注意をひかれたからだ。乗り手と馬が倒れていた。土手道をガラスのように覆っている氷で滑ったのだ。駆け戻ってきた犬は、主人が窮地に陥っている様子を見、馬がうめくのを聞くと吠えはじめた。大きな身体に釣り合った太い吠え声が、夕暮れの丘に響き渡った。それから犬は地面に倒れた主人と馬のまわりを嗅《か》ぎ回ると、わたしのほうへ走ってきたが、それは精いっぱいの訴えだったといってよい。他に助けを求める相手は誰もそばにいないのだ。犬の求めに応じて、わたしは旅人のところに歩いて行った。もう自分で馬から身を離そうともがいている動きが力強いのを見ると、大怪我《おおけが》を負ってはいないと思われたが、訊ねてみた。

「お怪我なさいましたか?」

相手は何かののしっていたようだが、たしかではない。ともかく何かぶつぶつ言っていて、すぐにわたしに返事ができなかった。

「何かお手伝いいたしましょうか?」とわたしはもう一度訊ねた。

「そっちに寄っていてください」そう答えてその人は起き上がると、まず膝をつき、次に立ち上がった。わたしが脇にどくと、あえいだり、足を踏みならしたり、金具をがちゃがちゃ鳴らしたりという過程があり、さらに犬までがうなったり吠えたりするので、わたしは何ヤードか離れたところに退かざるを得なかった。けれども、成り行きを見届けるまでは立ち去るつもりはなかった。幸いなことに馬は立ち上がり、「パイロット、静かに!」と命じられて犬も吠えるのをやめた。旅人は無事をたしかめるかのように、前かがみになって自分の足に触っていたが、どこか痛めたらしい。わたしが立ってきたばかりの踏み越し段まで足を引きずるようにして行くと、そこに腰をおろした。

何か役に立ちたい、という気持ち、あるいはお節介な気分になっていたようで、わたしは再びその人に近づいた。

「もしお怪我をなさっていて手助けが必要でしたら、ソーンフィールド邸か、ヘイの村から誰か呼んで参ります」

「ありがとう、大丈夫です。骨は折れていません。くじいただけですから」その人はそう言って立ち上がり、足を踏み出してみたが、思わず「うっ」と言う声を漏らした。

昼間の光がまだ残っており、月が明るさを増してきたので、その人の姿をはっきり見ることができた。毛皮の襟と鉄のとめ金のついた乗馬用の外套を着ている。細部まではわからなかったが、中背で胸幅の広い体格が輪郭から見てとれた。厳《いか》めしい表情の浅黒い顔、そしてそのときは、思わぬトラブルにあったためか、眉を寄せて怒ったような目をしていた。青年期は過ぎていたが、まだ中年ではなく、三十五歳くらいかもしれないと思った。わたしは恐れも感じず、はにかみもしなかった。もし相手が若くてきりっとした、ハンサムな紳士だったら、わたしはこんなふうに相手の意志に逆らってまで質問をしたり、頼まれもしないのに手助けを申し出たりしてはいなかっただろう。ハンサムな若者にはそれまでほとんど会ったことがなく、口をきいたこともまったくなかった。

美しさ、優雅さ、勇ましさ、人を惹《ひ》きつける魅力などに対して、頭の中では敬意を払っていたが、もしそれらの要素が男性の姿をとって現れたなら、それに共鳴するものが何一つ自分の中にないこと、持ち得ないことを本能的に悟って、炎や稲妻のような、明るいけれど好きにはなれないものを避けるように避けていただろう。

わたしが話しかけたときにこの初対面の人が、もしにっこりして愛想よく答えていたら――もしわたしの申し出に対して、ありがとうと言いながら明るく辞退していたら、わたしは重ねて訊ねようという気持ちにもならず、さっさとそこを立ち去っていたに違いない。けれども、この旅人のしかめつらと荒々しさのせいで気が楽になったので、向こうへ行くようにと相手が手を振ってもなお、そこから動かなかった。

「こんな遅い時間のこんな寂しい道端に、お一人で残していくなんて考えられません。馬にお乗りになれるのをたしかめませんことには」

この言葉を聞くと、相手はわたしを見た。それまでほとんどわたしのほうに視線を向けなかったのだ。

「あなたのほうこそお宅に帰るべきではないかと思いますよ。この近くにあれば、ですがね。どこから来たのです?」

「すぐ下です。それに月が照っていれば、遅くなっても少しも怖くありません。よろしければヘイまで喜んで走って参ります。実はわたし、手紙を出しにヘイに行くところですので」

「すぐ下に住んでいらっしゃる？　胸壁のある、あの家ですか？」相手はソーンフィールド邸を指差して聞いた。屋敷は白っぽい月の光に照らされ、西の空を背景に大きな影のように見える森から、青白くくっきりと浮かび上がっていた。

「はい、そうです」

「誰の屋敷ですか？」

「ロチェスター様のお屋敷です」

「ロチェスター氏を知っていますか？」

「いいえ、お目にかかったことはありません」

「では、屋敷に住んでいないのですね？」

「はい」

「今どこにいるか、わかりますか？」

「いいえ」

「もちろん、屋敷の召使ではありませんね、あなたは。すると――」ここでその人は言葉を切り、わたしの服装に目を走らせた。黒いメリノの外套に黒いビーバーの帽子

――いつものように質素な装いで、小間使いの服装とも比べ物にならなかった。わたしの身分について頭を悩ませている様子だったので、助け船を出した。

「家庭教師です」

「ああ、家庭教師！　ちきしょう、忘れるところだった。家庭教師とは！」相手はこう繰り返すと、もう一度私の身なりをじろじろ見た。そして二分もすると段から立ち上がったが、動こうとすると表情に苦痛の色が浮かんだ。

「助けを呼びに行ってもらうわけにはいかないが、できたらちょっと手を貸してもらえませんか？」

「はい、喜んで」

「杖の代わりになるような傘は、持っていませんか？」

「ありません」

「では、馬の手綱《たづな》を取って、ここまで引いてきてください。怖くありませんね？」

一人だったら馬に触るのは怖かったと思う。でも、指示されたのでそれに従うつもりになった。踏み越し段にマフを置き、大きな馬に近寄ると手綱をつかもうとした。だが、馬は気性が激しく、わたしを頭のそばに寄せつけない。何度やってもうまくいかず、その間踏みならす馬の前足がひどく恐ろしく思えた。旅人はしばらく見守っていたが、ついに笑ってこう言った。

「そうか、山をマホメットのところに持ってくるのは無理なようだ。それなら、山のところへマホメットを連れて行くしか手はないな。こっちに来てもらえますか?」

わたしは行った。「すまないが、やむを得ず肩を貸してもらいます」そう言うと、その人はわたしの肩にずしりと手を置き、寄りかかりながら馬のところまで片足をかばって歩いた。いったん手綱を取るとたちまちうまくさばいて、さっと鞍《くら》にまたがった。しかし、その動作でひどく顔をしかめたのは、くじいた足にこたえたせいらしかった。

噛みしめていた下唇をゆるめて、わたしに言った。「さて、鞭《むち》を取ってもらえますか?　生垣の下にあります」

わたしはそれを探して見つけ出した。

「ありがとう。さあ、急いでヘイへ行って手紙を出し、できるだけ早く帰ってくるんですよ」

拍車つきの踵《かかと》が触れると、馬は驚いて後ろ足で立ち上がり、それから飛ぶように走り出した。犬もそのあとを追う。たちまちみんな消えてしまった。

激しい風に吹きまかれゆく

荒野のヒースのように（トマス・モア『聖歌』の一つ）

わたしはマフを取り上げて歩きはじめた。出来事が起き、そしてわたしの前から去った。ある意味でたしかにそれは、何の重要性もなく、華やかさもおもしろさもない出来事だったが、しかし単調な生活の中に一時間だけ、変化をつけてくれたのだ。わたしの助けが必要とされ、求められて、わたしはそれを差し出した。何かをしたのが満足だった。一時の、些細なことではあったが、積極的な行動だった。ひたすら受け身だけの生活に我慢できなくなっていたのだ。新しい顔もまた、記憶の画廊に加えられた新しい一枚の絵のようなものだった。すでに掛かっているどの絵とも異なるのは、第一にそれが男性で、第二に浅黒い、強健で厳めしい顔だからであった。ヘイの村に入って郵便局で手紙を出すときにも、その顔が目に浮かんでいたし、急ぎ足で丘を下りて家へむかう帰り道でも、まだその顔が見えた。あの踏み越し段のところまで来ると、わたしはちょっと立ち止まり、まわりを見回して耳を澄ませた。土手道に馬のひづめの音がもう一度聞こえはしないか、外套を着た乗り手と、ガイトラッシュのようなニューファウンドランド犬の姿がもう一度現れはしないかと思ったのだ。けれども目の前に見えるのは生垣と、刈り込まれた一本の柳の木が月光の中に静かに直立している姿だけだったし、聞こえるのは一マイル先のソーンフィールドをとり巻く木々を時折揺すって吹く、かすかな風の気配だけだった。風のざわめくほうを見下ろしたわたしの目は、屋敷の正面から窓へと移り、そこに灯がともっているのを見た。もう遅いことに気づいて、わたしは足を速めた。

　ソーンフィールドに再び入るのは気が進まなかった。その敷居をまたぐのは、沈滞に戻ることを意味した。静かな玄関ホールを通り、暗い階段を上って、自分の寂しい小部屋に行く、それから穏やかなフェアファクス夫人と顔を合わせ、長い冬の夜を夫人とともに、二人きりで過ごす——それは散歩によって芽生えたかすかな興奮をすっかり鎮めてしまうことであり、変化のまったくない、あまりに静穏な生活という、展望のない足《あし》枷《かせ》を自分の心身のはたらきに再びかけてしまうことだった。そのときのわたしは、安全と快適さを保証してくれる静穏な生活にあまりありがたさを感じられなくなっていたのだ。もしも苦闘に満ちた不安な人生の嵐に投げ込まれ、その辛く厳しい経験を通じて、いま不平を言っている平穏を切望するようになっていたら、わたしにとってよい薬になっただろう。それはちょうど、「快適すぎる椅子」（ポープ『愚人列伝』）にじっと座っているのに飽きた人に長い散歩が与える効果と同じで、動きたいというわたしの願いは、その人が散歩を望むのと同じく自然なことだった。

わたしは門のところで歩をゆるめ、芝生でも歩をゆるめ、歩道を行ったり来たりした。ガラス戸の鎧戸が閉まっていたので、中を見ることはできなかった。光のささない独房でいっぱいの、薄暗い洞《ほら》のように思われる陰気な屋敷を離れて、わたしの目と魂は、目の前の空へと引き寄せられるようだった。雲ひとつない青い海のような空に、月が粛々と昇って行く——初めに姿を現した丘を離れて上へ上へと、頂上をはるか下に残し、計り知れない距離のかなた、底知れぬ深さの漆黒の闇である天頂をめざして。月の後ろに震えながら従う星の数々を見ていると、わたしの胸も震え、血管が燃えるようになった。小さなことがわたしたちを地上に呼び戻すもので、玄関ホールで鳴った時計の音——それで十分だった。わたしは月と星たちに背をむけ、横の入り口のドアを開けて中に入った。

玄関ホールは暗くなかった。天井から吊るした青銅のランプの灯だけでなく、暖かい光がホールと樫の階段の半ばまでを満たしていた。この赤々とした光は広い正餐《せいさん》の間《ま》からさしているもので、折り戸は開け放たれ、暖炉に燃える火が見える。勢いのよいその火は大理石の炉辺や真鍮製《しんちゅうせい》の暖炉道具に反射し、紫色のカーテンや磨かれた家具を、心地よい輝きで照らしていた。暖炉のそばには何人かの人がいて、それがちらっと見え、賑やかな声が聞こえて、その中にアデルの声が混じっているようだ、と思ったとたんに扉が閉まった。

わたしは急いでフェアファクス夫人の部屋に行った。そこにも火が焚《た》かれていたが、ろうそくはともされておらず、夫人の姿も見えなかった。その代わりに絨毯《じゅうたん》の上にきちんとお座りをして、ひとり真剣な面持ちでじっと炎を見つめているのは、黒と白の長い毛並みの大きな犬――小道で出会った、あのガイトラッシュのような犬ではないか。あまりよく似ているので、わたしは歩み寄って「パイロット」と呼んでみた。

すると犬は立ち上がり、わたしのそばに来て匂いを嗅いだ。撫《な》でてやると、太い尻尾を振る。けれどもわたしひとりで一緒にいるのは怖い気がしたし、どこから来たのかもわからなかった。ろうそくがほしかったし、犬についての説明も聞きたかったので呼び鈴を鳴らすと、リーアが来た。

「この犬、どうしたの？」

「旦那様と一緒に来ました」

「誰とですって？」

「旦那様です。ロチェスター様が到着されたところです」

「まあ、ほんと？　ミセス・フェアファクスはそちらなの？」

「はい、それにミス・アデルもご一緒で、皆様、正餐の間にいらっしゃいます。ジョンはお医者様を迎えに行きました。旦那様がお怪我をなさいましてね。お馬が倒れて足首をくじかれたんです」

「馬はヘイ・レインで倒れたの？」

「はい、丘を下る途中、氷で足を滑らせて」

「そうだったの。ろうそくを持ってきてくれるかしら、リーア」

ろうそくを持ってきたリーアに続いてフェアファクス夫人が入ってきた。リーアと同じ話をし、お医者のカーター先生が見えて、今ロチェスター様の怪我を診《み》てくださっているところですとつけ加えると、お茶の支度を命じるために、せわしなく出て行った。

わたしは着替えのために階段を上がった。

第13章

その晩ロチェスター様は、お医者様の指示で早く休まれたらしい。翌朝も早起きはなさらず、階下に降りていらしたのは用事のためで、代理人と小作人が何人か、相談をするために待っていた。

アデルとわたしは書斎を空ける必要があった。訪問客を迎える応接室として毎日使われるからだ。そこで二階の一部屋に火を焚《た》いてもらい、使っている本を運び込んで勉強部屋とすることにした。ソーンフィールドの屋敷が変貌を遂げたことを、わたしはその朝のうちに悟った。教会のような静けさは消え、一時間か二時間おきにドアのノックの音や呼び鈴を鳴らす音が響き渡る。たびたび玄関ホールを横切る足音もすれば、階下ではさまざまな調子の、聞き慣れない声もする。外の世界が小川となって屋敷に流れ込んできたのだ。屋敷に主人がいるという空気が、わたしとしては以前より好ましく思えた。

その日のアデルは教えにくかった。勉強に身が入らず、しょっちゅう戸口に駆け寄っては、ロチェスター様がちらりとでも見えないかと手すりから身を乗り出すし、何かと口実を作っては下に降りたがる。子どもが行っても相手にされないのはもちろんなのに、書斎に行くのがアデルの目的なのは明らかだった。わたしが少し怒って、じっと座っているようにと言うと、「仲良しのムッシュー・エドワール・フェアファクス・ド・ロチェスター」(ロチェスター様の洗礼名を、わたしはこのとき初めて聞いた)のことを休みなく話し続け、どんなお土産《みやげ》をくださるのかと、あれこれ予想を並べた。ミルコートからわたしの荷物が届いたら、その中におまえの興味をひきそうな、小さな箱が一つあるだろうよ、と前の晩にほのめかされていたらしい。

「あたしへのお土産が入ってる、っていう意味に決まってるわ。それに、先生へのプレゼントもあるかもしれない。先生のこと、話していらしたもの。先生のお名前は何ていうの、ほっそりしていて小柄で、ちょっと青ざめたお顔の人じゃないかい、って聞かれたから、その通りだと言ったの。そうですものね、マドモアゼル」アデルはフランス語でこう言った。

いつもの通り、アデルとわたしはフェアファクス夫人の部屋で食事をした。午後は吹雪になったので勉強部屋で過ごし、夕方暗くなってからアデルに、もう本や道具を片付けて階下に行ってよろしい、と許可を出した。玄関のベルも鳴らなくなり、階下がだいぶ静かになったので、ロチェスター様も手が空いたのではないかと推測したからである。一人になったわたしは窓辺に寄ってみたが、そこからは何も見えなかった。薄暗がりの中を雪がしきりに舞うばかりで、芝生の灌木《かんぼく》さえ見えない。わたしはカーテンを下ろして、暖炉のそばに戻った。

鮮やかな残り火を眺めていると、以前見たライン河畔のハイデルベルク城の絵に似た光景が浮かんだ。ちょうどそこへフェアファクス夫人が入ってきたおかげで、炎の上に組み立てていたモザイク画が崩れ、一人のときに心にのしかかる重苦しい考えも、それとともに消えてなくなった。

「今日は先生とアデルに、客間でお茶を一緒に召し上がっていただけないか、とロチェスター様がおっしゃっておいでです。一日中忙しくて、先生にお会いする時間がとれなかったから、と」

「何時にお茶を召し上がるのでしょうか？」わたしは訊ねた。

「六時です。田舎にいらっしゃると早寝早起きになられるのでね。もうお着替えになったほうがいいです。わたしも一緒にお部屋へ行って、お手伝いしましょう。このろうそくをどうぞ」

「着替えなくてはいけませんか？」

「ええ、そのほうがよろしいです。ロチェスター様がこちらにいらしているときには、わたしも夜は必ずきちんとした服に着替えます」

そんな儀式ばった習慣は、堅苦しくて少し大げさに思われたが、わたしは自分の部屋に行き、夫人の手助けで黒いウールの服を黒い絹の服に着替えた。ローウッド的な服装感覚からすると第一級の正装の場でしか着ることのない、明るいグレーの服は一枚あったが、それ以外では唯一の上等の服だった。

「ブローチがいりますわね」と夫人が言った。お別れのときにテンプル先生が思い出にくださった小さな真珠のブローチがあったので、それをつけて夫人と一緒に下へ降りて行った。知らない人に会うことに慣れていないわたしには、そんなふうに正式に呼び出されてロチェスター様の前に出て行くのは苦痛に思えた。正餐《せいさん》の間《ま》まで夫人のあとについて歩き、陰に隠れるようにして部屋を通ると、カーテンが下ろされたアーチの下を、格調のある奥の間へと進んで行った。

テーブルの上に二本のろうそく、マントルピースの上にも二本のろうそくがともされていた。その光を受け、燃えさかる暖炉の前にぬくぬくと横になっているのはパイロット、そのそばにはアデルがひざまずいている。寝椅子に軽く寄りかかり、片足をクッションに載せた姿勢で、ロチェスター様がアデルと犬を見守っていたが、その顔はまともに暖炉の火で照らし出されていた。太くて真っ黒な眉、黒い髪を横に梳《と》かしつけているため一段と角ばって見える額《ひたい》――やはり、昨日の旅人である。美しさというより、性格を表しているという点で印象的な堂々たる鼻、癇癪《かんしゃく》持ちの証しと思われる大きな鼻孔、険しい口元と上下の顎《あご》——そう、すべてが厳《いか》めしいこの顔には見覚えがあり、間違えようがなかった。外套を着ていないので、顔と同じく四角ばった体形が見てとれた。胸が広くて脇腹には厚みがなく、運動選手としてはよい体格といえただろう——長身でも優美でもなかったが。

フェアファクス夫人とわたしが入ってきたことに気づかなかったはずはないが、挨拶する気分ではないと見えた。わたしたちが近くまで行っても、頭を上げようとしない。

「エア先生でいらっしゃいます」と夫人はいつも通りの静かな調子で言った。ロチェスター様は会釈をしたが、相変わらず犬と子どもに目をやったままだった。

「先生にお座りいただきなさい」という返事が返ってきた。義務的でぎこちない会釈、苛立《いらだ》ちを含んだ、よそよそしい口調のどこかに「エア先生など、いてもいなくても、それがどうした？　こっちは話をする気分じゃないんだから」と言いたそうな感じがあった。

わたしはこれにほっとしながら腰をおろした。礼儀正しい上品な応対を受けていたら、たぶん当惑したことだろう。品よく優雅な挨拶を返すのはわたしには無理だったからだ。ぶっきらぼうに迎えられたおかげで、こちらも居心地の悪さを感じなくてすんだし、そういう相手に対しては、たしなみのある穏やかさを保っていれば優位に立てる。それに加えて、この奇妙なふるまいには興味をそそられ、これから相手がどう出るかを見るのはおもしろそうだという気持ちになってきた。

ロチェスター様は彫像も同然、ものも言わなければ動きもしなかった。誰か愛想のよい者がいなくては、と思ったらしく、フェアファクス夫人が話を始めた。いつものように優しく、いつものようにありふれた中身ではあったが、一日中お仕事に追われてお疲れ様でございました、それに足をくじかれた痛みもおありで大変でしたね、それなのにご辛抱なさって、頑張り通されたのはご立派でいらっしゃいます、などと述べたてた。

「お茶をもらいたいのだが」というのが、それに対する主人の返事のすべてだった。そこで夫人は急いで呼び鈴を鳴らし、お盆が運ばれてくると、カップやスプーンなどをてきぱきとかいがいしく用意した。アデルとわたしはテーブルについたが、主人は寝椅子から離れようとしなかった。

「ロチェスター様にカップをお渡しいただけますでしょうか。アデルだとこぼすかもしれませんから」と夫人はわたしにむかって言った。

夫人の頼みを聞いて、わたしがカップをロチェスター様に手渡したときである。わたしのためのお願い事をするのにちょうどよいタイミングだと思ったらしく、アデルが大声で言い出した。

「ロチェスター様の箱の中に、マドモアゼル・エールへのプレゼントが入っているんじゃないの?」

「プレゼントのことなんか誰が言っているんだ?」とロチェスター様は声も荒く言った。「ミス・エア、あなたはプレゼントを期待していましたか? プレゼントが好きですか?」わたしの顔をじろじろ見たが、その目は怒ったようで、暗く鋭かった。

「よくわかりません。いただいたことがほとんどありませんので。嬉しいものだと、普通は思われているようですね」

「普通は思われている? あなた自身はどう思うんです?」

「納得していただけるお答えをするためには、少しお時間をいただきませんと。プレゼントにもいろいろな面がありますでしょう? プレゼントというものについて意見を述べるには、それらをすべてよく考える必要があります」

「ミス・エア、あなたはアデルのように純真ではありませんね。あの子はわたしの顔を見たとたんにプレゼントがほしいとうるさく言うが、あなたは遠まわしですな」

「いただく資格の点で、わたくしにはアデルほど自信がございませんもの。アデルなら小さい頃からロチェスター様を存じ上げていて、習慣になったこととしても、いただく権利を主張できます。いつもおもちゃをいただく、と本人も申しておりました。でもわたくしについて述べてみよとおっしゃられたら、困ってしまいます。お会いしたばかりですし、感謝していただけるようなことも、何もしておりませんから」

「謙遜《けんそん》しすぎはいけないな。アデルを試してみたが、先生が大いに骨折ってくださったのがわかる。利発な子ではないし、才能もないのに、短い間に大変な進歩だ」

「そのお言葉がわたくしへのプレゼントです。どうもありがとうございます。教え子の進歩を褒《ほ》めていただくのは、教師にとって一番のご褒美です」

「ふうむ」ロチェスター様は、それ以上何も言わずにお茶を飲んだ。

「火のそばに来なさい」次にそう言われたのは、お盆が下げられ、フェアファクス夫人が編み物を手にして部屋の隅に落ち着いたあとのことで、わたしはアデルに手を取られて、部屋の壁際のテーブルや飾り棚の上の、美しい本や装飾品を見て回っているところだった。わたしたちは余儀なく主人の言葉に従った。アデルはわたしの膝に座りたがったが、パイロットと遊ぶように言いつけられた。

「この屋敷に住むようになって三か月でしたね？」

「はい、そうです」

「それで、その前にいたのは？」

「――州のローウッド校です」

「ああ、慈善施設だね。そこにはどのくらい？」

「八年間おりました」

「八年も！　辛抱強い人だな。ああいうところにその半分でもいたら、どんなに丈夫な人でもやつれ果てると思っていましたよ。道理で別の世界から来たような顔をしている。どこでそんな顔ができ上がったのかと不思議だったんだ。昨夜ヘイ・レインに現れたとき、なぜか妖精の話を思い出して、あなたがわたしの馬に魔法をかけたんじゃないか、と聞くところでしたよ。今でもわかりませんがね。で、ご両親は？」

「どちらもおりません」

「もともといなかったみたいだな。記憶がありますか？」

「いいえ」

「ないだろうと思った。それであの踏み越し段に座って、仲間を待っているところだったんですね」

「誰を待っていたとおっしゃるのですか？」

「緑の服を着た妖精の仲間たちですよ。ちょうどいい月夜でしたからね。あなたの魔法の輪をわたしが踏み越えたから、それで土手道にあんないまいましい氷を広げたのですか?」

わたしは首を横に振った。「緑の服の人たちは、百年前にイギリスからすっかりいなくなってしまいました」わたしは同じくらい真面目にそう言った。「ヘイ・レインでもその付近のどこの草原でも、姿はまったく見られないでしょう。夏の月も秋の月も冬の月も、その姿を照らすことはもうないのです」

フェアファクス夫人は編み物を忘れ、眉を上げた。いったい何の話をしているのかと怪訝《けげん》な様子だった。

「そう、たとえ両親はいないとしても、親戚はいるでしょう。おじとかおばとか」

「いいえ、誰にも会ったことはありません」

「家はどこに?」

「家はありません」

「兄弟姉妹はどこに住んでいますか?」

「兄弟姉妹は一人もいません」

「ここへは誰の推薦で?」

「自分で広告を出しましたら、ミセス・フェアファクスがお返事をくださいまして」

「そうです」善良な夫人は、やっとわたしたちの話がつかめたようだった。「神さまのおかげでこの先生にめぐり会えたことを、わたしは毎日感謝しております。エア先生は、わたしにとりましては貴重な話し相手、アデルにとりましてはよく気のつく、優しい先生です」

「何もあなたがわざわざ説明してくれるには及びませんよ」とロチェスター様は答えた。「褒め言葉を聞いても、わたしは先入観を持ちませんからね。自分で判断します。この人は手初めにわたしの馬を倒したんでね」

「え?」とフェアファクス夫人が聞き返した。

「足をくじいたことのお礼を言わなくてはならないな」

夫人は途方に暮れている様子だった。

「ミス・エア、あなたは町に住んだことがありますか?」

「いいえ、ありません」

「人とのおつきあいは、たくさんしてきましたか?」

「ローウッドの生徒たちと先生方、それにここ、ソーンフィールドの皆さん、それがすべてです」

「本はどうです、たくさん読んできましたか?」

「手にする機会のあった本に限られます。たくさんではありませんし、学問的なものでもありません」

「修道女のような人生を歩んできたんですな。敬虔な作法を教え込まれているのも不思議はない。ローウッドの監督をしていると聞くブロックルハーストという人は牧師ですか?」

「はい、そうです」

「修道院の修道女たちが院長を崇拝するように、その人も女生徒たちから崇拝されていたのでしょうね」

「いえ、とんでもない」

「ずいぶん冷たいですね、とんでもないとは。見習いの修道女が修道院長を崇拝しないとは、不敬なことのように思えますが」

「ブロックルハースト氏が嫌いでしたし、そう思っていたのはわたくし一人ではありませんでした。無慈悲な人で、尊大で、さしでがましくもありました。わたくしたちの髪を切るし、倹約のためだと言って、縫い物にほとんど使えないような、質の悪い針や糸を買い与えたりするのです」

「それは倹約になりませんね」とフェアファクス夫人が意見を述べた。会話の流れをここで再びとらえたのだ。

「その人の主な罪はそんなところですか？」ロチェスター様が質問した。

「委員会ができる前、食料の仕入れを一人で監督していた頃に、わたくしたちを飢えさせました。週に一回、退屈なお説教を長々と聞かせたし、夜には自分の書いた本を読み聞かせるのですが、急死だとか天罰だとか、わたくしたちが怖くなってベッドに入れなくなるような話なのです」

「ローウッドに入ったのは何歳でしたか？」

「十歳くらいです」

「それで八年いた、とすると、今は十八になるんですね？」

そうです、とわたしは答えた。

「ほら、算数は役に立つものだね。その助けがなかったら、あなたの年齢はとても見当がつかなかったよ。目鼻立ちと顔に表れた落ち着きとが矛盾している、あなたのような場合には、年齢を当てるのが難しいですから。それで、ローウッドでは何を習いましたか？　ピアノは弾けますか？」

「少しだけなら」

「なるほど、お決まりの答えだ。書斎に行きなさい、いや、行ってください、と言い直します。命令口調を許してください。「こうしなさい」と言えばその通りになることに慣れているものだから、いらしたばかりのあなたに対しても、いつもの習慣が抜けなくて。では、ろうそくを一本持って書斎に行きなさい。ドアは開けたままにしておき、ピアノの前に座って、一曲弾いてください」

わたしはその言葉に従った。

「もういい」数分でロチェスター様は、そう大声で言った。「たしかに、少し弾けますね。イギリスの普通の女学生レベル、まあ、ましなほうかもしれないが、上手とは言えない」

わたしがピアノの蓋を閉めて戻ると、ロチェスター様は続けて言った。

「今朝アデルが何枚かのスケッチをわたしに見せて、先生の絵だと言っていました。まったく一人で描かれたのかどうか、おそらく専門の先生が手を入れたものでしょうね」

「いえ、とんでもない！」

「プライドを傷つけましたか。では、自分で描いたものだとはっきり言えるなら紙ばさみを持っていらっしゃい。もし明言できないなら、何も言わないほうがいい。つぎはぎは見分けられるからね」

「それならば何も申しませんから、ご自分で判断なさってください」

わたしはそう言って、書斎から紙ばさみを持ってきた。

「テーブルをこちらへ」ロチェスター様がそう言ったので、わたしは寝椅子のそばへとテーブルを移動させた。アデルとフェアファクス夫人が、絵を見ようと近寄ってきた。「そんなに押しかけないでおくれ」とロチェスター様は言った。「見終わった絵からそちらに渡す。だから、顔をそばに近づけてこないように」

スケッチを一枚一枚、注意深く眺めながら、そのうちの三枚を別にし、残りは見終わると横に押しやった。

「こっちの絵は向こうのテーブルへ持っていって、アデルと一緒にごらんなさい、ミセス・フェアファクス」とロチェスター様は言った。「あなたは(とわたしをちらっと見て)もう一度座って、質問に答えるのです。絵は一人の手によって描かれたものだとわかりました。それはあなたですか？」

「はい」

「いつ、描く暇があったのですか？　ずいぶん時間がかかり、頭も使ったでしょう」

「ローウッドでの最後の二回の休暇中に描きました。他にすることがありませんでしたので」

「手本はどこから？」

「自分の頭の中からです」

「今あなたの肩の上に載っている、その?」

「はい、そうです」

「同じような中身が、まだ頭の中に詰まっていますか?」

「あるかと思います。できればもっとよいものが」

ロチェスター様は自分の前に絵を広げて、もう一度代わる代わる眺めていた。

その間にわたしから読者の皆さんに、それらがどんな絵だったかを説明しよう。決してすばらしい作品などではないことを、初めに断っておかなくてはならない。主題はわたしの頭に生き生きと浮かんできたイメージで、具体的に表現しようと試みる前の、心の目に映ったときには印象的なものだった。けれどもわたしの手はイメージを支えてくれず、でき上がった絵は空想を弱々しく写したものにすぎなかった。

絵は三枚とも水彩画だった。一枚目はうねる海の上に低く垂れこめた鉛色の雲を描いたもので、遠くはすべて暗く、前景も同様、といっても陸地はまったくないので、手前の大波と呼ぶべきだろう。なかば水中に没しているマストが一本、一筋の光に浮かび上がり、そこに一羽の黒い大きな鵜《う》が波しぶきを浴びた翼を休めている。くちばしには宝石を散りばめた金のブレスレットをくわえていて、それをわたしは、パレットが生み出せる限り最もきらびやかな色合いに、また絵筆ができる限り華麗に描いた。鴉とマストの下には溺死体が沈んでいる。ブレスレットはそこから波に洗われたのか、奪われたのか、白い腕だけが緑色の水の下にはっきり見える。

二枚目の絵――その前景には、霞《かす》んだ山の頂《いただき》があるだけで、草や木の葉がそよ風になびいているように見える。その向こうには、黄昏時《たそがれどき》のような濃紺の空が広がり、その空を背景に一人の女性の半身が、わたしにできる限り柔らかく暗い色調で描かれている。ぼんやりとした額を飾る一つの星、顔は霧のカーテン越しに見ているような印象。目は暗く激しく光り、髪はまるで嵐か雷に引き裂かれた、輝きのない雲のように黒く流れている。月の光のような青白い光が首すじにさし、同じかすかな光が薄くたなびく雲にもあたって、そこから宵の明星が昇っている。

三枚目は、極地の冬空に鋭くそそり立つ氷山の頂を描いた絵で、地平線には北極の光が、おぼろげな槍をぎっしりと束ねたように集まっている。それを遠景として、前景にあるのは巨大な頭部――それは氷山のほうに傾き、氷山に支えられている。二本の細い手が額の下でそれを支え、顔の下半分に黒いヴェールを掛けている。まるで骨のように白い、血の気のない顔、見えるのは動かないくぼんだ目だけで、うつろで絶望以外の表情はない。こめかみの上には、雲のように実体の不明な黒い布地のターバンが巻かれ、白い炎の輪が光り、さらに不気味な輝きの光が宝石のように散りばめられている。この青白い三日月は「形なき形」が頂く「王冠に似たもの」（ミルトン『失楽園』第二巻にある「死」の描写）だった。

「ここにある絵を描いている間、幸せでしたか？」とロチェスター様がまもなく訊ねた。

「夢中でしたし、はい、幸せでした。それまで感じたことのないような、大きな喜びを味わえましたので」

「言いつくした答えとは言えないな。ここまでの話を聞くと、あなたにはほとんど喜びというものがなかったようですからね。でも、この不思議な色合いを混ぜあわせて描いている間、おそらくあなたは、いわゆる芸術家の夢の国にいたのでしょうね。毎日、長い時間、絵にむかっていたのですか？」

「休暇中で、わたしには他にすることもなかったものですから、朝からお昼まで、お昼から夜まで、ずっと描いておりました。真夏は日が長くて、絵に打ち込むには好都合でしたし」

「熱心に描いた結果に、自分で満足しましたか？」

「決してそんなことはありませんでした。頭にある構想と、実際に描いた結果との差に苦しみました。いつもわたくしは、実際に描くだけの力のないものを心に思い浮かべてしまったのです」

「そうとも限りませんよ。かすかながら構想はとらえられていますからね。もっとも、かすかでしかないようだ。十分に描くには、芸術家としての技量、知識が不足していましたね。しかしながら、女学生の絵としては珍しいし、構想は実に不思議ですよ。この宵の明星の目、これはあなたが夢で見たものに違いありません。光はまったくないのに、こんなに澄んだ目を、いったいどうやって描いたのです？　上にある星が目の輝きを消している。そして、その深みにはどんな意味があるのだろう。風の描き方を、いったい誰から教わったんです？　あの空にも、この山頂にも、風が吹いていますよ。ラトモス山をどこで見たんです？　だって、これはまさに、ギリシア神話のラトモスですからね。さあ、絵をおしまいなさい」

わたしが紙ばさみの紐をまだ結び終えないうちに、ロチェスター様は腕時計を見て無愛想に言った。

「もう九時だ。こんな時間までアデルを起こしておくとは、何をしているんです、エア先生。あの子を寝かせなさい」

部屋を出て行く前にアデルがキスをしに行くと、ロチェスター様はその挨拶を我慢して受けたが、パイロット以上には、いや、パイロットほどにも喜んではいないように見受けられた。

「ではみんな、お休み」と、ロチェスター様はドアのほうに手を振った。わたしたちのお相手はもうたくさん、退散してほしい、というしるしだった。フェアファクス夫人は編み物をたたみ、わたしは紙ばさみを持って、それぞれお辞儀をした。そしてそっけない会釈を受けて部屋を出た。

「ロチェスター様は特別に変わった方ではないとおっしゃいましたよね、ミセス・フェアファクス」アデルをベッドに入れて夫人の部屋に行ったときに、わたしは言った。

「ええ、変わっているでしょうか？」

「そう思います。とても気まぐれで、ぶっきらぼうで」

「たしかに、初めての人にはそう見えるかもしれません。わたしはすっかり慣れているので、ちっともそうは思わないですけれど。それに、たとえ変わったご気質だとしても、酌量してさしあげなくてはなりません」

「どうしてですか？」

「一つにはそういうご性格だからです。生まれつきの性格は直しようがありませんもの。また一つには、辛いお悩みがあって、そのために心の平静を保つのが難しいのでしょう」

「どんなお悩みでしょうか」

「たとえばご家族の問題」

「でも、ご家族は一人もいらっしゃらないのでしょう？」

「ええ、今はね。以前はいらっしゃいました――お身内と言ったほうがいいんですけれど。何年か前にお兄様を亡くされまして」

「お兄様を？」

「はい、旦那様が財産を相続なさってから、まだあまりたっておりません。ほんの九年ばかりです」

「九年といえばかなりの長さですわ。いまだに悲しみが癒《いや》されないほど、そんなにお兄様を愛していらっしゃったのですか？」

「いえいえ、そうではなくて……お二人の間には誤解があったのだと思います。兄上ローランド様は、エドワード様に対して不当なことをなさいました。お父様がエドワード様に反感を持たれるように仕向けられたかもしれません。お父様はお金にこだわりのある方で、ご一家の財産を分散させずにまとめておくことをお望みでした。お二人への分与によって減るのを厭《いと》われ、しかも家名を立派に保つためにエドワード様も財産がなくてはとお考えでした。それでエドワード様が成年に達するとまもなく、あまり公平でない方法がとられて、それが災いのもとになりました。お父様とローランド様は結託して、エドワード様がご自身の財産を築かれるようにと、ご本人にしてみればとても辛い立場に追い込まれたのです。どういうお立場だったのか、はっきりとは存じませんが、そのときの苦しさにエドワード様は、精神的にとても耐えられなかった――あまり寛大なご性格ではいらっしゃいませんから、ご家族とは縁を切られ、落ち着かない生活をもう長いこと続けていらっしゃいます。お兄様が遺言も残さずに亡くなられて、ソーンフィールドの主《あるじ》になられても、このお屋敷に二週間と続けて滞在なさったことはないと思います。古いお屋敷を避けていらっしゃるのも不思議ではありません」

「なぜお避けになるのでしょうか」

「陰気だとお思いなのかもしれません」

これはぼかした答えだった。もっとはっきりしたことを知りたい、とわたしは思った。けれども、ロチェスター様の苦難の原因や実際の状態についてのもっと明確な情報を、夫人はわたしに伝えられないか、伝えたくないかのどちらかだった。わたしにも謎ですし、知っていることといっても、大体は推測によるものなんです、と断言し、この話題を打ち切りたいと思っているのは明らかだったので、わたしもあえて続けようとはしなかった。

第14章

その後数日間は、ロチェスター様の姿をほとんど見かけなかった。午前中は仕事が忙しいようで、午後になるとミルコートや近郷の紳士たちが訪ねてきて、ときには残ってロチェスター様と正餐をとることもあった。足の怪我《けが》がよくなって乗馬ができるようになると、よく馬で出かけて行った。答礼の訪問なのか、たいていは夜遅くまで戻らなかった。

このような日が続いている間、アデルもめったにロチェスター氏に呼ばれることはなく、わたしがロチェスター様を見かけるのも、廊下や階段、回廊などでのたまの遭遇に限られていた。そんなときには、横柄《おうへい》で冷淡な様子ですれ違いながら、よそよそしくうなずいたり、冷たい視線を投げたりして、わたしの存在に気づいたことを示すだけのこともあれば、紳士らしい愛想のよさを見せて微笑しながら会釈することもあったが、相手の気分が変わりやすいことに気を悪くはしなかった。気分の変化はわたしと無関係なことがわかっていたからである。わたしのあずかり知らぬ理由で起きる揺れなのだ。

正餐にお客のあったある日のこと、ロチェスター様はわたしの紙ばさみを貸してほしいと言ってきた。絵をお客に見せるためだった。フェアファクス夫人の話によると、紳士たちはミルコートでの公の会合に出席するために早く帰られたが、雨で荒れ模様の夜だったのでロチェスター様は同行しなかった。お客が帰られるとまもなく、ロチェスター様の鳴らす呼び鈴の音が聞こえ、わたしとアデルに階下に来るよう、伝言があった。わたしはアデルの髪にブラシをかけてきちんとし、自分自身はいつものクエーカー風の服装——編んだ髪も含めてきっちりと質素で、それ以上整える必要がどこにもないのをたしかめてから、一緒に下へ降りて行った。小さな箱がとうとう着いたかしら、とアデルは言った。何かの手違いがあって、到着がそれまで遅れていたのだ。そしてアデルが喜んだことに——正餐《せいさん》の間《ま》に入ると、テーブルに小さな箱が一つ載っていた。直感的に中身がわかったようで、アデルは駆け寄りながらフランス語で叫んだ。

「あたしの箱！　あたしの箱！」

「そうだ、やっとおまえの箱が届いたよ。さあ、生粋《きっすい》のパリ娘さん、それを隅っこに持って行って、中身を引っ張り出して楽しむといい」ロチェスター様は炉辺の大きな安楽椅子に深く身を沈めたまま、皮肉めいた低い声で言った。「そして、いいか、解体の経過や中身の状態について、わたしにごちゃごちゃ報告などするんじゃない。手術は静かに。わかったな、黙ってやるんだよ」

アデルにその注意はほとんど必要がなかったようだ。大事な宝物を持ってとっくにソファに行き、蓋をとめてある紐をほどくのに夢中だったからだ。邪魔になる蓋をどけて、銀色の薄紙の覆いを開くと、

「まあ、なんて綺麗なの！」と言っただけで、あとはうっとりと中身に見とれていた。

「ミス・エアは、まだそこに？」ロチェスター様は椅子から半分だけ身を起こし、わたしが立っていたドアのほうを見た。

「ああ、いたね。ではこっちに来て、ここに座りなさい」そう言って、自分の椅子のそばに椅子を一つ引き寄せた。「子どものおしゃべりは好まないのですよ。わたしのようにいい年をした独り者が、舌足らずの話を聞いたって、ひとつも楽しくありません。一晩中ちびと差し向かいで過ごすなんて耐えられませんな。椅子をそんなに離してはだめですよ、ミス・エア。わたしが置いたままの位置に座りなさい――いや、どうぞ座ってください、でした。ちぇっ、こういう礼儀ときたら！　いつも忘れてしまうんだ。わたしとしては、頭の単純な老婦人たちの相手が得意というわけでもないんですがね。それはそうと、うちの老婦人だ、あの人を軽んじてはいけない。フェアファクス家の人間だし、と言うか、嫁いできた人だったか、ともかく血は水よりも濃しといいますから」

ロチェスター様は呼び鈴を鳴らしてフェアファクス夫人を呼びに行かせた。夫人は編

み物の道具を入れた籠を持って、すぐに部屋に来た。

「ようこそ、ミセス・フェアファクス。実は一つ慈善をお願いしたくて呼んだのです。アデルに、お土産《みやげ》のことで話しかけてはいけない、と命じたのですが、あの子は話したくてたまらなくなっています。話を聞いて、相手をしてやってもらえませんか。最高の慈善活動になるでしょう」

実際、アデルは夫人を目にするなりソファに呼び、箱から出した磁器、象牙、ろうなどの細工の品々をたちまち夫人の膝いっぱいに並べて、説明やら有頂天《うちょうてん》の気持ちやらを、怪しげながらも精いっぱいの英語でまくし立てた。

「さて、これで良い主人としての役目を果たしたことになります」とロチェスター様は続けた。「お客がそれぞれに楽しんでもらえるようにしたから、自分の楽しみを考えてもいいはずだ。もう少し椅子を前にお出しなさい、ミス・エア。まだ後ろすぎます。この快適な椅子での姿勢を変えないと顔が見えないのですが、わたしとしては変えたくないのでね」

わたしは言われた通りにした。物陰にいるほうがよかったのだが、ロチェスター様が単刀直入に命じるので、すぐに従うのが当然のように思えてしまったのである。

すでに述べた通り、わたしたちがいたのは正餐の間で、食事のためにともされた燭台のろうそくの光が明るく部屋を満たし、暖炉の火は赤々と勢いよく燃えていた。高い窓と、さらに高いアーチの前には紫色のカーテンがゆったりと掛けられていて、しんと静かだった。声をひそめたアデルのおしゃべり(さすがに大きな声は出せなかったのだ)が途切れたときに、窓ガラスを打つ冬の雨の音が聞こえるだけだった。

ダマスク織りの椅子に掛けたロチェスター様は、前に会ったときとは違って見えた。厳《いか》めしさが減り、陰気さもずいぶん消えている。口元に微笑が浮かび、目が輝いているのが果たしてワインのせいだったのかどうか、わたしにはわからないが、たぶんそうだったのだろう。要するに食後の気分であり、朝の冷ややかで堅苦しい気分とは違って、もっと寛大で穏やかな、くつろいだ感じだった。もっとも、ふくらんだ椅子の背に大きな頭をもたせかけ、花崗岩《かこうがん》を削ったような目鼻立ちの顔や大きな黒い目に暖炉の火を映しているところは、やはり気難しく厳格に見えた。大きくて黒い、そして美しくもあるその目の奥には時折変化があって、柔和とはいえないまでも、そんな感じを与えることがあった。

ロチェスター様は二分間ほど火を見つめ、わたしはその間ロチェスター様を見つめていた。相手は突然振りむき、自分の顔を凝視しているわたしの視線に気づいた。

「わたしの観察ですか、ミス・エア。ハンサムだと思いますか?」

慎重に考えていたなら、何か当たり障りのない、礼儀にかなった答えをしていたことだろう。ところがどういうわけか、気づいたときには答えが口から滑り出ていた。

「いいえ」

「おや、これはこれは！　あなたはどこか変わった人だ。修道女のような雰囲気がありますよ――両手をそろえて絨毯《じゅうたん》に目を落として座っているときは、古風で、物静かで、真面目で、地味で。もっともちょうど今のように、わたしの顔をまっすぐに鋭く見つめているときは別ですが。そして誰かに質問されたり、どうしても答えなければならないことを言われたりすると、率直な答えを――無遠慮とは言わないまでも、愛想のない答えを言い放つんですね。で、いったいどういう意味なのですか？」

「身も蓋もないお答えをして、申し訳ありませんでした。容貌に関するご質問にとっさにお答えするのは難しいですとか、人には好みがありますとか、美しさなどは大した問題ではありませんとか、そのようなお答えをすべきでした」

「そんな必要はありませんでしたよ。美しさなど大した問題ではない、か！　なるほど！　それであなたは、さっきの無礼な言葉を和らげ、わたしをなだめて落ち着かせるふうを装いながら、陰険にも耳の下にナイフを突きつけようというわけだね。さあさあ、どんな欠点が見つかったか、言ってください。手足も顔も、どこをとっても一応人並みだと思っているんですが」

「さっきのお返事をどうか取り消させてください、ロチェスター様。辛辣《しんらつ》なことを申すつもりはなく、まったくの失言でした」

「そうか、そうでしょうね。でも責任はありますよ。わたしについて批評してください。この額《ひたい》はお気に召しませんか?」

ロチェスター様は額の上に横にかかっている波打つ黒い髪を上げ、知性を表す硬い額を見せたが、慈愛という優しいしるしのあるべきところにそれが欠けていることが見てとれた。

「さあ、いかがです、わたしは馬鹿者でしょうか?」

「そんなことは断じてありません。博愛主義者でいらっしゃいますか、とお返しにお訊ねしたら、無礼なやつとお思いになるかもしれませんね」

「ほうら、まただ! 頭を撫《な》でるふりをして、またしても突こうというわけ。子どもや老婦人のお相手が嫌いだと(これは内緒だが)言ったからだね、そんなことを聞くのは。いいや、お嬢さん、わたしは世間でいう博愛主義者ではありません。でも良心はありますよ」そう言ってロチェスター様は、良心が宿るとされる突起を指差したが、幸いそれは十分に目立っていて、額はとても広かった。「それにわたしは昔、粗っぽい敏感さというようなものを心に持っていました。あなたぐらいの年頃には感じやすくて、未熟な者、後ろ盾のない者、不運な者に肩入れしたものですが、その後、運命の女神にいじめられました。そのこぶしで小突かれたあげくに、今ではインドゴムのボールのように硬く丈夫になったと自負していますよ。もっとも、まだ一つか二つ残っている隙間を通って塊《かたまり》の中心の敏感な場所へとしみこむものを感じることはできるかもしれない。そう、それなら望みはあるだろうか？」

「どういう望みでしょうか」

「インドゴムのボールから人間に戻る、最後の変身の望みですよ」

ワインの飲みすぎに違いないわ、とわたしは思った。奇妙な問いに何と答えたらよいかもわからなかった。変身が可能かどうかなど、どうしてわたしに答えられようか。

「とてもお困りのようですね、ミス・エア。わたしがハンサムでないのと同様、あなたも美人ではありませんが、困った様子はお似合いです。それにこちらも助かりますよ。わたしの顔を探るように見る代わりに、敷物の花模様に目を向けてもらえますからね。ずっと困っていらっしゃるといい。実は今夜は、人と話がしたい気分です」

こう言うとロチェスター様は椅子から立ち上がり、大理石のマントルピースに片腕をのせて立ったが、その姿勢のために、顔と同じく体形もはっきりと見えた。手足の長さとほとんど不釣り合いなほど胸幅が広い。たいていの人から醜い男と思われるに違いないが、その立ち居ふるまいには無意識の誇りがあり、物腰は悠々としている。自分の外見にはまったく関心がないようで、容姿の魅力に欠けるところは、先天的であれ後天的であれ他の資質で補えるのだという傲慢な自信を持っている。そんな人物であるロチェスター様を見ていると、こちらもその無頓着ぶりを共有してしまい、根拠の薄い不確かな判断ではありながらその自信を信頼してしまうのである。

「今夜は人と話がしたい気分で」とロチェスター様は、もう一度言ってから続けた。「だからあなたを呼びに行かせたのです。暖炉や燭台では相手として不十分だし、パイロットも同じ——どれも話ができないからね。アデルなら少しはましですが、合格にはまだまだだし、ミセス・フェアファクスも同じです。あなたなら、もしその気になってくれれば、ぴったりの相手になってもらえると信じます。初めてここに呼んだ晩、あなたに当惑しました。それ以来ほとんどあなたのことを忘れていたのは、他のことで頭がいっぱいだったからですが、今夜はくつろぐことに決めました——面倒なことは忘れて、楽しいことだけを考えようと。あなたに打ち解けて話をしてもらい、あなたのことをもっと知るのは楽しいでしょう。だから話してください」

話す代わりに、わたしはにっこりしたが、愛想のよい笑みでも従順な微笑でもなかった。

「話して」とロチェスター様は催促した。

「何を話せばよろしいでしょうか？」

「何でも好きなことを。話題も扱いも、すべて任せますよ」

そこでわたしは、黙ったまま座っていた――ただおしゃべりするだけのために、得意そうに口を開く人間だと思ったなら大間違いと悟ればいいわ、と思いながら。

「無口だね、ミス・エア」

わたしは沈黙を守り、ロチェスター様はわたしのほうに少し顔をむけ、わたしの目に飛び込んでくるようなすばやい一瞥《いちべつ》を与えた。

「意地を張っているのですか？　そして怒っているのでしょう。それももっともです。わたしのお願いの仕方は非常識で、ほとんど傲慢でした。許してください、ミス・エア。実を言うと、とにかくあなたのことを目下のように扱いたくないのです。つまり（と言葉を補って）年齢が二十歳上で、経験が一世紀分余計にあるということからくる優越性だけを主張する、ということです。これなら道理にかなっていて、アデルなら「あたし、ぜったいそう言うわ」と言うところでしょう。ですから、今言った理由で――その理由だけでお願いするのです。少しだけ何か話してわたしの気分を晴らしてください、一つのことにこだわって、錆《さ》びた釘のように心を腐食している悩みから、と」

ロチェスター様はこのように、ほとんど弁解に近いような、謙虚な説明をした。わたしはその態度を感じとれないほど鈍くはなかったし、鈍感だと思われたくもなかった。

「できればお心を楽しくしてさしあげたいと思います――本当に喜んで。でも、話題が選べないのです。だって、どんなことに興味がおありかわかりませんもの。質問をなさってください。そうすれば精いっぱいお答えいたしますから」

「ではまず聞きましょう。今言ったような理由――すなわち、あなたの父親といってもいいほどの年齢と、これまでにくぐり抜けてきた経験の多さを理由に、少しばかり偉そうに無愛想にふるまい、たまには厳格になったりする権利がわたしにあると認めてもらえますか？　あなたが限られた何人かの人たちと静かに一つの家で暮らしてきたのに対して、わたしは地球の半分を歩き回って、たくさんの国々のたくさんの人たちを相手にしてきたわけだから」

「どうぞお好きなように」

「それでは答えになりませんし、むしろ癪《しゃく》にさわります。はぐらかしていますからね。ちゃんと答えてください」

「単に歳が上だとか、わたくしより世の中を見てきたとかの理由だけで、命令する権利がおありとは思いません。上だとおっしゃる資格がおありかどうかは、時間と経験をどんなふうにお使いになられたかにかかっていると思います」

「ふん、すばやい答えがきたものだ。だが、それを認めるわけにはいきません。わたしの場合にはまったく当てはまらないからです。二つとも、悪い使い方とは言わないが、無頓着な使い方だったからね。では優位性は別にして、命令口調に怒ったり傷ついたりせずにときどきはわたしの命令を聞く、ということには同意してもらいたいのですが、どうでしょう」

わたしは微笑した。ロチェスター様は本当に変わっているわ、わたしに命令を聞かせるために年三十ポンド払っているのを忘れているみたい、とひそかに思ったからである。

「その笑顔はとてもいいね」ロチェスター様は、一瞬の微笑を見逃さずにそう言った。

「でも、話もしてください」

「お給料を払って雇っている使用人が、自分の命令に怒っていないか、傷ついていないかといちいち訊ねるご主人はめったにいないのではないか、とわたくしは今、考えておりました」

「雇っている使用人！　なんと！　あなたは雇われている使用人だって？　ああそうか、給料のことは忘れていた。それでは、その金銭上の理由によって、わたしが少し威張るのを許してくれますか?」

「いいえ、その理由ではだめです。でも、お金のことを忘れて、使用人が気持ちよく従っているかどうかに気配りをなさる、その理由でしたら心からお認めいたします」

「それであなたは、一般の習慣である礼儀作法や言葉づかいを省いても、傲慢とは思わずに認めるというのですか?」

「形式ばらないことと傲慢とを間違えることは、決してないと思います。形式抜きというのはわたくしの好むところですが、傲慢さのほうは、自由の身に生まれた者ならたとえお給料のためであっても、受け入れることはできないでしょう」

「くだらないことを! 自由の身でもほとんどの人間は、給料のためなら何にでも従うものですよ。だから、知らないことについての一般論などは控えて、自分の場合だけを考えることだ。だが、誤りがあるとはいえ、あなたの答えにわたしは心で賛成しますよ。内容とともに、言い方についても。そういう率直で誠実な姿勢には、なかなかお目にかかれるものではありません。いや反対に、こちらが虚心な態度を示すとそのお返しとしては、気どりや冷淡さ、あるいは愚かで粗野な誤解などを受けるのが普通ですからね。学校を出たばかりの家庭教師三千人のうち、あなたがさっきしたような答えをする人は三人もいないでしょう。いや、お世辞を言うつもりはありませんよ。あなたが世の大多数と違う性格に造られていたとしても、それはあなたの功績ではなく、造化の神のなさったことですからね。結局のところ、わたしは結論を急ぎすぎているようです。あなたは他の人と比べて特に優れているわけではないかもしれないし、わずかな長所を相殺するような、大変な短所を持っているかもしれないのだからね」

あなただってそうかもしれない、とわたしは思い、その瞬間にロチェスター様と目が合った。すると相手は、視線からわたしの考えを読みとったかのようにこう言った。

「そうだ、そうだ、その通り。わたしにも欠点はたくさんあります。わかっていますし、言《い》い繕《つくろ》うつもりもまったくありません。たしかにわたしは、他人に厳しすぎてはいけないのです。胸の内で思い返してみれば、ある時期の生活ぶりや一連の行為など、非難や軽蔑を、人よりむしろ自分自身に向けたほうがよいような過去があります。二十一歳のときに間違った道に足を踏み入れ、というより、むしろ押しやられて(そう言いたいのは、義務に怠慢な人間の常で、責任の半分を不運や逆境のせいにしたいからですが)それ以来正しい道に戻ったことはありません。けれども、わたしだってもっと別なふうに、そう、あなたと同じように善良に、もっと賢く、汚れのない人間になっていたかもしれません。あなたの心の平穏、やましさのない良心、清らかな記憶が羨《うらや》ましい。尽きしみも汚れもない記憶というのはすばらしい宝物に違いありませんね、お嬢さん。尽きることのない清らかな、元気を取り戻してくれる泉ではありませんか？」

「十八歳のときのご記憶はどんなものでしたか？」

「あの当時は大丈夫でした。清らかで健康的で、船底の水あかで濁って悪臭を放つようなことはありませんでしたよ。十八のわたしは、あなたと同じでした、本当に。概してわたしは、良い人間になるように生まれついていたのです、ミス・エア、良いほうの部類に。でもそうなりませんでした。そうは思えないとあなたは言うでしょうね。ともかく、それくらいのことは、あなたの目から読みとれるつもりですよ。ちなみに、その目に表れる感情には気をつけなさい。わたしはそれをすばやく読んでしまうからね。信じてもらいたいのだが、わたしは悪者ではありません。悪者だと思ったりしてはいけないし、そんなご大層な称号をつけたりしないでください。生まれつきというより環境のせいで――と自分では信じているのですが――ごくありふれた、平凡な罪人ではありませす。不品行な金持ちの連中がやりたがる、つまらない気晴らしすべてにはまった人間です。こんなことをあなたにむかって告白するなんて驚きますか？　これから先、あなたは自分から望むわけでもないのに人から秘密を打ち明けられることが多くなるでしょうから、そのつもりでいるといい。自分のことを話すより、相手の話を聞くのが得意な人だと、誰もがわたしと同じく、直感的に悟るからです。そしてまた、軽率に打ち明け話をする相手に悪意を持ったり軽蔑したりせず、まるで天性のような共感を持って聞いてくれる人だということも。控えめだからといって、慰め励ます力が弱まるわけではないですからね」

「どうして？　どうしてそんなにいろいろとおわかりになるのですか？」

「よくわかるのです。だからこそ、まるで日記に思いを綴るかのように自由に話ができます。わたしは環境に左右されるべきではなかったと、あなたは言いたいでしょうね。そう、その通りです。しかし、左右されたのですよ。運命に不当な仕打ちをされたとき、冷静でいるだけの分別がなかった。自暴自棄になり、それで堕落したのです。だからわたしは今、どんなに救いようのない愚か者が野卑なことを口走るのを聞かされてうんざりしても、自分のほうがましなのだとうぬぼれることはできません。自分もそいつと同じ程度なのだと認めざるを得ないのです。しっかりしていたらよかったのに！　本当に同じ思います。道を誤りそうになったら後悔を恐れなさい、ミス・エア。後悔こそ人生の毒です」

「悔悛は救いだといわれますが」

「救いではありません。改心ならそうかもしれないし、わたしにもできるだろう。まだその力が残っている――もし――だが、わたしのように縛られ、重荷を負わされ、呪われた者がそんなことを考えて何になるだろうか。それに、幸福というものにまったく拒まれているのだから、人生の快楽を得る権利がある。どんな代償を払っても、きっと快楽を手に入れますよ」

「するとこれから先、さらに堕落なさるのでは?」

「ひょっとしたらね。しかし、もし甘くて新鮮な快楽を得られるなら、かまうものか。ミツバチが荒野で集める天然の蜜のように、甘く新鮮な快楽をわたしも得られるかもしれない」

「針で刺されます。苦い味でしょう」

「どうしてわかる? 味わったこともないのに。あなたはまた、なんと真面目で深刻な顔をしているのでしょう。このカメオの浮き彫りの人物のように(とロチェスター様はマントルピースから一つ手に取って)あなたは何も知りません。わたしにお説教する権利は一つもないのです。人生の入り口に立ったばかりの、新参者のあなたは、人生の秘密についてまったく無知なのですよ」

「わたくしはただ、ご自身でおっしゃったお言葉をそのまま申すまでです。間違いをしたので後悔が生まれたとおっしゃいましたし、後悔は人生の毒だとはっきりおっしゃいました」

「間違いのことなど、誰も言ってはいませんよ。わたしの頭をよぎった考えが間違いとは、とても思えない。誘惑というより霊感だと信じます。穏やかで優しくて――それがわたしにはわかる。ほら、また来ました。絶対に悪魔じゃありません。もし悪魔だとしても、光の天使の衣をまとっています。こんな美しい客人がわたしの心に入れてほしいと望むのであれば、招き入れるしかないと思いますよ」

「お信じになってはいけません。本当の天使ではありませんもの」

「もう一度言うが、どうしてわかります？　地獄に落ちた堕天使か、神の御座からのお使いかを――誘惑者か導き手かを、あなたはどんな直感によって見分けられると言うのです？」

「お顔の表情で判断いたしました。その考えがまた浮かんだとおっしゃったとき、苦しそうなお顔でしたもの。耳を貸されたら、いっそうの不幸がもたらされましょう」

「そんなことはない。この世で一番ありがたい知らせを伝えてくれますよ。あなたはわたしの良心の番人ではないのだから、あとはもう心配することはありません。さあ、美しいさすらいの天使よ、入りたまえ！」

ロチェスター様は、自分にしか見えない幻にむかって話しかけるようにそう言うと、半分広げた両腕を胸の前で組んだ――見えないものを抱きしめるかのように。

そして再びわたしにむかって続けた。「さあ、わたしは巡礼者を迎え入れました——それは身をやつした神だと固く信じているのですがね。それでもう、良いことをしてくれましたよ。納骨堂のようだった心が、これからは聖堂になるのです」

「本当を申しますと、おっしゃることが全然わかりません。わたくしの理解を超えていて、お話について行けないのです。一つだけわかることがあります。ロチェスター様は、ご自分が望むほど善良になれなかった、欠陥を悔しく思うとおっしゃいました。わたくしに理解できますのは、汚れた記憶は永遠の悩みの種だと、暗におっしゃったことです。もし真剣に努力なされば、ご自身でもよしとされるような人物になられる日がいつか参りましょうし、考えと行いを正そうと、もし今日から決意されれば、汚れのない新しい記憶の蓄えを数年のうちに手にされ、それを振り返る喜びを味わわれることと思います」

「もっともな考え、そして当を得た発言ですな、ミス・エア。わたしはたった今、地獄への道に根気の石を敷いていますよ」

「と言いますと?」

「良き意図という敷石を敷いているんです。硬い火打石のように持ちがいいと思います。つきあう相手も関わる事も、間違いなくこれまでと違うものになるでしょう」

「良いほうに？」

「そう、良いほうに変わります——金属かすと純粋な鉱石との差のようにね。疑わしいと思っているようですが、わたしは自分を疑いませんよ。自分の目標が何か、動機が何かわかっているのだから。その目標も動機も正しいとする法、それもメディア人やペルシア人の法（「ダニエル書」六章十三節）のように変更のできない法を、今ここで決めることにしよう」

「正当と認めるために新しい法を必要とするのでしたら、それは正しいものではありません」

「正しいのです、ミス・エア。新しい法はどうしても必要ですがね。前代未聞の事情には、前代未聞の法則が必要となるから」

「それは危険な原理に思われます。濫用されそうなことは誰の目にも明らかですもの」

「わかったようなことを言う賢人だね。その通りです。でもわたしは濫用しないことを、わが家の守り神にかけて誓います」

「人間でいらっしゃいますから、過《あやま》ちを犯すこともあります」

「それはそうです。そしてあなたも同じこと。だからどうだと言うのですか？」

「過ちを免れない人間は、全能の神の手だけにしか安んじて委《ゆだ》ねることのできない力を、持っているなどと言うべきではありません」

「どんな力です?」

「認められていない異常な行為について『正しくあらしめよ』と言う力です」

「『正しくあらしめよ』――それです。うまく言ったね」

「正しくあれかし、といたしましょう」わたしはそう言って立ち上がった。まったく理解できない会話を続けるのは無益だと思ったし、相手の性格にも計り知れないものがあるのを――ともかくも、今のところは限界があるのを感じたからだ。自分は何も知らないのだという確信とともに、漠然とした不安と疑念をおぼえた。

「どこに行くのです?」

「アデルを寝かせます。あの子の寝る時間は過ぎましたので」

「わたしがスフィンクスのように謎めいたことを言うので怖いのですか?」

「たしかに謎めいたことをおっしゃるので戸惑ってはおりますが、少しも怖がってはおりません」

「怖がっていますよ。自尊心のせいで、失言を恐れている」

「その点の心配はあります。愚かなことは言いたくありませんから」

「愚かなことを言うときにも、あなたは真面目で物静かな態度で言うだろうね、聞いているわたしが、てっきり道理にかなったことだと思ってしまうほどに。あなたという人は笑うことがないのですか、ミス・エア。いや、答えるには及びません。めったに笑わないということはわかります。でも、陽気に笑うことができるはずだよ。わたしが生まれつき堕落した人間でないのと同じで、あなただって生まれつき謹厳というわけではない――本当ですよ。ローウッドでの束縛が、今でもいくらかまつわりついていて、表情を抑え、声を弱め、手足の動きを制限しています。男の兄弟、父親、主人など、とかく誰でもいいが――そういう男性の前に出ると、あなたはあまり明るく笑ったり、自由に話したり、すばやく動いたりすることが怖くてできませんね。でもそのうちに、わたしに対して自然にふるまえるようになると思います――ちょうどわたしが、あなたに対して普通にふるまえないのと同じように。表情や動きも、今より変化に富んで活発になるでしょう。わたしの目にはときどき、鳥籠の桟《さん》の細い隙間から珍しそうにこちらをのぞいている、小鳥のまなざしが見えるのです。元気はつらつ、じっとしていられない、意志の強い籠の鳥――自由になったら、空高く舞い上がって行くんだろうね。おや、やはり行ってしまおうというのですか？」

「もう九時を打ちましたから」

「かまいません。ちょっと待って。アデルはまだベッドに入れやしませんよ。暖炉を背にして部屋のほうをむいているわたしのこの位置は、観察に適しているのです、ミス・エア。お話ししながらときどきアデルも見ていたのですが(あの子を研究対象として興味深いと考えるにはわたしなりの理由がありましてね。それをあなたに話してもいい、いやいつかお話ししましょう)、十分ほど前に、あの子はピンクの絹の服を箱から引っ張り出し、うっとりした顔で広げていました。媚態《コケットリー》が血の中に流れ、脳に溶け込み、骨の髄にしみこんでいるような子どもです。「着てみなくちゃ、今すぐに」――そう叫んで部屋を走り出て行きました。今頃はソフィーの手を借りて着替え中でしょうから、二、三分すれば戻ってくるでしょう。そのときの姿が、わたしにはわかっている――それは幕が上がって舞台に現れるセリーヌ・ヴァランスをそのまま小さくした姿――いやいや、それはどうでもいいことです。けれども、わたしの気持ちの一番繊細な部分がショックを受けそうな予感がします。だからまだここにいて、本当にそうなるか、見てください」

まもなく、玄関ホールを横切ってくるアデルの軽い足音が聞こえ、保護者ロチェスター様の言った通り、着替えた姿で現れた。先ほどまでの茶色の服の代わりに、短いスカートにたっぷり襞《ひだ》を寄せた、薔薇色のサテンのドレスを着て、額には薔薇の蕾《つぼみ》の花冠をつけ、絹の靴下と小さな白いサテンのサンダル靴をはいている。

「ドレス、似合っているかしら。お靴は? 靴下は? 待ってね、あたし、踊るから」

とアデルは言い、はずむように前に進み出た。

スカートを広げて、足を滑らせるシャッセのステップで部屋を横切ると、ロチェスター様のそばに行き、その前で爪先立ちで軽やかにくるりと回った。そして足元に片膝をつき、声を上げて言った。

「おじ様に心からお礼を申します」そして身体を起こしながらつけ加えた。「ママもこんなふうにしたんでしょ?」

「その通り」とロチェスター様は答えた。「ちょうどこんなふうにして、わたしの英国製ズボンのポケットから、英国金貨をかすめ取って行ったものです。わたしも青二才でしたからね、ミス・エア。今のあなたに負けないくらい、新鮮な草の色だった。しかし、わたしの春は過ぎてしまい、手に残されたのはフランスの小花——ときには捨てたくなる気分になることもあります。花の根を大切だと思った気持ちも今では薄れ、金の粉でしか育たない種類だと思うと、花もあまり好きにはなれません。今のように造り物っぽく見えるときは特にそうです。それを手元で育てているのは、大小いくつもの罪を一つの善行で贖《あがな》えるというカトリックの教義ゆえ——このことは、いつかすっかり説明しましょう。ではお休み」

第15章

ロチェスター様はその通り、あとになって説明をしてくれた。

ある日の午後のこと、わたしとアデルが庭にいるのに出会って、アデルがパイロットや羽根つきで遊んでいる間、目の届く範囲でブナの並木道を散歩しましょうと言い出したのだった。

アデルはフランスのオペラダンサー、セリーヌ・ヴァランスの娘で、そのセリーヌにわたしは昔「熱烈な恋」をしたのです、とロチェスター様は言った。セリーヌもそれに劣らない熱烈さで愛することを誓ったので、自分は醜さにもかかわらずセリーヌの偶像なのだと思い込み、ヴァチカン宮殿にある優雅なベルヴェデーレのアポロ像よりも、自分の「たくましい体格」のほうが好まれているものと信じていたという。

「フランスの妖精が英国の醜い小人を好んでくれたというので、すっかりのぼせ上がったわたしは、彼女を一軒の屋敷に住まわせ、使用人から馬車、カシミア、ダイヤモンド、レースなど、一通りすべてそろえてやりました。要するにわたしは愚か者の例にもれず、堕落へのお決まりの道を歩みはじめたというわけです。恥と破滅にむかう、新しい道を拓くだけの独創性さえ持ち合わせていなかったとみえて、踏みならされた道の真ん中から一インチもそれることなく、昔ながらの道筋をばか正直にたどりました。そして愚か者にお決まりの運命が、当然のことながらわたしを待ち受けていたのです。ある晩、予告なくセリーヌを訪ねてみると、ちょうど外出中でした。暑い夜で、パリの街を歩き回って疲れてもいたので、彼女の部屋に入って座りました。さっきまで彼女がここにいたために神聖になった空気を吸うのは幸せな気分でした。いや、われながら大げさな言い方だな。神聖な徳などが彼女にあると思ったことは一度もなかったし、香りは一種の芳香剤――神聖な香りというより、麝香《じゃこう》と琥珀《こはく》の匂いです。温室育ちの花の香りと、振りかけられた香水の香りで息苦しくなってきたので、窓を開けてバルコニーに出ることにしました。外は月明かりに加えてガス灯もともされ、とても静かで穏やかな晩でした。バルコニーには椅子が一、二脚あったので、わたしはそれに腰をおろし、葉巻を取り出しました。ところで、もしかまわなければ、今一本吸いたいのだが」

そう言うとロチェスター様は言葉を切り、葉巻を出して火をつけた。そしてそれをくわえて、暗く凍えるような空気の中にハバナの香りの煙を吐き出すと、先を続けた。

「当時のわたしはボンボンも好きでしたよ、ミス・エア。それで、チョコレート菓子をぼりぼりやったり(品のない言葉づかいを大目に見てくださいよ)、葉巻を吸ったりしながら、近くの歌劇場にむかって瀟洒《しょうしゃ》な通りを走って行く立派な馬車の数々を眺めていました。そのうちに、二頭の美しい英国馬に引かせた上品な箱馬車が、明るい街の灯の中をやって来るのがはっきりと見えました。セリーヌに贈った馬車です。帰ってきた──鉄製の手すりに押しつけた胸が、待ち遠しさにどきどき打つのがわかりました。思った通り、馬車は屋敷の前で停まり、わたしの愛人が（オペラダンサーの恋人にはぴったりの言葉じゃありませんか）降りてきました。暑い六月の夜には邪魔になるような外套にくるまってはいましたが、馬車からのステップを軽やかに降りるときにスカートの裾からちらっとのぞいた小さな足で、わたしにはすぐに彼女だとわかりました。バルコニーから身を乗り出して「わたしの可愛い天使」と──もちろん、当人にしか聞こえないような声で──ささやきかけようとしたそのとき、もう一人、彼女に続いて馬車から飛び降りる者がいたのです。やはり外套を着ていましたが、靴の踵《かかと》の拍車が舗道で音を立て、屋敷に入ってくるのは縁《ふち》のある帽子姿でした。

ミス・エア、あなたは嫉妬を感じたことがありますか？　ないに決まっている。聞くまでもないな。誰かに恋したことがないんだからね。恋も嫉妬も、これから経験するわけだ。あなたの魂は眠っていて、それを目覚めさせる衝撃が与えられるのは、まだ先のことです。これまであなたの青春が穏やかに過ぎてきたように、人生はずっと静かに過ぎてゆくものと思っているでしょう。目をつぶり、耳をふさいで漂っていれば、遠くない川床に林立する岩も見えず、岩裾に逆巻いている白い波の音も聞こえないかもしれない。だが、いいかね、よく覚えておきなさい、いつかあなたは、岩だらけの箇所にさしかかる。人生の流れがすべて、激しく音を立てて渦巻き、泡立ち、砕け散るような場所です。そこであなたはどうなるか――岩にたたきつけられて粉々になるのか、あるいは大波に持ち上げられて、穏やかな流れに運ばれて行くのか――そう、今のわたしのようにね。

今日のような日が好きです。鋼《はがね》の色をしたあの空、凍りつく世界の厳しさと静寂が好きだし、ソーンフィールドが好きです――古色蒼然として、世の中から隔絶した趣《おもむき》、烏の住む古い木々、サンザシ、屋敷の灰色の正面、鋼の空を映す暗い窓の列が。しかしわたしは長い間、ここのことを思い出すのさえ嫌い、災いの館であるかのように避けてきた。いや、今だって」

ロチェスター様は歯ぎしりして黙り込み、立ち止まると硬い地面を長靴で蹴りつけた。何かいやな記憶にとらえられ、強く縛られて前に進めなくなったようだった。

ちょうどそこは上り坂になった並木道で、屋敷はもう目の前にあった。ロチェスター様は顔を上げて胸壁を見たが、わたしが後にも先にも見たことがないような目つきでそれをにらんだ。苦痛、恥辱、憤怒――焦燥、嫌悪、憎悪――こういったものがその瞬間、黒々とした眉の下に見開かれた大きな瞳の中でせめぎ合っているようだった。それらが互いに他を凌《しの》ごうとする闘いは熾烈《しれつ》をきわめたが、そこに別の感情が湧き出して勝利をおさめた。それは冷徹で冷笑的、強情で断固とした感情で、それが激情をおさめ、表情をこわばらせていた。ロチェスター様は続けて言った。

「いま黙っていた間に、わたしは自分の運命と向かい合っていたんですよ、ミス・エア。運命の女神は、ほら、あのブナの木の脇に立っていたんです。フォレスの荒野でマクベスの前に現れたような老婆でね、指を一本上げて「おまえ、ソーンフィールドが好きだと言うんだね?」と言いました。それから、警告の言葉を空中に書きました。それは不気味な象形文字になって、建物正面の二階の窓と一階の窓の間に並びました。「できるものなら好いてみよ。勇気があれば好いてみよ」とね」

「「好いてやるさ。ああ、好いてやるとも」とわたしは言いましたよ。そして、(とロチェスター様は不機嫌そうにつけ加えた)自分の言ったことは守ります。幸せへの道、善への道を阻むものがあれば粉砕するんだ。善――そうだ、これまでのわたし、今のわたしより善い人間になりたいと思っている。ヨブ記の海獣レビヤタンが、槍や矢や鎖帷子《くさりかたびら》を打ち砕いたように、人には鉄や真鍮《しんちゅう》に見える障害を、わたしは藁《わら》や朽木のように見なして立ちむかいます」

そう言っているところに、羽根つきのシャトルを持ったアデルが駆け寄ってきた。ロチェスター様は、「来るんじゃない。あっちへ。でなければ、ソフィーのところにお行き」と厳しく言いつけた。わたしは黙ったままロチェスター様のあとについて歩き続けたが、さっき突然脇道にそれたところに、思いきって話を戻してみることにした。

「マドモアゼル・ヴァランスが入っていらしたとき、ロチェスター様はバルコニーを離れたのですか?」

唐突な質問なのできっと一蹴《いっしゅう》されるだろうと覚悟していたが、しかめつらで呆然としていたロチェスター様は、これを聞くとわれに返ってこちらに目を向けた。暗い影は消え去ったようだった。

「ああ、セリーヌのことを忘れていた。続きを話しましょう。こうして恋人が騎士と連れだって入ってくるのを見たとき、わたしの耳にはシュッという音が聞こえたような気がしました。嫉妬という緑色の蛇――月光のバルコニーでとぐろを巻いていた蛇が鎌首をもたげて、わたしのベストの内側にするすると入り込み、ものの二分もしないうちに心臓の真ん中まで食い込んだのです。ああ、不思議だ!」ロチェスター様の話は、ここでまた急に横道にそれた。「不思議ですよ。こんな打ち明け話の相手に、ミス・エア、あなたのような人を選ぶとはね。そしてまた、その話をあなたが落ち着き払って聞いているのは、なおさら不思議だ。ちょっと変わった、世間知らずのお嬢さんにむかって、わたしみたいな男がオペラダンサーの愛人の話をするのが、まるで世にありふれたことであるかのようにね。しかし、前にも言った通り、変わった人だからこそ打ち明け話をしてしまうのです。あなたはその真面目さ、思いやり、慎重さのため、秘密を打ち明ける相手に選ばれることになるのですよ。それに、自分の心を伝えようとする相手がどんな心の持ち主か、わたしだってわかっています。悪いものに染まりにくい心、いっぷう変わった心、特別な心です。幸いなことにわたしには、その心を傷つけるつもりはありませんが、たとえ傷つけようとしても決してできはしないでしょう。わたしとあなたは、話をすればするほどいいようです。あなたはわたしから害を受けることはなく、むしろわたしに元気をくれるのだからね」ロチェスター様はこんな脱線のあと、もとの話を続けた。

「わたしはそのまま、バルコニーにいました。「二人はセリーヌの部屋に来るに違いない。待ち伏せしてやろう」――そう考え、開いた扉から手を入れてカーテンを、中がのぞけるだけの隙間を残して閉めました。そして扉も、二人のささやきが聞こえるだけに細く開けておき、そっと椅子に戻って腰掛けたとき、二人が入ってきたのです。わたしはすぐに隙間からのぞきました。セリーヌの小間使いが入ってきて、ランプに火をともし、テーブルに置いて出て行ったので、二人の姿がはっきりと見えます。二人は外套を脱ぎました。目の前にいるのは、サテンのドレスと宝石――むろんわたしが贈ったものです――に包まれて輝くセリーヌ・ヴァランスと、将校の制服姿の男です。それは若い放蕩者《ほうとうもの》の子爵で、社交の場で何度か会ったことがありました。頭のからっぽな性悪者で、軽蔑しきっていて憎む気にもなれないほどの男です。何者かがわかったとたん、嫉妬という蛇の毒牙は折れた――というのは、その瞬間にセリーヌへの愛情も、ろうそく消しをかぶせた炎のように消えてしまったからです。こんな男のためにわたしを裏切るような女なら、争う価値はない――軽蔑に値するだけです。もっとも、その女にだまされていたわたしは、それ以上に情けない人間ですがね。

二人はおしゃべりを始めましたが、その話ときたら、すっかりわたしの気持ちを楽にしてくれましたよ。何しろ、軽薄、打算、薄情、非常識――聞いていて腹が立つより、うんざりするようなものでしたからね。テーブルの上に載っていたわたしの名刺が目に入ったせいか、わたしが話題にのぼりましたが、二人ともわたしをまともに非難するだけの知恵も力もないとみえ、自分たちのけちなやり方で下品にわたしを侮辱しました。特にセリーヌときたら、わたしの容姿の欠点を異様だとさえ言って、さかんにしゃべり立てていましたよ。いつもは「男性美」とか呼んで、熱烈に賛美していたくせに。そこがあなたと正反対なんです。あなたは二度目に会ったときに、わたしのことをハンサムだとは思わないと、はっきりそう言いましたからね。あれを聞いたとき、わたしはその違いに打たれて、それで――」

ちょうどそこに、アデルがまた走ってきた。

「おじ様、代理人さんが面会にみえてますって、ジョンが言いに来ました」

「そうか、それでは話を手短に進めましょう。わたしは扉を開けて二人の前に出ました。君への援助はやめるから好きにするがいい、この屋敷からは出て行ってもらおう、とセリーヌに言い渡して、当座の費用にと金も渡してやりました。ヒステリーを起こして泣き叫んだり、懇願したり、抗議したり、狂ったように笑ったりしているのも無視してね。子爵とはブローニュの森で会おうと約束をとりつけ、次の朝、決闘をさせていただきましたよ。そして、病気の鶏の羽みたいに弱々しくて青白い、情けない腕に弾を一発撃ち込んでやって、これで連中とはすっかり縁が切れたと思いました。ところがあいにくなことに、セリーヌのやつには六か月前から、この小娘アデルがいたんです。そして、わたしの娘だと断言する始末。ひょっとしたら、そうかもしれません。もっとも、いかつい親父譲りのところは、アデルの顔には全然見当たりませんがね。パイロットのほうが、よっぽどわたしによく似ていますよ。セリーヌはわたしと別れて数年してから、娘を捨てて音楽家だか歌手だかとイタリアに駆け落ちしました。アデルを扶養する義務が自分にあるとは思わなかったし、今でも思いません。父親じゃないんですから。でも、生活にとても困っていると聞いたので、パリの汚泥から助け上げて、ここに移しかえたのです。イギリスの田舎の庭の、健全な土壌で清らかに育つようにとね。そしてその教育のために、フェアファクス夫人があなたを見つけたというわけです。しかし、フランスの踊り子の私生児だとわかったからには、その職務や教え子についてのあなたの考えも違ってくるかもしれませんね。そのうちにわたしのところに来て、他の勤め口を見つけました、新しい家庭教師をお探し下さい、なんて言うのではないかな」

「いいえ、アデルは母親の過《あやま》ちにもロチェスター様の過ちにも責任などありません。わたくしはアデルが好きです。そして、親なし子だとわかった今――母親には捨てられ、父ではないとロチェスター様にも言われたわけですからね――前よりいっそう離れがたいものを感じます。親しみをこめて頼ってくれる、寄る辺のない孤児を差し置いて、家庭教師をうるさがって嫌うような、甘やかされたお金持ちの子どものほうを選ぶなどということが、いったいどうしてわたくしにできるでしょう」

「ああ、あなたはそういう考え方をするんだね！　さて、わたしはもう中へ入らないと。あなたも入ったほうがいい。暗くなるから」

　ロチェスター様にそう言われたが、わたしはしばらくアデルとパイロットと一緒に庭に残り、アデルと駆けっこをしたり、羽根つきで遊んだりして過ごした。それから邸内に入り、帽子とコートを脱がせると膝に抱き上げて、一時間ほどおしゃべりを聞いてやった。かまってもらえると、ちょっとなれなれしくなってくだらないことをしたりするのだが、それも叱らないでおいた。おそらくそういう癖は母親から受け継いだ浅薄な性質の現れと思われ、イギリス人気質には合わないものだった。しかし、アデルにはアデルなりの長所があり、わたしはそれを最大限に評価してやりたいと思っていた。表情や顔立ちにどこかロチェスター様と似ているところはないかと探してみたが、まったく見つからなかった。顔立ちにも表情の動きにも、血のつながりを示すような点は一つもなく、これは惜しいことだった。似ているところがあったら、ロチェスター様にもっと可愛がられただろうから。

　その晩自分の部屋に戻ってから、ようやくわたしは、昼間聞いた話について落ち着いて考えてみた。ロチェスター様が自分でも言っていたように、内容そのもの、つまり裕福なイギリス紳士がフランス人の踊り子に夢中になって結局は裏切られるという話など、社交界では日常茶飯事に違いないから、驚くにはあたらなかった。けれども、現在の心の安らぎと、古い屋敷やそれをとり巻く風物に対してよみがえった愛情を述べていたときに突然ロチェスター様を襲った激しい感情の発作に、何か奇妙なところがあるのはたしかだった。わたしはこの不思議な出来事についてしばらく考えたが、説明がつかないので中止し、今度は自分に対するロチェスター様の態度について考えることにした。わたしが信頼に値する人間と判断された根拠は思慮分別への高い評価だと、わたしは自分で解釈していた。初めの頃に比べると、この数週間のわたしへの態度はずっと安定していた。わたしを邪魔に思うことはなくなったようだし、ときどき見られた冷淡な傲慢さも影をひそめた。思いがけず顔を合わせるとそれを喜ぶ様子で、いつも言葉をかけてくれ、ときには笑顔をむけてくれることもあった。呼ばれて行って会うときには、親しみをこめて礼儀正しく迎えてくれるので、自分にはこの屋敷の主人を喜ばせる力が本当にあるのだと感じられ、またこうした夕べの語らいの機会が、わたしのためだけではなく、ロチェスター様の楽しみにもなっているのだと感じられた。

とはいえ、わたしはあまり話をせず、もっぱらロチェスター様が語ることに興味深く耳を傾けていた。ロチェスター様は話好きで、世の中のさまざまな出来事や慣習を、世間知らずの相手にのぞかせてやるのを好んだのだ。（もっともそれらは、堕落した事件や不快な習慣ではなく、規模が大きかったり、珍しさで興味をひくような事柄だった。）

それでわたしは、目の前に示される新しい見方を受け入れ、描き出される新しい光景を想像し、繰り広げられる新しい領域にロチェスター様のあとについて分け入って行くことに深い喜びを感じていた。いやなことを言われて驚いたり悩んだりすることは、一度もなかった。

ロチェスター様の態度が自然なので、わたしは極端な自制心から解放された。率直で礼儀正しく、親しみを持って接してくれることに惹《ひ》かれ、雇い主というより身内のように思えることもときどきあった。依然として傲慢になることもあったが、そういう人だとわかったので気にならなかった。人生に加わったこの新しい興味のためにとても満ち足りて幸せになったわたしは、身寄りのない寂しさも忘れるほどだった。細い三日月のようだったわたしの運命が大きくふくらみはじめたような気持ち、人生の空白が埋まったような気持ちだった。体調もよくなって体重が増え、体力がついた。

さてロチェスター様は、そういうわたしの目に、今でも醜い人と映っただろうか。読者よ、答えはノー、である。感謝の念、そして楽しく明るい連想が重なったおかげで、その顔はわたしの一番見たいものになっていたのだ。部屋にロチェスター様がいれば、どんなに燃えさかる暖炉の火より元気が出た。だが、ロチェスター様の欠点を忘れたわけではなかった。実をいえば、欠点をしばしば目の前で見せてくれるので、忘れることができなかったのだ。およそ劣っているものに対して、尊大で冷笑的な厳しい態度に出る。わたしへのとびきりの優しさは、他の多くの人への不当な厳格さで相殺されてしまうほどだと、心ひそかに思っていた。気分も変わりやすく、理由もわからずふさぎこむことがある。朗読を頼む、と言われて行ってみると、書斎にひとりで座って腕を組み、うなだれていたことが一度ならずあった。顔を上げると、陰鬱な、ほとんど敵意のこもった目つきのために顔立ちが暗く曇った。しかし、その不機嫌、厳しさ、そして過去の道徳上の過ちも(過去の、というのは、今ではあらためたと思うからだ)何か運命の無慈悲な試練に端《たん》を発していると、わたしは信じていた。ロチェスター様は本来、これまでの環境、教育、運命などの影響によって作り上げられたものより、優れた性格、高い徳、純粋な趣味の人だと信じていた。もともとロチェスター様はすばらしい素質を内に秘めていて、今はそれが多少もつれ、損なわれているだけのように思われたのだ。ロチェスター様の悲嘆がどんなものであれ、わたしもそれに胸を痛め、何とかその悲しみを和らげることができたら、と願ったことは否定できない。

ろうそくの火を消してベッドに横になったものの、眠れなかった。前に立ちはだかった運命の女神に、ソーンフィールドで幸せになれるものならなってごらん、と言われたことを並木道で立ち止まって話したときのロチェスター様の様子が思い出されてならなかった。

「なぜ、だめなのかしら。どうしてこのお屋敷に親しめないのだろう」とわたしは考えた。「またすぐに去ってしまわれるのだろうか。二週間以上続けて屋敷にいらっしゃることはめったにないと、フェアファクス夫人が言っていたけど、今はもう八週間にもなるわ。行ってしまわれたら、ここはすっかり寂しくなってしまう。春も夏も秋もいらっしゃらないとしたら——晴れた日、日の光も、どんなにわびしくなることか」

こんなことを考えながら、その後眠ったのか眠らなかったのかさだかではない。ぶつぶつとつぶやくような声を聞いて、わたしははっと目を覚ました。それは悲しげで異様な声で、頭の真上で聞こえたような気がした。ろうそくを消さなければよかったと思った。真っ暗で陰気な夜で、心も沈んだ。ベッドで起き上がって耳を澄ませると、声はやんでいた。

もう一度眠ろうとしてみたが、不安で心臓がどきどきした。心の平安が乱されてしまっていた。遠く玄関の時計が二時を打った、ちょうどそのとき、わたしの部屋のドアに何か触れるような気配がした。外の暗い廊下を手探りで歩く誰かの指が、羽目板をそっと撫《な》でたような感じだった。「そこにいるの、誰？」と聞いたが、答えはない。恐ろしさでぞっとした。

パイロットかもしれない――突然に閃《ひらめ》いたのは、そんな考えだった。たまたま台所のドアが開いたままになっていると、パイロットがロチェスター様の部屋の前まで上がってくることがよくあり、そこに寝そべっているのを朝になって見かけたこともある。これを思い出していくらか気持ちが静まり、わたしは横になった。静寂は神経を休めてくれるものだ。屋敷全体が再び深い静けさに包まれる中で、わたしにも眠りが訪れそうな気がしてきた。けれども、その晩は眠れない運命だった。耳元にやってこようとしていた夢は、骨の髄まで凍るような出来事に脅《おびや》かされ、恐れおののいて退散してしまったのだ。

悪魔のような笑い声――押し殺したような太くて低い笑い声が、まるでわたしの部屋の鍵穴から響いてくるような気がした。ベッドの頭はドアに近い位置なので、最初わたしは、笑う悪鬼がベッドのそばに立っているのかと――いや、枕の脇にしゃがんでいるのかと思ったほどだった。しかし、起き上がってまわりを見回しても何も見えない。じっと目を凝らすうちに、奇怪な声がまた聞こえた。羽目板の向こうから聞こえるのがわかった。わたしはさっと立って行ってドアに閂《かんぬき》をかけ、「そこにいるのは、誰？」ともう一度言った。

ごろごろと喉を鳴らす音、そしてうめくような音がした。まもなく、三階に上がる階段にむかって廊下を遠ざかる足音がした。最近はドアで閉めきっている階段である。そのドアが開いて、閉まるのが聞こえ、あとは静かになった。

「グレイス・プールだったのかしら。あの人、悪魔にでもとりつかれているの？」これ以上一人ではいられない、フェアファクス夫人のところに行かなくては、とわたしは思った。急いで服を着てショールを肩に掛けると、震える手で閂をはずしてドアを開けた。するとそこに——廊下の敷物の上に、火のついた一本のろうそくが置かれているではないか。わたしはそれを見てびっくりしたが、まるで煙が立ちこめたように、あたりがぼんやり見えていることにいっそう驚いた。その青い渦巻きがどこから出てくるのかと左右を見回していると、次に気がついたのは何かの燃える臭いだった。

何かのきしむ音がした。少し開いたドアの、ぎいっという音で、それはロチェスター様の部屋のドアだった。煙はそこから、もうもうと噴き出しているのだった。フェアファクス夫人のことも、グレイス・プールやその笑い声のこともすっかり頭から消えてしまい、わたしは部屋に駆け込んだ。ベッドのまわりにはめらめらと炎が上がり、カーテンが燃えている。炎と煙の中にじっと横たわって、ロチェスター様はぐっすりと眠っていた。

「起きて！　起きてください！」わたしは叫んでその身体を揺さぶったが、ロチェスター様は何かつぶやいて寝返りを打っただけだった。煙のせいで意識が朦朧《もうろう》としていたのだ。もう一刻の猶予《ゆうよ》もならなかった。火はシーツにも燃え移っていた。洗面器と水差しのところに駆け寄ってみると、幸いなことに大きな洗面器と深い水差しの両方に水がいっぱいに入っていた。その二つを持ち上げて、中の水をロチェスター様の身体の上から、ベッドが水浸しになるほど浴びせかけた。そして自分の部屋に飛んで帰り、水差しを抱えてきて、もう一度洗礼のようにベッドに水をそそいだ。こうしてありがたいことに、ベッドを焼きつくすところだった炎を無事に消し止めることができたのだ。

水をかぶった火がじゅうじゅうと音を立て、中身を空けたときに手から離してしまった水差しが壊れ、それに何より、わたしがふんだんにそそいだ水しぶきを浴びたせいで、ロチェスター様がとうとう目を覚ました。暗くなった室内でもそれとわかったのは、自分が水たまりに寝ていることに気づいたロチェスター様の口から、奇妙な呪いの言葉が発せられるのが聞こえたからだ。

「洪水なのか?」

「いいえ、違います、火事だったのです。さあ、起きてくださいませ。火は消しましたから、ろうそくを持ってきます」

「キリスト教国内のすべての妖精の名にかけて聞くが、ここにいるのはジェイン・エアか？　いったいわたしに何をしたんだ？　この魔女！　妖術師！　この部屋には他に誰がいる？　わたしを溺死させようと企んだのか？」

「ろうそくを取って参ります。さあ本当に、起きてください。誰かが何かを企んだのはたしかです。誰が何を企んだのか、すぐに見つけてください」

「よし、起きたぞ。だが、ろうそくはまだ取りに行かないで。わたしが乾いたものを着るまで二分待っていなさい――乾いたものがあるだろうか――ああ、ここにガウンがあったぞ。さあ、走って」

わたしは走って行き、まだ廊下にあったろうそくを持ってきた。ロチェスター様はそれを受け取ると高くかざして、真っ黒に焦げたベッド、ぐっしょり濡れたシーツ、水浸しの敷物などを調べた。

「どうしたというんだ？　誰の仕業だろう？」

そこでわたしは、それまでの出来事を手短に説明した。廊下で聞こえた奇妙な笑い声、三階に上がって行く足音、煙、焦げる臭いでこの部屋に来たこと、そしてそのときの状態と、手近にあった水を全部かけてロチェスター様をずぶ濡れにしたことなどである。

ロチェスター様は真剣な面持ちで聞いていた。話が進むにつれて、その顔には驚きよりも懸念の色が浮かび、わたしが話し終わっても、すぐに口を開こうとはしなかった。

「ミセス・フェアファクスを呼んできましょうか?」とわたしは訊ねた。

「ミセス・フェアファクス? いやいや、いったい何のために呼ぼうというんです? あの人には何もできやしない。そっと寝かしておけばいい」

「では、リーアを呼んで、ジョン夫婦も起こしてきましょう」

「そんな必要はまったくないな。静かにしていればいい。ショールを掛けていますね? もしそれでも寒かったら、あそこにあるわたしの外套を着てもいい。それにくるまって、その肘掛け椅子に座るんです。ほら、着せかけてあげよう。そして、足は濡れないように腰掛けに載せて。ほんのちょっとの間だけ、ここに一人で残していきますよ、ろうそくも持って。わたしが戻ってくるまでそのままじっと、ここに、ハツカネズミのようにおとなしくしていてください。三階まで行ってきます。いいね、ここを動かず、誰も呼ばないこと」

そう言ってロチェスター様は出て行き、わたしは光が遠ざかるのを見守った。ロチェスター様が廊下をそっと歩いて行き、階段へのドアをできるだけ静かに開け、そして閉めると、光は一筋もささなくなり、わたしはまったくの暗闇にひとり残された。物音が聞こえてこないかと耳を澄ませていたが、何も聞こえない。長い時間が過ぎ、わたしはじっとしていられなくなった。外套を着ていても寒かったし、屋敷の誰も起こさないのだとしたら、ここにいても仕方ないと思えた。そこで、命令に背《そむ》いてご機嫌を損ねるような行動に出ようとしたところに、廊下の壁をぼんやりと光が照らすのが見え、敷物を踏む裸足《はだし》の足音が聞こえてきた。「あの方ですように。怖いものではありませんように」とわたしは祈った。

戻ってきたロチェスター様は、青ざめて暗い表情だった。「すべてわかった。思っていた通りだ」ろうそくを洗面台の上に置きながら、ロチェスター様は言った。

「とおっしゃいますと?」

ロチェスター様はそれに答えず、腕組みをしたまま下を見ていたが、何分かしてから妙な口調になって訊ねた。

「さっきの話だが、寝室のドアを開けたとき、何か見たと言いましたっけ?」

「いいえ、床にろうそくが置かれていただけです」

「しかし、奇妙な笑い声は聞いたのですね? その笑い声、あるいはそれに似たような声は、前にも聞いたことがありますね?」

「はい、お屋敷で裁縫をしているグレイス・プールという人――その人があんなふうに笑います。変わった人です」

「そう、グレイス・プール——お察しの通りだ。たしかにあの女は変わっている、本当に。まあ、この件については考えるとしましょう。それはそうと、今夜の出来事を詳しく知っているのが、わたしとあなただけでよかった。あなたは愚かなおしゃべりではありませんからね。決して人に言ってはいけません。この状態については」と、ベッドを指差して「わたしがうまく説明をつけます。さあ、部屋に戻りなさい。わたしはこれから、書斎のソファで休むから問題ありません。もう四時になる。あと二時間もすると、召使たちが起き出すでしょう」とロチェスター様は言った。

「では、お休みなさいませ」わたしはそう挨拶して、出て行こうとした。

すると相手は、自分でそう命じておきながら、意外なことに驚いた様子を見せた。

「なんと！　もう行ってしまうのか、そんなにそっけなく！」

「でも、部屋に戻るように、とおっしゃいましたから」

「だが、ちゃんとした挨拶もせず、感謝の言葉のひとつも受けず、そんなにさっさと、すげなく立ち去れとは言っていないよ。だって、わたしの命を救ってくれたんじゃありませんか。恐ろしい死を遂げるところだったわたしを！　それなのに、まるで行きずりの者同士みたいに脇を通り過ぎようとするんだからね。せめて握手くらいさせてください」

ロチェスター様が手を差し出したので、わたしも手を出した。ロチェスター様はその手を最初は片手で、それから両手で握った。

「命の恩人です。君にこんな大きな借りができたのを、嬉しく思います。それ以上、言いようがありません。誰かにこんな恩義を負うことには耐えられそうもないが、相手が君なら別だ。ジェイン、君から受ける恩義なら、わたしには重荷には感じられないのです」

ロチェスター様は言葉を切って、わたしを見つめた。何か言葉が唇まで出かかっているのが見てとれたが、声にならなかった。

「あらためて申します、お休みなさいませ。このようなときに、恩義も重荷も借りも貸しもありませんわ」

「わたしにはわかっていた――いつか、何かの形で、君が力になってくれるだろうと。初めて会ったとき、その目でわかったのです。君の目の表情と微笑が」ここでロチェスター様は再び言葉に詰まったが、急いで続けて言った。「わたしの胸の奥まで届く、深い喜びを与えてくれたのには、わけがあったんだ。人はよく、自然に気持ちが通じるなどと言うし、守り神のことを聞いたこともあります。どんなにでたらめな話の中にも、真理のかけらは入っているものなんだね。大事な守り神よ、お休み」

その声には不思議な力があり、表情には不思議な輝きがあった。

「たまたま目が覚めていてよかったです」そう言って、わたしは出て行こうとした。

「おやおや、行ってしまうのですか」

「寒いものですから」

「寒い？　そうか、水たまりに立っていたんでしたね。では、行きなさい、ジェイン。行ってください」そう言いながらもロチェスター様はわたしの手を握ったままで、わたしにはそれを振りほどくことができなかった。そこでわたしは、一計を案じた。

「ミセス・フェアファクスが起きてくる気配がしたようですが」

「では、部屋に戻って」その言葉とともに手がゆるめられて、わたしはその場から離れた。

ベッドに戻ったものの、眠る気にはなれなかった。夜が明けるまで、波立つ海面に浮かび、漂っていたが、喜びのうねりの下に不安の波が渦巻くような海だった。荒れ狂う波の向こうに約束の地ベウラ（「イザヤ書」六十二章四節）のような美しい岸辺が時折見えたような気もしたし、希望によって呼び覚まされたすがすがしいそよ風が、わたしの魂を意気揚々と目的地に運んでくれることもあったが、空想の中でさえ決してそこに行きつくことはなかった。反対に、陸から吹く風がわたしを必ず押し戻したからだ。常識が幻想に抗い、良識が情熱に警告を発した。熱に浮かされたような状態でとても休めず、夜明けとともにわたしは起きた。

第16章

眠れぬ夜が明けた翌日、わたしはロチェスター様に会いたいと願う一方で、会うのを恐れもした。もう一度声を聞きたい、と思ったが、目を合わせるのは怖かった。ロチェスター様がいつ現れるかと、朝のうちは待ちかまえていた。勉強部屋によく来る習慣ではなかったが、ときにはちょっと立ち寄ることがあり、この日はきっと来るだろうという気がしたのだ。

しかし、午前中はいつものように過ぎ、アデルの静かな勉強を妨げるようなことは何も起きなかった。ただ、朝食の直後にロチェスター様の寝室のあたりでざわめくのが聞こえた。フェアファクス夫人の声、リーアの声、料理人――つまりジョンのおかみさんの声、それにジョンのどら声までが入り混じって聞こえたのだ。「旦那様がベッドで焼け死なずにすんで、ありがたいこと！」「夜中にろうそくをつけっぱなしにするのは危険だよ」「旦那様が落ち着いて水差しのことを思い出されたのは、本当に幸運でしたよ」「誰も起こされなかったとはねえ」「書斎のソファでお休みになったりして、風邪でもひかれないといいんですけど」などと、口々に騒いでいる。

ひとしきり話がすむと、ごしごしとこすったり片付けたりする音が聞こえた。そしてわたしが昼食に降りようと寝室の前を通りかかると、すべてきちんともとの通りになっているのが、開いたままのドアから見えた。ただし、ベッドのカーテンだけは、はずされていたが。リーアが窓際に作りつけの腰掛けに上がって、煙で汚れたガラスを拭いている。昨日の出来事についてどんな説明がされているのか聞いてみようとわたしはリーアに近づいたが、ちょうどそのとき、部屋の中にもう一人いるのに気づいた。ベッドの脇の椅子に座って新しいカーテンにリングを縫いつけているのは、グレイス・プールだった。

茶色の毛織の服にチェックのエプロン、白いネッカチーフに帽子という身なり、普段と同じむっつりした表情で落ち着いて座っている。一心不乱に仕事をしていて、他のことは眼中にないようだった。そのいかつい額《ひたい》や平凡な顔立ちを見ても、殺人を企てた女なら当然ありそうな、蒼白で自暴自棄な様子はまったく見当たらなかった。しかも昨夜、狙った相手はその隠れ家まであとを追い、(わたしが思うに)企てた罪を問いただしたはず――わたしは驚き、戸惑った。じっと見つめていると、グレイス・プールは目を上げたが、はっと驚く様子もなければ、罪を意識したり、発覚を恐れたりという感情を示すような顔色の変化もない。いつもと変わらない、そっけない様子で「おはようございます」と言うと、次のリングとテープを取って仕事を続けるのだった。

「ちょっと試してみよう。こんなに何も表に出さずにいられるなんて、わけがわからない」とわたしは思った。

「おはよう、グレイス。ここで何かあったの？　さっき、皆が集まって話す声が聞こえたようだけど」

「いえね、昨夜旦那様がベッドで本を読んでいらして、ろうそくをつけたまま眠ってしまわれたもんだから、カーテンに火がついたんですよ。でも幸いなことに、寝具やベッドに燃え移る前に目を覚まされて、水差しの水で何とか消し止められたってわけで」

「変な話ね！」わたしは小さな声で言い、相手をじっと見た。「ロチェスター様は誰もお起こしにならなかったの？　そんな物音を聞いた人は、誰もいないの？」

グレイス・プールは、再び目を上げてわたしを見た。今度はその表情に何か意識した様子があり、慎重に探るようにわたしを見てから答えた。

「だって、召使の休むところはずっと遠いじゃありませんか。聞こえるはずありませんよ。ミセス・フェアファクスと先生のお部屋がここに一番近いですけど、あの人は何も聞いてないそうです。歳とると、ぐっすり寝込むことが多いものですからねえ」そこで言葉を切り、何気ないふうを装いながら、意味ありげな口調でつけ加えた。「だけど、先生はお若いから、きっと眠りが浅いでしょう。ひょっとして、何かお聞きになったのでは？」

「ええ、聞きました」まだガラスを磨いているリーアの耳に届かないように声を低めて、わたしは答えた。「初めはパイロットだと思いました。でも、パイロットには笑い声を立てるなんてこと、できませんからね。聞いたのはたしかなの、笑う声、それも奇妙な声をね」

グレイス・プールは、ちょうどよい長さの糸を新しく一本取って念入りにろうを引き、それをたしかな手つきで針に通すと、落ち着き払って言った。

「そんな危険なときに旦那様がお笑いになるなんて、とても思えませんね。先生、夢でも見ていらしたんでしょう」

「夢ではありません」と、わたしは少しむきになって言った。相手の、図々しいほどの落ち着きに腹が立ったのだ。グレイス・プールは先ほどと同じように、探るような目でわたしを見た。

「笑い声を聞いたと、旦那様に話されましたか？」

「今朝はまだ、お話しする機会がないのでね」

「お部屋のドアを開けて、廊下をのぞこうとはお思いにならなかったんですか？」

グレイス・プールはまるで反対訊問でもするように、こちらに質問してきた。わたしの知っていることを、知らず知らずのうちに引き出そうとしているのだろうか。自分の罪をこちらが知っている、あるいは疑っているとわかったら、悪意あるいたずらを仕掛けてくるかもしれない、これは警戒したほうがいい、とわたしは思った。

「開けるどころか、閂《かんぬき》をかけました」

「じゃ、先生には、毎晩ベッドに入る前に閂をかける習慣はないんですね？」

何という悪魔！　悪巧みに利用するためにわたしの習慣を聞き出したいのね――またしても憤りで分別を忘れ、わたしは鋭い口調になって言った。「閂をかけないことは、これまでよくありました。そんな必要はないと思ったのです。ソーンフィールドで危ない目にあったり困ったことになったりする恐れはないと思っていましたからね。でもこれからは（と、わたしはここに力をこめて言った）、横になる前に、しっかり安全をたしかめるように気をつけることにします」

「そうなさるのが賢明でしょうねえ」とグレイス・プールは言った。「このあたりはとても閑静で、旦那様のお屋敷になって以来、泥棒が入ったためしは一度もありません。何百ポンドもの値打ちのある食器が戸棚にたくさんあるのは、誰でも知ってますけど。それに旦那様がいらっしゃる期間は短いし、独身だから召使に言いつけるご用も少ない

――それでお屋敷の大きさの割に、使用人が少ないんです。ともかく、用心に越したことはありませんよ。ドアはしっかり閉めて門をかけることですね――起きるかもしれない災いからご自分を隔てるために。すべて神さま任せの人が多いですけど、神さまは災いを防ぐ手立てまでは教えてくださいませんよ。上手に手立てを講じた人を褒《ほ》めてくださることはよくありますけどね」熱弁はここで終わった。グレイスにしては珍しく長いおしゃべりだったが、まるでクエーカー教徒のように真面目な口調だった。

その奇跡ともいうべき冷静さと、底知れぬ偽善者ぶり（とわたしには思えたもの）にすっかり言葉を失って立ちつくしていると、料理人が入ってきてグレイスに聞いた。

「召使用の食事がもうすぐできるけど、ミセス・プール、下に降りてくる？」

「いいえ。いつものと黒ビールとプディングを少々、お盆に載せておいて。上に持って行くから」

「お肉は食べる？」

「ほんの少しだけ。それにチーズをちょっぴり。あとはけっこうよ」

「サゴヤシのお菓子は？」

「今はいらない。お茶の時間前には降りてきて、自分で作るわ」

それから料理人がわたしにむかって、ミセス・フェアファクスがお待ちです、と言ったので、わたしは部屋を出た。

食事の席でフェアファクス夫人がカーテンの燃えた事件を説明したが、わたしはほとんど上の空だった。グレイス・プールの不可解な性格のことで頭がいっぱいで、お屋敷での地位についていてもいろいろと考えをめぐらせていたからだ。なぜあの人は、朝になって監禁されるか、少なくとも暇を出されるかしなかったのだろう。昨夜ロチェスター様はあの人が犯人だとはっきり認めたも同然だったのに、どんないわくがあって罪を問わずにいるのだろう。そして秘密にするようにと、わたしにも命じたのはなぜ？　おかしな話だ。大胆で執念深く、尊大な紳士が、なぜか使用人の中でも一番身分の低い者の思うままに操られているみたい。たとえ命を狙われても、その行為を罰するどころか、公然と非難することもできないというわけなのだもの。

もしもグレイスが若くて美人だったなら、ロチェスター様は分別や恐怖などより愛情に動かされてあの人をかばうのだ、と推測したくなったかもしれない。けれども、怖い顔をして中年そのもののあの雰囲気では、その考えには無理があった。でも若かった昔もあったのだし、それもロチェスター様と同じ頃ではなかったか、とわたしは思った。グレイスはお屋敷にもう長くいるのだと、フェアファクス夫人から聞いたことがある。グレイスが綺麗だった日があったとはとても思えないけれど、外見の魅力の不足を補うだけの個性と強い性格を備えているかもしれない。ロチェスター様は、はっきりしていて変わったところのある人が好みだし、グレイスがとにかく変わった人なのはたしかだ。もしも昔の気まぐれ(ああいう性急で強情な性格の持ち主なら、十分にあり得ること)のためにグレイスの手中に落ち、自ら招いた無分別の代償として、今では振り払うことも無視することもできない秘密の影響力で操られているのだとしたら？　しかし、憶測がここまできたとき、グレイス・プールの直線的でがっしりした体つきと、そっけなく不器量で、粗野といってもよいほどの顔つきが鮮明に目に浮かんだ。「違う！　あり得ないわ。こんな推測が正しいはずはない」とわたしは思った。「でも」――心の中でささやく秘密の声がそのときこう言った。「おまえだって美しくはない。それなのに、ロチェスター様はおまえを気に入っているかもしれないのだ。少なくともおまえはそう感じることが幾度もあったではないか。そして、昨夜だ。彼の言葉を、表情を、そして声を、よく思い出すがいい」

わたしはすべてをよく覚えていた。言葉も視線も口調も、まざまざと思い出された。このとき現実のわたしは勉強部屋にいて、絵を描くアデルの後ろからかがんで手を取り、鉛筆の運び方を教えていたが、アデルは驚いたようにわたしを見上げてフランス語で言った。

「どうなさったの、先生、お指が葉っぱみたいに震えているし、ほっぺが真っ赤。さくらんぼみたい！」

「かがんでいるせいで、火照《ほて》っているのよ、アデル」わたしがこう答えると、アデルは絵を続け、わたしは考え事を続けた。

グレイス・プールについての忌まわしい想像は、急いで心から追い払った——うんざりするわ。自分と比較してみて、グレイスとわたしとの違いに気づいた。わたしは立派なレディになったとベッシー・レヴァンは言ってくれたし、その言葉は真実で、たしかにわたしはレディだ。そして今の私は、ベッシーと会ったときよりずっと見栄えが良くなっているはず——血色も肉づきもよくなり、いっそう元気に快活になった。前より明るい希望と深い喜びを持っているのだから。

「もう日暮れね」わたしはそう言って窓のほうを見た。今日はまだお屋敷の中で、ロチェスター様の声や足音を全然聞いていないわ。でも、夜までにはきっとお目にかかれる。お会いするのが怖いと朝のうちは思っていたけど、今ではお会いしたい気持ち——期待はずれがあまり続いたせいで、その思いがつのったみたい。

いよいよ日が暮れて、ソフィーに遊んでもらうためにアデルが子ども部屋に行ってしまうと、わたしの気持ちはいっそう強くなった。階下で呼び鈴が鳴らないかと耳を澄ませ、リーアが伝言を預かって上がってこないかと耳を澄ませた。ときにはロチェスター様自身の足音がしたように思ってドアのほうを振りむき、ドアが開いて姿が現れるのを待ち受けたりもした。が、ドアは閉まったままで、窓を通って闇が忍び寄るだけだった。まだ六時にしかなっていないのだから、時間は遅くない。ロチェスター様から七時か八時に呼ばれることもよくあったからだ。今夜は話すことがたくさんあるから、どうしてもお会いしたいものだわ。グレイス・プールのことをもう一度持ち出して、どう答えるか聞きたいし、昨晩の恐ろしい事件を企てたのがグレイスだと本当に信じているのかどうか、もし信じているなら、どうしてそれを伏せておくのか、はっきり訊ねたい、と思った。わたしの好奇心がロチェスター様を怒らせたとしても、それはかまわなかった。あの方を怒らせたりなだめたりする楽しみを知っていたし、それを楽しみながらも、行きすぎないように常にはたらいている、たしかな本能もあった。決して挑発には至らず、ぎりぎりの地点で自分の腕を試すのが好きだった。あらゆる点で敬意ある態度を保ち、自分の立場をわきまえた礼儀は失わず、恐れたり不自然に遠慮したりすることなくあの方と議論することができた。これは二人の双方にとって具合のよいことだった。

ついに階段の板をきしませる足音がして、現れたのはリーアだった。けれどもその用件は、ミセス・フェアファクスのお部屋にお茶の支度ができましたと知らせることだけだった。とにかく下に降りるのを嬉しく思いながら、夫人の部屋にむかった。いくらかでもロチェスター様との距離が縮まることになると思ったからだ。

「お茶がよろしいと思いましてね」親切な夫人は、わたしを見て言った。「お昼にほとんど召し上がらなかったでしょう。今日はお加減が悪いのではと思いました。お顔が紅潮して、熱があるように見えますよ」

「いいえ、元気ですとも。これ以上は考えられないくらいです」

「それならたくさん召し上がって、その言葉を証明してくださらないとね。ここだけ編み上げてしまいますから、その間にポットにお湯をそそいでいただけます？」

編み物を置くと、夫人は立ち上がって日よけを下ろした。日の光を入れるために上げてあったようだが、この時間になると夕闇が急速に深まり、外はすっかり暗くなっていたのだ。

「今夜は晴れていますね、星明かりはありませんけど」夫人は窓の外を見ながら言った。「ロチェスター様のご旅行には、おおむね、いいあんばいでしたわ」

「ご旅行ですって？　どこかにお出かけになったのですか？　お留守とは知りませんでした」

「朝食を終えてすぐにご出発でしたよ。ミルコートから十マイル先にあるエシュトン様のお屋敷、リーズ邸にいらっしゃいました。あちらには、ずいぶんたくさんお集まりのようですわ――イングラム卿、サー・ジョージ・リン、デント大佐などといった方々がね」

「今夜お帰りになるのでしょうか?」

「いいえ、明日もまだ戻られはしないでしょう。おそらく一週間か、それ以上のご滞在になると思いますわ。ああいう立派な上流の皆様がお集まりのときには、いろいろなおもてなしがそろっていて、すべてが優雅で華やか――どなたもゆっくりされるのが普通なのです。ことに男性方の存在が欠かせませんし、社交の場でのロチェスター様は才気煥発で快活な面をお見せになるので、とても人気者のご様子、ご婦人方に大変好かれていらっしゃいます。外見的には、ご婦人の目にそれほど魅力的には映らないだろうとお思いでしょうけれど。でも、学識と才能がおありだし、あるいはそれに加えて財産とお家柄のよいことが、容貌の些細な欠陥をじゅうぶん補っているのでしょう」

「リーズ邸にはご婦人方もいらっしゃいますか?」

「ミセス・エシュトンとお嬢様が三人、そろって本当に品のいいお嬢様です。それに、イングラム男爵家のブランシュ嬢とメアリ嬢。とってもお綺麗な方たちですよ。六、七年前でしたか、ブランシュ嬢が十八歳のときにお目にかかったことがあります。ロチェスター様が開かれたクリスマス舞踏会で、ここにいらっしゃいましてね。すばらしく飾りつけをして、輝くばかりに灯をともした、あの日の正餐《せいさん》の間《ま》をお見せしたかったものですわ。五十人ほどの紳士淑女のお客様がお集まりでしたが、州内きっての名門の方ばかりで、中でもミス・イングラムは一番の美人だという定評でした」

「実際にごらんになったとおっしゃいましたね、ミセス・フェアファクス。どんな方でしたか？」

「はい、この目で見ましたとも。正餐の間のドアはすべて開け放されていました。それにクリスマスのことですから、ご婦人方がピアノを弾いたり歌ったりなさるのを聞きに、召使たちも玄関ホールに集まってよいことになっていました。わたしはロチェスター様から中に入るようにと言われたので、目立たない隅に座って皆様を拝見しましたが、あれほど華麗な光景は見たことがありませんでしたよ。ご婦人方はすばらしい衣装をお召しで、ほとんどの方が——少なくともお若い方々のほとんどがお美しかったのですが、ミス・イングラムが最高でした」

「どんなふうに？」

「長身で、肩から胸へと続く綺麗なライン、すらりと伸びた首すじ、透きとおったオリーヴ色の肌で、上品なお顔立ちでした。目はいくらかロチェスター様に似て、黒くて大きく、つけていらっしゃる宝石のように輝いていましたね。つややかな黒い髪の結い方の、また魅力的だったこと！　たっぷり編んだ髪を後ろにまとめて、見たことのないほどつやつやした長い巻き毛を前に垂らしたスタイルでした。純白のドレスで、肩には琥珀色《こはくいろ》のショール、それを脇で結んでいらして、長い房飾りはお膝の下まで届いていました。髪にも琥珀色のお花を一輪挿していらして、それが漆黒《しっこく》の豊かなカールによく映《は》えていました」

「それでは、よほど賞賛を浴びたことでしょうね」

「ええ、もちろんですとも。美しさだけでなく、立派なたしなみもおありですしね。男性のピアノ伴奏でお歌を歌われましたし、ロチェスター様とデュエットもなさいました」

「ロチェスター様が？　歌を歌われるなんて知りませんでした」

「まあ、お声は綺麗なバスで、音楽に深い趣味をお持ちですよ」

「で、ミス・イングラムの声はいかがでしたか？」

「とても豊かで声量のあるお声でした。それは見事な歌唱で、聞かせていただくのは格別の喜びでしたわね。あとでピアノもお弾きになったんですよ。わたしには音楽のことはまるでわかりませんが、ロチェスター様はよくおわかりで、そのロチェスター様が、とてもよい演奏だったとおっしゃっていました」

「お綺麗でたしなみのあるそのお嬢様は、まだ結婚していらっしゃらないのですね?」

「まだのようです。お嬢様お二人とも、財産はあまりお持ちでないみたい。イングラム卿の領地は主に限嗣相続で、ご長男がほとんどを受け継がれたのです」

「でも、お金持ちの貴族や紳士の中には、思いを寄せる方もおありだったでしょう。たとえばロチェスター様だって。お金持ちですよね?」

「もちろんですとも。だけどほら、お年の差がずいぶんあるじゃありませんか。ロチェスター様は四十近くて、あの方はまだ二十五ですもの」

「それが何でしょう。もっと不釣り合いな結婚が、毎日のようにあるんですから」

「たしかに! ただ、ロチェスター様がそのような考えを持たれるとは、わたしには考えられません。それはそうと、何も召し上がりませんね。ここにお茶にいらしてから、まだほとんど何も食べていらっしゃらないわ」

「ええ、喉が渇いてしまって。お茶をもう一杯いただけますか?」

ロチェスター様と美しいブランシュ嬢との結婚の可能性に話題を戻そうとしたときに、ちょうどアデルが入ってきたので、会話は別の方向に変わってしまった。

再び一人になったとき、わたしは手に入った情報を再検討することにした。自分の心の内をのぞきこみ、考えや感情を調べ、空想という、道もなく果てしない荒野をさまよっていた心を、常識という安全な囲いの中に容赦なく連れ戻そうとしたのだ。

わたしの設けた法廷に立たされて、「記憶」はわたしが昨夜以来抱いていた希望、願望、感情、さらにはこの二週間近くわたしが浸っていた精神状態一般について証言した。次に「理性」が進み出て、その独特の温和な態度で、わたしが現実をいかに拒否し、空想にいかに夢中になっていたかを、率直に飾り気なく説明した。そこでわたしは、次のように判決をくだした。

ジェイン・エアほどの愚か者は、これまで存在したことがない。甘い嘘をむさぼり、まるで神々の酒であるかのように毒をあおっていた、ジェイン・エアほどの馬鹿者は、いたためしがないと。

「おまえがロチェスター様のお気に入りだって？」とわたしは言った。「あの方を喜ばせる力がおまえにあるだと？　あの方にとって何らかの意味で大事な存在だと？　ばかを言うな。たわごとは、もううんざりだ！　それにおまえは、時折の好意のしるし――世慣れた、それも名門の紳士が新入りの使用人に見せた、あいまいな好意のしるしを喜んでいた。よくもそんなことができたものね。この考えなしの、哀れな間抜けが！　自分の利益だけを考えていても、もっと利口になれたはず。昨夜の短い情景を、今朝も何度も思い出していたけれど、顔を覆って恥じ入るがいい！　おまえの目を褒めるようなことを、あの方がおっしゃっただと？　目の見えない青二才め！　ぼうっとかすんだ目を見開いて、始末に負えない分別なしの自分をよく見るがいい！　だいたい女が、自分と結婚する気もない目上の人からおだてられたって、何のいいこともない。秘めた恋の炎を心に燃やすなど、女にとって狂気の沙汰、もしも秘密のまま報いられなければ、思いを隠す命そのものを燃やしつくすことになるだろうし、またもし見出され、報いられたとしたら、その炎は鬼火のように女を誘って、這《は》い出《だ》すこともできない深い泥沼に引きずりこみかねないのだ。

ではジェイン・エア、おまえの判決をよく聞くがいい。明日になったら鏡を前に置き、クレヨンで自画像を描くのだ――正確に。欠点を一つとして修正せず、醜い線を一本たりとも省かず、整っていない顔立ちを整えたりすることのないように。そしてその下に「身寄りなく、不器量で貧しい家庭教師の肖像」と書くのだ。

次には、つやつやした象牙紙を一枚取り出す――画材箱に一枚入っているはず。パレットを出して、一番上質で新しい、澄んだ色を混ぜ、一番柔らかいラクダの毛の絵筆を使って、想像のつく限り最高に美しい輪郭をていねいに描くがいい。フェアファクス夫人の説明に従って、最も柔らかい陰影と最も優しい色調でミス・イングラムの顔を彩るのだ。漆黒《しっこく》の巻き毛と東洋風の目も忘れないように。何だと！　ロチェスター様の目を思い出すと言うのか。しっかりせよ！　涙も感傷も後悔も無用！　思慮分別と強い意志だけがあればいい。調和のとれた立派な顔立ち、ギリシア風の首すじと胸元を思い浮かべ、丸みを帯びた魅惑的な腕とほっそりした手が見えるように描くのだ。ダイヤモンドの指輪と金のブレスレットも忘れないこと。その装い、繊細なレースや光沢のあるサテン、優美なショールに金色の薔薇もきちんと描き、「たしなみのある上流貴婦人ブランシュ」という題名をつけるのだ。

今後、ロチェスター様に好意を持たれているなどと思うことがあったら、いつでもこの二枚の絵を取り出して比べてみるとよい。そしてこう言うのだ、「その気になればこの上品な貴婦人をおそらく勝ち得ることのできるロチェスター様が、どうしてこの貧しい庶民の小娘に真剣な思いを寄せたりすることがあろうか」と」

「そうする」とわたしは決め、それで心が落ち着いて眠りに落ちた。

実際にわたしは、それを実行した。クレヨンで自分の顔を描くには一、二時間あれば十分だった。そして空想のブランシュ・イングラム嬢の細密肖像画は、二週間足らずのうちに象牙紙に描き上げた。実に美しく描けたので、クレヨンで描いた自画像とはあまりに差があり、おかげで自制心を養うのに十分役立ってくれた。それにこの作業からは得るものもあった。頭と両手を忙しく動かすことで、消えないように心に刻みつけたいと思った新しい印象を、力強く確固たるものにすることができたということである。

こうして感情を抑制する訓練をしっかり積んでおいてよかった、と思うときがほどなく訪れることになる。その後の出来事に冷静に対応できたのもそのおかげで、もしこの備えがなかったら、わたしは表面の平静ささえ保てなかっただろう。

第17章

一週間たってもロチェスター様からの連絡はなく、十日たってもご帰館はなかった。フェアファクス夫人によれば、もしロチェスター様がリーズ邸からまっすぐロンドンへ、さらにそこから大陸に渡って、そのまま一年間ソーンフィールドに戻らなくても驚きはしませんわ、ということだった。こんなふうにいきなりどこかに出かけてしまったことが、決して珍しくないと言うのだ。それを聞いたとき、わたしは胸の中が妙に冷たくなり、力が抜けるような気がした。失望という不快な感覚を身をもって経験していたのだ。けれども分別を呼び覚まし、決意を思い起こして、すぐにわたしは自分の感情にむかって静粛を命じた。一時の気の迷いから脱し、ロチェスター様の動静が自分にとっての重大な関心事だと思うような勘違いを正すことができたのは、自分でも驚くべきことだった。それも卑屈な劣等感から自分を卑下したのではなく、反対にこう言ったのである。

「おまえはソーンフィールドの主人とは何の関係もない――彼が保護者になっている子どもを教えて給与を受け取ること、義務を果たした場合に期待してよい、丁重で親切な待遇に感謝すること以外には。それが唯一、二人の間に認められている結びつきであることをよく覚えておくがいい。従っておまえの微妙な感情、喜びや苦しみを向ける対象にしてはいけないのだ。階級の違う人なのだから、おまえは身分をわきまえなくてはいけない。全身全霊の愛を惜しみなく捧げるなどと、思い上がったことを考えるな。そんな捧げものは、喜ばれるどころか軽蔑されるだけなのだ」

わたしは日々の仕事を平静に果たしていたが、ソーンフィールドを辞めようかという漠然とした考えが、時折脳裏をかすめるようになった。そしていつのまにか新しい勤め口について想像したり、広告の文面を考えたりしているのだった。それを抑える必要があるとは思わなかった。成長して実を結ぶことがあるかもしれなかったからだ。

ロチェスター様がお留守になって二週間以上過ぎたある日、フェアファクス夫人に一通の手紙が届いた。

「旦那様からですね」夫人は表書きを見てそう言った。「旦那様がお帰りになるかどうか、きっとこれでわかるでしょう」

夫人が封を切って文面を読む間、（それは朝食の時間だったので）わたしはコーヒーを飲んでいた。熱いコーヒーで、急に自分の顔が火照《ほて》ったのをそのせいにしたが、手が震えてカップの中身の半分を受け皿にこぼしてしまった理由については、考えたいと思わなかった。

「さてさて。このお屋敷は静かすぎると思うこともありますけど、今度はもしかすると、忙しすぎることになるかもしれませんよ。少なくともしばらくの間はね」眼鏡をかけて手紙を広げたままの姿勢で、夫人が言った。

わたしはその説明を求める前に、ほどけかかっていたアデルのエプロンの紐を結び直し、丸いパンの二つ目をお皿に、マグカップに牛乳を足してやった。それから何気ないふうで訊ねた。

「ロチェスター様がもうじきお帰りというわけではないのでしょう?」

「いえ、お帰りになるの。三日ほどで、と書かれていますから、木曜日になりますね。それにお一人ではなく、リーズ邸にお泊まりの立派な方々がご一緒で、いったい何人いらっしゃるのかしら。一番上等の寝室は全部支度し、書斎も客間もすっかりきれいに掃除しておくようにとのお言いつけです。ミルコートのジョージ・インやあちこちから、台所の人手を集めなくてはなりません。ご婦人方はメイドを、男の方たちは従僕を連れていらっしゃるでしょうから、お屋敷はいっぱいになりますよ」夫人は朝食をそそくさとすませ、さっそく準備にとりかかろうと急いで出て行った。

それからの三日間は、夫人の言葉通り、実に忙しかった。ソーンフィールドの部屋はすべて掃除が行き届き、きちんと整えられているものと思い込んでいたが、そうではなかったらしい。手伝いとして三人の女手が新たに加わり、床をごしごしこするやら、ブラシをかけるやら。ペンキの汚れを落としたり、敷物をたたいたり、絵を下ろしたり掛けたり、鏡や燭台を磨いたり、寝室の暖炉に火を入れたり、シーツや羽毛布団を炉辺で乾かしたり――と後にも先にも見たことのない大騒ぎだった。その中でアデルははしゃぎ回っていた。お客様を迎える準備を目にし、到着を思い描いてすっかり有頂天《うちょうてん》になっているようだった。「衣装《トワレット》」と呼んでいる自分の洋服を全部調べるようにソフィーに言い、「流行遅れ《パセ》」になっているものは手直しし、そうでないものは風を通して支度しておいてねと頼んでいたが、自分では何もせず、表の部屋で跳ね回ったり、ベッドに飛び乗っては飛び降りたり、ごうごうと火の燃えさかる暖炉の前に置かれた敷布団や、クッションと枕の山に寝転がってみたりするだけだった。勉強はお休みで、わたしはフェアファクス夫人の手伝いを頼まれ、一日中食料室にこもっていた。夫人と料理人を手伝って、ときには邪魔になりながら、カスタードやチーズケーキやフランス風ペストリーの作り方を習ったり、鳥の脚の縛り方やデザートの飾りつけ方を教わったりしていた。

一行は木曜日の午後、六時の夕食に間に合うように到着する予定だった。わたしはそれまでの間、妄想を抱いている暇などなく、アデル以外の誰にも負けないくらいに明るく活発に働いていたと思う。それでも時折、陽気な気分をそがれ、疑惑と不吉な予感と暗い憶測の世界にいつのまにか引き戻されることがあった。それはたとえば、最近では常に施錠されている三階の階段口のドアがゆっくりと開いて、きっちりした帽子に白いエプロンとネッカチーフをつけたグレイス・プールが出てくるのをたまたま見かけるときであったり、足音のしない布製の室内履きで滑るように廊下を歩く姿を見るときであったりした。そんなときにグレイス・プールは、上を下への大騒ぎをしている寝室をのぞいて回り、臨時雇いの掃除婦にむかって火格子の正しい磨き方、大理石のマントルピースの拭き方、壁紙のしみの取り方などを手短に教えて立ち去るのだが、そんな光景を見たときもそうだった。グレイス・プールはこうして一日に一度だけ台所に降りてきて食事をとり、炉辺で煙草を一服してから、部屋での楽しみにマグに入れた黒ビールを抱えて、三階の暗い孤独な隠れ家へと戻って行くのだった。階下の召使仲間とともに過ごすのは二十四時間のうち一時間だけ、それ以外の時間はすべて、三階にある天井の低いオーク材の部屋に座って縫い物をして過ごし、まるで地下牢の囚人のように話し相手もなく、一人寂しく笑ったりしているのだろう。

何よりも不思議だったのは、グレイス・プールのそんな習慣に注意を向けたり不審に思ったりする者が、わたし以外には屋敷内に一人もいないことであった。どんな職務のためにどんな身分で雇われているのかが話題になることはなかったし、孤独な毎日に同情する者もなかった。一度だけわたしは、リーアと臨時雇いの掃除婦がグレイス・プールについておしゃべりしているのを、一部だけ聞いたことがある。リーアの言葉は聞こえなかったが、それに対して掃除婦がこう言うのが聞こえた。

「あの人、お給料はたっぷりもらっているんでしょう?」

「そう。あたしもあのくらい欲しいわ。別に不満があるっていうわけじゃないのよ。ソーンフィールドは、けちじゃないから。でも、あたしのお給料は、プールさんのもらう五分の一にもならないのよ。あの人はしっかり蓄えているの。三か月ごとにミルコートの銀行に行っているんだもの。お屋敷を辞めたければいつ辞めても、一人で暮らしていくだけのものはもう貯まっていると思いますよ。でもここに慣れているし、まだ四十にもならなくて、丈夫で何でもできるんだから、辞めるのは早すぎるわね」

「腕がいいのね」

「たしかに、自分の仕事は心得たものよ。誰にもまねはできないくらいにね」リーアは意味ありげな言い方をした。「あの人の代わりが務まる人はそうそういないわ。あれだけのお給料を出すと言われてもね」

「そりゃあそうでしょう。いったい旦那様は――」

掃除婦はまだ何か言おうとしていたが、このときにリーアが振りむいてわたしに気づき、肘で相手をそっと突いた。

「あの人は知らないの？」と掃除婦が小声で言うのが耳に入った。

リーアが首を横に振り、当然ここで会話は終わった。結局わかったのは、ソーンフィールドには秘密があり、わたしはそこから意図的に締め出されているということだった。

木曜日がやってきた。準備は前の晩までにすっかり終わっていた。カーペットが敷かれ、ベッドのカーテンは花綱で飾られ、輝くばかりに真っ白な上掛けが掛けられた。化粧台も整えられ、家具は磨き上げられ、花瓶にはたっぷりと花が活けられた。部屋という部屋がすべて、これ以上は考えられないほど華やかにすがすがしく見えた。玄関も磨き立てられ、階段も手すりも、彫刻のある大きな時計も、ガラスのように磨き上げられていた。正餐《せいさん》の間《ま》のサイドボードには食器がきらきらと光り、客間や婦人用寝室のあちこちに、異国の花を活けた花瓶が飾られていた。

午後になるとフェアファクス夫人は一番上等の黒いサテンのドレスに着替え、手袋と金時計をつけた。お客様を迎えて、婦人たちを部屋に案内する役目があったからだ。アデルも着替えをしたがった。アデルがお客様の前に出る機会は、少なくともその日にはほとんどないとわたしは思ったが、本人を満足させるために、たっぷりと襞《ひだ》のある、短いモスリンのドレスを着せてやってとソフィーに頼んだ。私自身には着替えの必要はなかった。わたしにとっての神聖な場所である勉強部屋から呼び出されることはあるまいと思ったからである。勉強部屋は今や、「悩めるときの快適な避難所」になっていた。

のどかに晴れた春の日だった。三月末か四月の初めに、夏の前触れとして大地を輝かせる一日だった。もう日が暮れかかっていたが、夕刻になっても暖かく、わたしは窓を開けたまま勉強部屋に座って仕事をしていた。

「遅いですねえ」フェアファクス夫人が衣擦《きぬず》れの音をさせて部屋に入ってきた。「晩餐の時間を、ロチェスター様がおっしゃったのより一時間遅く命じておいてよかったですよ。もう六時を過ぎていますもの。道に何か見えないか、ジョンを門まで行かせました。あそこからだと、ミルコートのほうがずっと遠くまで見えますからね」夫人はそう言って窓辺に行くと、「ああ、ジョンだわ」と言った。「ねえ、ジョン」(窓から身を乗り出すようにして)「何かわかった?」

「もうすぐいらっしゃいますよ。あと十分でご到着になるでしょう」という返事だった。

アデルが窓辺に飛んで行った。わたしもそのあとを追ったが、姿を見られずに外をのぞくことができるように、用心してカーテンの陰に立った。

ジョンが言った十分という時間はずいぶん長く感じられたが、ついに車輪の音が聞こえてきた。馬に乗った人が四人、屋敷への道を速駆けでやってくる。その後ろに幌《ほろ》なしの馬車が二台、ひらひらするヴェールや揺れる羽根飾りをいっぱいに載せて続いていた。馬に乗っている人たちのうち、二人は颯爽《さっそう》とした若い紳士、三人目は黒い愛馬メスルアにまたがるロチェスター様、その前をパイロットがはずむように駆けている。その脇に一人の婦人が馬を駆り、二人は並んで一行の先頭を切っているのだった。婦人の紫色の乗馬服の裾はほとんど地面をかすめそうに見え、そよ風にヴェールが長くなびいていた。透き通ったヴェールの襞にからむように輝いて見えるのは、漆黒《しっこく》の豊かな巻き毛だった。

「ミス・イングラムだわ」フェアファクス夫人は声を上げ、階下の持ち場に急いで降りて行った。

馬と馬車の列は道のカーブに沿って屋敷の角を曲がり、わたしの位置からは見えなくなった。さっそくアデルは下に行きたいとせがんだが、わたしはアデルを膝にのせてよく言い聞かせた――今はもちろん、ほかのどんなときにしても、ちゃんとお迎えがないのにお客様の前に出て行こうなんて絶対に考えてはいけませんよ。そんなことをしたら、ロチェスター様がかんかんになってお怒りになりますよ、と。これを聞いてアデルの「目からはおのずから涙があふれ落ちた」(ミルトン『失楽園』第十二巻)が、わたしが厳しい表情を見せているので、やっと涙を拭いた。

玄関ホールから楽しげなざわめきが聞こえてきた。紳士たちの低い声とご婦人方の澄んだ声が快く混じりあう中で、大きくはないがはっきり聞き分けられるのは、立派な客人たちを自邸に招き入れるソーンフィールドの主《あるじ》の、よく通る声だった。それから階段を上がる軽やかな足音、廊下を進む軽快な足音が続き、明るい小さな笑い声とドアを開け閉めする音が聞こえたが、やがて静かになった。

「お着替え中なのね」動きを一つも聞き逃すまいとずっと耳を澄ませていたアデルが、そう言ってため息をついた。

「ママのところではね、お客様がみえると、あたしはどこへでもついて行ったわ、お客間でも寝室でも。小間使いが髪を結ったりドレスの着付けをしたりするのを、いつも見ていたの。とってもおもしろかった。そうやっていろいろ覚えていくものよ」

「アデル、おなかがすいてない？」

「うん、すいてる。五、六時間前に食べたきりだもの」

「そうね。じゃ、ご婦人方がお部屋にいらっしゃる間に、わたしが降りて行って何か食べるものを持ってきてあげるわ」

隠れ家から用心深く出ると、わたしは台所に直接通じている裏の階段を下りていった。台所ではさかんに火が焚《た》かれ、大騒ぎになっていた。スープと魚は最後の仕上げの段階で、料理人は無我夢中で鍋の上にかがみこんでいる。坩堝《るつぼ》にかがみこむ錬金術師もかくやと思うほどだった。召使部屋では、二人の馭者《ぎょしゃ》と三人の従者が、ある者は立ち、ある者は座って火を囲んでいた。小間使いたちは二階で女主人たちのそばにいるらしく、ミルコートから雇われてきた新しい召使たちがあちこちで忙しく立ち働いていた。そんな混乱の中を縫うようにして、わたしは食料室にやっとたどり着いた。そこでわたしは、コールドチキンとロールパン、タルト、それにお皿を一、二枚とナイフ、フォークをかき集め、この戦利品を抱えて急いで退却することにした。廊下に戻り、裏扉を後ろ手に閉めたとき、ざわざわする気配がした。ちょうど婦人たちが部屋から出ようとしているのだ。勉強部屋に戻るにはその部屋のいくつかのドアの前を通らなくてはならず、食料調達中の姿でご婦人方と出くわす危険をおかすことになる。そこでわたしは、廊下の隅に立って待つことにした。窓がないので普段から暗い場所だが、日が沈んで宵闇が迫る時刻だったので真っ暗だった。

まもなく部屋からは、美しいお客たちが次々と現れた。浮き浮きと楽しげで、ドレスが闇の中でもつややかに光って見える。廊下の向こうの端にちょっと集まって、綺麗な声をひそめて明るく話をしていたが、それから静かに階段を降りて行った——まるで輝く霧が丘を下って行くように。その光景の高貴で優雅な様子に、わたしはそれまで経験したことのない印象を受けた。

アデルは勉強部屋のドアを細く開けて、そこからのぞいているところだった。「なんて綺麗な人たち！」とアデルは英語で言った。「ああ、あの人たちのところに、あたしも行きたい！　ロチェスター様が今夜のお食事のあとに、お迎えをよこしてくださると思う？」

「いいえ、思いませんよ。ロチェスター様には他に考えなくてはならないご用があるの。だから今夜はもう、ご婦人たちのことは気にしないで。ひょっとしたら、明日はお目にかかれるかもしれないわ。さあ、これ、お夕飯よ」

アデルは本当に空腹だったので、しばらくはチキンとタルトが注意をそらすのに役立った。食料を確保しておいてよかった。さもなければアデルもわたしも、それに食べ物を分けてあげたソフィーも、まったく夕食なしになっていたかもしれない。階下では誰もが忙しすぎて、わたしたちのことまで気が回らなかったからだ。デザートは九時過ぎまで出なかったし、十時になっても召使たちはコーヒーカップを載せたお盆を手にして走り回っていた。アデルがいつもよりずっと遅くまで起きているのを許したのは、階下でドアが開いたり閉まったりする音や、人々のざわめきが聞こえる間はとても眠れない、と言ったからだ。それに、着替えをしたあとになってロチェスター様からお迎えが来るかもしれない、「そうしたら、すごく残念だもの」とも言うのだった。

アデルが聞いている間は、いくつもお話を聞かせた。それから気分を変えて廊下に連れて出た。玄関ホールにはランプがともされていて、アデルは召使たちが行ったり来たりするのを手すり越しに眺めて楽しんでいた。夜もだいぶ更けた頃、ピアノが運び込まれていた客間から音楽が流れてきた。アデルとわたしが階段の一番上に座って耳を澄ませていると、豊かな楽器の音色に混じって一人の声が聞こえてきた。歌っているのは女性で、とても綺麗な声だった。独唱が終わると二重唱、そして合唱と続き、歌の合間には楽しげな話し声が聞こえた。わたしは長いこと聞き入っていたが、ふいに気づいたのは、入り混じった声の中からロチェスター様の声を聞き分けようと、自分の耳が全力を傾けているということだった。声が聞きとれると、離れているためにとらえにくい音声を、今度は言葉に組み立てる作業にとりかかるのだった。

時計が十一時を打った。アデルは、と見ると、頭をわたしの肩にもたせかけ、瞼《まぶた》が重くなっている。わたしはアデルを腕に抱えてベッドに運んだ。お客たちが部屋に引きあげたのは午前一時近かった。

翌日も同じようによいお天気だった。客人の一行はどこか近くに遠乗りに出ることになり、馬と馬車で朝早く出発した。わたしは出発も帰館も見守ったが、前と同じくミス・イングラムは唯一の騎乗の女性だった。そして前と同じく、ロチェスター様が横に並んで馬を駆り、二人は他の方々と少し離れていた。一緒に窓辺に立っていたフェアファクス夫人に、わたしはこのことを指して言った。

「あのお二人に結婚のお考えはないようだ、と前におっしゃいましたけれど、どうやらロチェスター様は、他のどなたよりあの方がお好きなようですね」

「ええ、そうですわね。たしかにあの方のことを崇拝していらっしゃるわ」

「そしてあの方もロチェスター様のことを」とわたしはつけ加えた。「ほら、内緒話でもなさるみたいに、ロチェスター様のほうへあんなふうにお顔を寄せていらっしゃいます。お顔が見えるといいんですけれど。わたし、まだ一度も拝見したことがないんですもの」

「今夜お目にかかれますよ」と夫人は答えた。「アデルがしきりにご婦人方に引き合わせていただきたがっているということを、たまたまロチェスター様に申し上げましたら、『ああ、それなら晩餐のあとに客間に来させてください。ミス・エアに付き添うように頼んで』とおっしゃいましたからね」

「それはただ、礼儀上おっしゃったことでしょう。わたしが行く必要はないと思います」

「そうですねえ、わたしも申し上げたんですよ、先生はお客様に慣れていらっしゃいませんし、ことにこんなに華やかで、しかも初対面の方々の前にお出になるのは、きっと気が進まないことと思われますが、とね。するとロチェスター様は、いつものように間髪を入れずに、「何をばかな！　もし来たくないと言ったら、わたしの特別の要請だと伝えてください。それでも抵抗するようなら、命令不服従者を引き立てにわたしが出向いて行くことになるよと言いなさい」とお答えでした」

「そんなご面倒をおかけするつもりはありません。どうしてもとなれば参ります。行きたくはありませんけれど。ミセス・フェアファクス、あなたはいらっしゃいますか？」

「いいえ、わたしは遠慮したいとお願いして、聞き届けていただけました。あらたまってお部屋に入って行くのが一番気後れするところですから、うまく切り抜ける方法をお教えしましょう。ご婦人方がまだ晩餐の席にいらして、誰もいないうちに客間に行くことです。そして、どこか目立たない隅を選んでお座りなさい。紳士方が入っていらしたあとは、我慢して長くとどまる必要はありません。そこにいることがロチェスター様の目に入りさえすればいいのです。こっそり抜け出して大丈夫、誰も気づきませんから」

「お客様たちはこちらに長く滞在されるのでしょうか?」

「おそらく二、三週間で、それ以上にはならないでしょう。復活祭のお休みが過ぎると、ミルコートの議員に選出されたばかりのサー・ジョージ・リンはロンドンにいらして登院なさる必要がおありでしょうし、ロチェスター様もたぶん一緒にいらっしゃるでしょう。ソーンフィールド滞在をこんなに長くされたことじたい、驚いているんですよ」

生徒を連れて客間に行く時刻が近づくにつれて、わたしの不安はつのった。晩にはご婦人たちの前に出られると聞かされて以来、アデルは一日中有頂天になっていたが、ソフィーが着替えをさせはじめるときになってようやく落ち着いたのは、支度の重要性を思い出したからだろう。長い巻き毛が綺麗に整えられ、ピンクのサテンのドレスを着て長いサッシュを結び、レースの手袋をする頃には、裁判官顔負けの厳粛な面持ちになっていた。おめかしした服を皺《しわ》くちゃにしないようにね、などと注意する必要はなかった。支度のできたアデルは、皺にならないようにとあらかじめサテンのスカートをつまみながら、自分の小さな椅子に神妙に腰掛け、先生のお支度ができるまでここでじっとしてるから、と言うのだった。わたしの支度はたちまちできた。一番上等のドレス(テンプル先生の結婚式のために買った銀灰色《ぎんかいしょく》の服で、それ以来一度も着たことがなかった)を手早く着て、髪をさっと梳《と》かし、唯一のアクセサリーである真珠のブローチをつければよいのだ。そして二人で下に降りて行った。

　幸いなことに、客間に入るためには、お客様たちが晩餐の席についている広間を通らなくてすむ別の入り口があった。客間には誰もおらず、大理石の暖炉に赤々とした火が静かに燃え、すばらしく美しい花々に飾られたテーブルでは何本ものろうそくが、人のいない室内を明るく照らしていた。アーチの前には深紅のカーテンが下がり、向こうに続く広間までの距離はわずかだったが、会話の声はとても低かったので、穏やかなささやきになって聞こえるだけで言葉は聞きとれなかった。

　アデルの厳粛な気分はまだ続いていたらしく、わたしが腰掛けを指差すと、何も言わずにそこに座った。わたしは窓際の席に座り、そばのテーブルにあった本を一冊手に取って読もうとしてみた。アデルは腰掛けをわたしの足元に運んでくると、まもなくわたしの膝をつついた。

「どうしたの、アデル」

「先生、ここにある綺麗なお花、一つだけもらえない？　あたしの衣装《トワレット》が完璧になるように」

「あなたは衣装《トワレット》のことばかり考えすぎね、アデル。でも一つだけならいいでしょう」わたしはそう言って、花瓶の薔薇を一本取り、アデルのサッシュに挿してやった。アデルはこれで幸せの杯がいっぱいに満たされたとでもいうように、このうえなく満足そうなため息をもらした。わたしは微笑まずにいられなくて、横をむいてそれを隠した。装うことに関してこの小さなパリジェンヌが生まれつき抱いている大変な熱意には、痛ましいと同時に笑いを誘うところがあったのだ。

静かに人の立ち上がる気配がして、アーチのカーテンがさっと開くと、アーチの向こうに正餐の間が見えた。長いテーブルの上に並ぶ、デザート用の銀やガラスの豪華な食器が光り輝いている。アーチのところに立っていた婦人たちが入ってきて、その後ろでカーテンが閉じた。

合わせて八人だけだったが、婦人たちがそろって近づいてくるのを見ると、もっと大人数であるような印象を受けた。そのうち何人かはとても背が高く、白の装いの人が多かった。どの人も裾を引くたっぷりした衣装を着ているので、ちょうど霞《かすみ》が月を大きく見せるように、着る人の姿が大きく見えているように思われた。わたしは立ち上がり、膝を曲げてお辞儀をした。一人か二人、それに応えて会釈を返したが、他の人たちはこちらをじろじろ見るだけだった。

婦人たちは部屋のあちこちに散らばったが、その軽やかな動きは、ふんわりと白い羽をした鳥の群れを思わせた。ソファや足載せ台にくつろいだ姿勢で寄りかかる人もいれば、テーブルの上の花や本を見る人もいたし、それ以外の人たちは暖炉の前に集まっていた。話し声ははっきりしているが低く、それがこの人たちの習慣のようだった。わたしがそれぞれの名前を知ったのはあとになってからのことだが、ここで紹介しておくほうがよいだろう。

まず、エシュトン夫人と二人の令嬢。夫人は若い頃きっと美人だったろうと思わせる人で、今でも美しさを保っている。年上の娘エイミーは小柄なほうで、顔も物腰も子どもっぽく無邪気だが、体つきはすらりとしていた。白いモスリンのドレスと青いサッシュがよく似合っている。下の令嬢ルイザは姉より背が高く、優雅な姿をしていた。フランス人が「可愛いくしゃくしゃ顔《ミノワ・シフオネ》」と呼ぶ愛嬌のある顔立ちで、二人とも百合のように色白だった。

レディ・リンは四十歳くらいの、大柄で肉づきのよい人だった。姿勢がよく、尊大にかまえている。玉虫色の豪華なサテンの衣装をまとい、空色の羽根を挿し、宝石のついた髪飾りで押さえた黒い髪がつややかに光っていた。

デント大佐夫人にはレディ・リンほどの華やかさはないが、ずっと貴婦人らしいとわたしは思った。ほっそりした体つきで、穏やかな青白い顔、髪は金髪だった。黒いサテンのドレスに、外国製の上等なレースのついたスカーフ、それに真珠のアクセサリーという装いは、レディの称号のあるリン夫人の虹のような輝きより、わたしには好ましく思われた。

しかし、最も際立った存在は――中で一番長身だったせいもあるかもしれないが――イングラム未亡人とその令嬢のブランシュとメアリであった。三人そろって上背がある。未亡人は四十歳から五十歳前後、まだ若い頃の体形を保っていた。ろうそくの光で見る限り、髪はまだ黒々としていて、歯もまだ綺麗にそろっているようだ。年齢にしては美しいとたいていの人が認めるだろう。容姿の点からはたしかにそうなのだが、態度や表情にはどうしようもない傲慢さが表れていた。鼻筋の通った顔立ちで、二重顎《にじゅうあご》がまるで円柱のような喉首にそのまま続いているように見える。高慢さのために顔立ちがふくれ上がって暗く見えるだけでなく、傲慢が深い皺になって刻み込まれているように思われた。顎も同じ理由から、不自然なほどまっすぐに保たれている。目も同様に無情で険しく、リード夫人を思い出させた。低い声で気どって話し、もったいぶった抑揚をつけてきわめて独断的、つまり耐えがたい話し方なのだった。深紅のベルベットの服に、金糸の飾りのあるインド産の織物のショールターバンは、まさに女王のような威厳を与えている(と本人は思っていただろう)。

ブランシュとメアリは同じくらいの背丈で、ポプラの木のように長身ですらりとしていた。メアリは身長のわりに細すぎたが、ブランシュは女神ダイアナのようだった。もちろんわたしは、特別の関心を持ってブランシュを観察した。第一にたしかめたかったのはフェアファクス夫人の説明通りの容姿かどうかということ、第二には自分が描いた空想の肖像画にいくらかでも似ているかどうかということ、そして第三に――思いきって白状すると――ロチェスター様の好みに合うと思われるかどうかということだった。

容姿に関する限り、実物のブランシュ嬢は、フェアファクス夫人の描写ともわたしの絵とも合致していた。肩から胸への綺麗なライン、優雅な首すじ、黒い目に黒い巻き毛――これらはすべてそろっていた。けれども顔はどうか――顔は母親そっくりだった。若くて皺がないだけで、狭い額《ひたい》、鼻筋の通った目鼻立ち、そして傲慢さも、すべて母親と同じだった。もっとも母親のような気難しさはなく、絶えず笑っていた。それは皮肉な笑いで、高慢な弓形の唇にも皮肉な表情が常に浮かんでいた。

天才は自意識が強いものだといわれている。ミス・イングラムが天才かどうかはわからないが、自意識が強いのはたしかだった。実際、異常なまでに強かった。穏やかなデント夫人を相手に植物について話しはじめていたが、デント夫人は植物学を学んだことはないようで、ただ花が好きで――「特に野の花が好きですわ」とのことだった。一方、ブランシュ嬢は植物学に詳しいらしく、もったいぶって専門の用語を並べていた。まもなくわたしは、ブランシュ嬢がデント夫人のことを（砕けた表現でいえば）いじめているのに気づいた。夫人の無知につけ込んでいるのだ。やり方は巧みかもしれないが、善良とはとてもいえなかった。ピアノも弾けて見事な腕前だし、歌を歌えば美声の持ち主だった。母親とはフランス語で話すが、正確なアクセントで流暢《りゅうちょう》なフランス語だった。

メアリはブランシュより穏やかで、率直そうな顔つきをしていた。目鼻立ちも優しい感じで、肌もブランシュより白かった。（ブランシュはスペイン人のように浅黒い肌だった。）しかし、メアリには生気が欠けていた。顔に表情が乏しく、目には輝きがない。話すこともないのか、いったん腰をおろすと、まるで壁龕《へきがん》に据えた彫像のようにそこを動かない。姉妹は二人とも純白の衣装だった。

それでわたしは、ブランシュ・イングラム嬢がロチェスター様の選びそうな女性だと思っただろうか。わたしにはわからなかった。女性の美しさに関する好みを知らなかったからだ。もし堂々としたタイプが好きだとしたら、ミス・イングラムはまさに堂々としていて、そのうえ教養もあり、活発で、たいていの男性が崇拝するだろうと思った。そして実際、ロチェスター様も崇拝している、その証拠もすでにある、と思った。あとは二人が一緒にいるところさえ見れば、最後に残った疑惑の一片も一掃されることだろう。

読者の皆さんは、アデルがこの間、わたしのそばの腰掛けにじっと座っていたとはお思いにならないだろう。もちろん、じっとなどしていなかった。婦人たちが入って来たとき、立ち上がって前に進み出ると、うやうやしくお辞儀をしてフランス語で真剣に挨拶した。

「ようこそ、皆様」

ブランシュ嬢はばかにしたようにアデルを見下ろした。「まあ、小さなお人形さん！」レディ・リンが「きっとロチェスター様が面倒を見ていらっしゃるお子さんね。フランスのお嬢ちゃんだとおっしゃっていましたもの」と言った。デント夫人は優しく手を取って、アデルにキスをした。エシュトン家のエイミーとルイザは口をそろえて、「まあ、可愛い！」と言った。

二人に呼ばれてアデルはソファに行き、二人の間に落ち着いて、フランス語と片言の英語を代わる代わる使っておしゃべりしていた。二人の令嬢だけでなく、エシュトン夫人やレディ・リンの注意もひきつけ、心ゆくまでちやほやされていた。

ようやくコーヒーが運ばれ、紳士たちが招じ入れられた。わたしは陰に座った、といっても、輝くばかりに明るく照らされたこの部屋に物陰があればの話だが、窓のカーテンになかば隠れるようにして座っていた。再びアーチが大きく開かれて紳士たちが入ってきたが、そろって進んでくるその様子は、夫人たちが入ってきたとき同様、とても堂々たるものだった。全員が黒い服に身を包み、ほとんどが長身で、中には若い人もいた。ヘンリー・リンとフレデリック・リンは颯爽としたお洒落《しゃれ》な青年で、デント大佐は軍人らしい立派な人だった。この地方の治安判事エシュトン氏はいかにも紳士らしく、白髪だが眉と頬髭《ほおひげ》はまだ黒く、どこか「劇に出てくる老貴族」という印象を与えていた。イングラム卿は姉妹同様とても背が高く、ハンサムでもあったが、メアリに似て表情と生気に乏しかった。手足が長すぎて、血のめぐりや頭の回転が追いつかないという感じだった。

さて、ロチェスター様はどこに？

最後だった。わたしはアーチのほうを見ていなかったのに、入ってくるのがわかった。手元の編み針と編んでいる財布の編み目だけに集中しようと努めた。手にある仕事のことだけ考えよう、膝にある銀のビーズと絹糸だけを見ていようと思った。それなのにロチェスター様の姿がはっきりと見え、最後に見たときのことを思い起こさずにはいられないのだった。あの方に言わせれば献身的な奉仕を、わたしが果たした直後のことで、あの方はわたしの手を取り、顔を見下ろして、あふれそうな心をこめた目でじっとわたしを見つめていた。その感情にわたしも関わっていたのだ。あの瞬間、何とあの方の近くにいたことだろうか！　そのあと何が起こって、二人の位置は変わってしまったのか？　今ではすっかり遠くに引き離されてしまった！　その距離があまりに遠いので、そばに来て話しかけてくれるとは思えなかった。ロチェスター様がわたしのほうを見ず、部屋の向こうにある椅子に座って婦人たちと話を始めても、わたしは驚かなかった。

ロチェスター様の注意が相手の婦人たちにそそがれているため、気づかれずに注視できるとわかったとたんに、わたしの目は否応なくロチェスター様の顔にひきつけられた。伏せようとしても瞼は言うことを聞かずに上がり、瞳はそこに向けられたまま動こうともしない。わたしは見た、そして見ることに強烈な喜びを感じた。貴重であると同時に身を切られるような喜び、純金のような、しかし苦悩という鋼《はがね》の切っ先を持つ喜びだった。あるいは渇きで死にそうな人が、這《は》い寄《よ》った泉の水に毒があるのを知りながら、身をかがめて恵みの水を飲むときのような喜びだった。

「美は見る者の目の中にある」という諺《ことわざ》は真実である。わたしの雇い主の、血色の薄いオリーヴ色の顔、角張ってどっしりした額、漆黒の太い眉、くぼんだ目、はっきりした顔立ち、厳しく引き締まった口元――すべてがエネルギーと決断力と意志を表していて、普通に考えれば美しいとはいえなかった。けれども、わたしにとっては美しさ以上のものであり、わたしの感情をわたしから取り上げて自分の意のままにするような――

わたしを完全に従わせるような、強い支配力と影響力に満ちていた。わたしにはあの方を愛するつもりはなく、自分の心に見つけた愛の芽生えを根こそぎにしようとどんなに努力したか、読者の皆さんはご存じであろう。ところがこうして再会してみると、その芽は青々と力強く息を吹き返した。あの方はわたしに視線を向けることさえなしに、愛情をよみがえらせたのである。

わたしはロチェスター様をお客様たちと比べてみた。リン家のお洒落な兄弟の魅力も、イングラム卿の物憂い上品さも、デント大佐の軍人らしい気品も、ロチェスター様に生来具わった、活力と真の力強さそのものの容貌とは比較にならなかった。この方々の容姿にも表情にもわたしは何も感じなかったが、大多数の人はこの方々を堂々として魅力的な美男子と考えるだろうし、その一方でロチェスター様のことを、険しい顔立ちの憂鬱そうな人だと言うだろう。紳士たちが微笑んだり笑い声を上げたりするのが見えたが、わたしには何の価値もなかった。その微笑くらいの心ならろうそくの火にもあるだろうし、その笑い声くらいの意味なら鈴の音にもあるだろうと思えた。ロチェスター様が微笑するのが見えた。厳しい顔つきが和らぎ、目が穏やかに輝いて、熱心で優しい光を帯びた。そのときの話し相手はエシュトン家のルイザとエイミーだったが、刺すように感じられるロチェスター様の視線を、二人が落ち着き払って受け止めているのが驚きだった。目を伏せ、顔を紅潮させるものとばかり思ったのだ。だが二人の心が動かされていないのを知って、わたしは嬉しく思った。あの人たちにとってのロチェスター様は、わたしにとってのロチェスター様と違うのだわ。ロチェスター様はあの人たちと同類ではない、わたしと同類なのだ。たしかにそう、わたしたちは似ていると感じる。表情や動作が語る言葉が、わたしにはわかる。身分や財産で隔てられていても、わたしの頭と心に、血液と神経の中に、わたしをあの方と精神的に同化させる何かが存在する。数日前にわたしは自分にむかって、あの方とは給与をいただく以外に何の関係もないのだ、と言い聞かせ、あの方のことを雇い主として考える以外に考えてはいけない、と言い渡したのではなかったか？　それは自然に対する大変な冒瀆《ぼうとく》だった！　わたしの中にあるすべての善き感情、真実の感情、はつらつとした感情が、衝動的にあの方のまわりに集まる。自分の気持ちを隠しておかねばならないのはわかっている。希望を押し殺し、あの方がわたしを気にかけるはずなどないことを忘れずにいなくてはいけないのだ。同類だといっても、あの方のような影響力や魅力がわたしにあるという意味ではない。好みや感情に共通するところがあるという意味にすぎない。だからわたしは、二人が永久に分かたれているということを、絶えず自分にむかって繰り返していなければならない。しかしそれにもかかわらず、呼吸し、ものを考えている限り、あの方を愛さずにはいられない。

コーヒーが配られた。紳士たちが加わってから、ご婦人たちはヒバリのように陽気になり、会話は活気を帯びて賑やかになった。デント大佐とエシュトン氏は政治論争を始め、夫人たちはそれを聞いている。尊大な二人の未亡人、レディ・リンとレディ・イングラムは談笑しており、ジョージ卿が――説明するのを忘れていたが、この人は大柄で元気いっぱいの富豪である――コーヒーカップを手に二人の座るソファの前に立ち、時折言葉を差しはさんでいた。フレデリック・リン氏はメアリ・イングラムに並んで座り、豪華な書物の中の版画を見せていて、メアリはそれに目をやってときどき微笑しているが、ほとんど口を開いてはいない様子だ。長身で生気に乏しいイングラム卿は腕組みをして、小柄で快活なエイミー・エシュトン嬢の椅子の背に寄りかかっている。エイミー嬢がイングラム卿を見上げて、ミソサザイがさえずるようにおしゃべりしているのを見ると、ロチェスター様より気に入っているようだ。ヘンリー・リンはルイザの足台を占領し、アデルが一緒に足台に座っている。ヘンリーはアデルとフランス語で話そうとしてばかげた間違いをしてはルイザに笑われている。ブランシュ・イングラムは誰と一緒なのだろうか。ブランシュ嬢はテーブルのところに一人で立って、一冊のアルバムの上に優雅に身をかがめていた。誰かを待ち受けているように思われたが、長く待つことはなかった。自分で相手を選んだのだ。

エシュトン姉妹から離れたロチェスター様が、ブランシュ嬢と同じく一人で暖炉の前に立っていた。ブランシュ嬢はマントルピースの反対側に立って、ロチェスター様と向かい合った。

「ロチェスター様、子どもはお好きでないと思っていましたけれど?」

「好きではありません」

「では、どうしてあんなお人形さんの面倒を見る気になられたんですの?」ブランシュ嬢はアデルを指した。「あの子、どこでお拾いに?」

「拾ったわけではありません。わたしの手に残されたのです」

「学校にお入れになればよろしかったのに」

「そんな余裕はありません。学校は費用がかかりますから」

「でも家庭教師をつけていらっしゃるでしょう。一緒にいる人、今見ましたわ。いなくなったかしら? あら、まだいるわ、窓のカーテンの陰に。もちろんお給料を払っていらっしゃるのですから、学校と同じくらいか、あるいはもっとお金がかかるのではありませんか。それに、養うのが二人になるわけですし」

わたしが話題にのぼったので、ロチェスター様がこちらに目を向けはしないかと心配になった。むしろそう望んだというべきだろうか。思わず身を縮めて奥に隠れたが、ロチェスター様はまったくこちらを見なかった。

「そのことは全然考えませんでしたよ」まっすぐ前を見たまま、ロチェスター様は答えた。

「そうですわね、男の方って、倹約だとか常識だとかを少しもお考えにならないものですものね。家庭教師のことなら、うちのママにお聞きになるといいですわ。昔メアリとわたしには、少なくとも十何人もついたと思います。その半分はとてもいやな人たちで、あとの残りはばかげた人たち。まさに悪夢ですのよ。ねえママ、そうでしょう?」

「わたしの娘や、何か言った?」

未亡人からそう呼ばれた令嬢は、話題を説明し、質問を繰り返した。

「あらまあ、家庭教師のことなんか言わないでちょうだい。その言葉を聞くだけでいらいらしてしまうから。ああいう人たちは無能で気まぐれ、わたしはさんざん苦労してきましたよ。すっかり縁が切れて、本当に神さまに感謝だわ」

このときデント夫人がイングラム未亡人のほうに身をかがめ、耳元に何かささやいた。それに対する答えから推測すると、その忌まわしい家庭教師族の一人がこの場にいることを注意したようだった。

「まあ、いやだ！　せめてご本人のためになるといいけど」とイングラム未亡人は言い、少し低めの、それでもわたしの耳に届くくらいの声でつけ加えた。「その人なら気がつきましたよ。わたしは人相学が得意だけど、あの人の人相にはあの階級の欠点がすべて出ていましたわ」

「どんな欠点が？」とロチェスター様がはっきりした声で訊ねた。

「のちほど内緒でお教えしますわ」未亡人はターバンをいかにも意味ありげに三回ほど振りながら答えた。

「でもそれではわたしの好奇心が食欲をなくします。いま食べ物をほしがっているのですから」

「ブランシュにお聞きになったら？　わたしよりお近くにおりますでしょ」

「あら、わたしに押しつけないで、ママ。あの人たちについてまとめて言うなら、厄介者の一言に尽きますわ。と言っても、ひどく苦労したと言うわけではありませんのよ。逆《さか》ねじをくわせたというところだわ。ミス・ウィルソンやミセス・グレイズやマダム・ジュベールに、セオドアとわたしがどんないたずらをしたことか！　メアリはいつも眠そうにしていて乗ってこなかったけど。マダム・ジュベールが、一番おもしろかったわね。ミス・ウィルソンは、弱々しくて涙もろくて元気のない人。だからいじめがいがないの。ミセス・グレイズはがさつで鈍感で、何をされても全然こたえないし。でも、マダム・ジュベールときたら！　ものすごく困らせてやったとき、かんかんになった顔が、今でも目に浮かぶわ。わたしたち、お茶をこぼしたり、バター付きパンを粉々にちぎったり、本を天井まで放り投げたり、定規で机をバンバンたたいたり、火かき棒で炉格子をガンガン打ったりして騒いだものよ。セオドア、あの楽しかった頃のこと、あなた覚えてる？」

「やあ、もちろん覚えてるよ」イングラム卿は間延びした調子で返事をした。「それであの人ときたら、『まあ、あなたたち、なんて悪い子でしょう』って悲鳴を上げてさ。だから僕たち、よくわからせてやったよね――自分は無知なくせして、僕らのような利口な子どもを教えようとするなんて、厚かましいにも程があるってことを」

「たしかにね。それからあなたの家庭教師の、青い顔をしたミスター・バイニング――ふさぎ屋の牧師先生って、わたしたちが呼んでいた人だけど、あの人を訴える、というか苦しめるのを手伝ってあげたわよね？　あの人とミス・ウィルソンは、図々しくも恋に落ちた――と、少なくともわたしたち二人はそう信じていて、愛の証拠だと解釈した目くばせやため息を言い立ててどぎまぎさせたわね。わたしたちの発見で、みんなもすぐに恩恵を受けたのは請け合うわ。だから結局、家から厄介者を追い出す方策として使ったようなものよ。ママはすぐに不道徳な傾向に気づいた、ね、そうでしょう、ママ?」

「ええ、もちろんですとも。間違いなかったわ。家庭教師の男女の色恋沙汰なんて、ちゃんとした家庭なら、何があろうと一瞬だって許されることではありませんよ。第一――」

「あらあらママったら、理由を数え上げるのは、お願いだからやめてくださらない?それに、みんなわかっていますもの。純真な子どもへの悪い影響、恋に気をとられて仕事が疎《おろそ》かになりがち、依存と結託の傾向、そこから生まれる生意気、それに伴う傲慢、反抗と爆発。これで正解でしょうか、イングラムの奥様?」

「正解ですとも、わたしの娘や。いつもの通りにね」

「それならこの話はもう十分。話題を変えましょう」

この言葉が耳に入らなかったか、入っても気にとめなかったのか、エイミー・エシュトン嬢が、穏やかで子どもっぽい口調で話に加わった。「ルイザとわたしも、よく家庭教師の先生をからかったものよ。でも、とってもいい人で、どんなことでも我慢して、絶対に不機嫌になったりしなかったわ。わたしたちに怒ったことなんか、一度もなかったわよね、ルイザ」

「ええ、一度も。わたしたちが好き放題に――たとえば先生のお机やお裁縫箱を荒らしたり、引き出しの中をめちゃくちゃにしたりしたってね。頼めば何だってくださったわ」

これを聞くとミス・イングラムは、皮肉っぽく唇を歪《ゆが》めて言った。「これではきっと話は、現存する全家庭教師についての回想録の抄録になってしまいますわ。そんな不快を避けるために、新しい話題の導入を、ここで再び提案いたします。ロチェスター様、わたしの動議を支持していただけますか？」

「支持いたします。こればかりか、どんなことでも」

「ではわたしには、先に進める責任がございますわね。エデュアルド様、今宵のお声の調子はよろしいでしょうか？」

「ドンナ・ビアンカ、ご命令とあれば喜んでそういたします」

「では、そなたの肺および音声器官を整えるよう命じます。女王の命令に応じていただきますので」

「女王メアリに仕えた、音楽家リッツィオにならわないことがありましょうか？」

「リッツィオなんて、くだらない！」ミス・イングラムは、カールのたっぷりした頭を上げてピアノにむかいながら、強い調子で言った。「わたしの考えでは、バイオリン弾きのリッツィオは退屈な人だったに違いないですわ。悪党ボスウェルのほうが好き。わたしに言わせれば、男性には少々悪いところがなくてはいけません。歴史の評価はともかく、乱暴で荒々しい、盗賊的なイメージがあって、ボスウェルならプロポーズをお受けする気持ちになりそうですの」

「紳士諸君、聞きましたか？　さあて、この中でボスウェルに一番似ているのはどなたかな？」とロチェスター様が言った。

「それはあなたではないかな？」とデント大佐が応じた。

「お言葉、かたじけなく存じます」とロチェスター様がそれに答えた。

ミス・イングラムは白いドレスを女王のように広げ、つんとすましてピアノの前に座っていたが、語りながら明るい調子のプレリュードを弾きはじめた。今夜の彼女は、傲慢な態度に終始しているようだ。その言葉と物腰は、まわりの賞賛だけでなく驚嘆をもかき立てたいと意図しているように思われた。颯爽とした、大胆な印象を与えようと心に決めているのは明らかだった。

「最近の若い人たちにはもううんざり！」ピアノを弾きながら、ミス・イングラムは声を強めて言った。「パパの敷地の門から先へは一歩も出られないような意気地なし、いいえ、ママのお許しとお世話がなくては門までだって行けないような、つまらない人たち！　綺麗な顔と白い手と小さな足の手入れに熱中して、まるで男性にも美しさが大事といわんばかり。愛らしさは女性だけの特権ではなく、女性だけの正当な財産、資格でもない、といわんばかりですわ。たしかに、醜い女が神さまの創造された美しい世界の疵《きず》であるのは認めます。でも男性の場合、力と勇気だけを求めるようになさっていただきたいわ。狩り、撃ち、戦う――これをモットーにすればよく、それ以外はとるに足らないことです。わたしが男だったら、きっとそうするでしょう」

ここで少し間を置いたが、他に口をはさむ者はなかったので、令嬢は続けた。「結婚するとしたらわたしの夫には、競争相手ではなく、引き立て役になっていただきたいの。王座の近くにライバルは許しません。わたしが求めるのはわたし一人への完全な忠順――その奉仕を妻であるわたしと鏡に映る自分とに二分するようなことがあってはならないのです。では、ロチェスター様、歌ってくださいませ。わたしが弾きます」

「仰せのままに」

「では、この海賊船の歌を。わたしは海賊が大好きですの。活発なテンポ《コン・スピリトー》でお願いします」

「ミス・イングラムのご命令とあらば、水割りのミルクも酒《スピリット》に変わることでしょう」

「それならご注意なさいませ。もし気に入った出来でない場合には、わたしがお手本を見せて面目をつぶしますから」

「それは無能なものへのご褒美、失敗するように努めるとしましょう」

「ご用心を！　わざと失敗などなさったら、それに見合う罰を考えますからね」

「ミス・イングラムは寛容でいらっしゃるべきですな。なにしろ、人間に耐えきれないほどの懲罰を与える力をお持ちなのだから」

「あらまあ、どういう意味か説明なさって」

「いえいえ、説明は不要です。賢いあなたはご承知のはず――ちょっと眉をひそめるだけで、死を命じるのと同じ罰になることを！」

「さあ、歌を！」鍵盤にむかって、ミス・イングラムは元気のよい伴奏を弾きはじめた。

わたしは「抜け出すなら今だ」と思ったが、ちょうどそのとき部屋に響いた声に引きとめられた。ロチェスター様はすばらしい声をお持ちです、とフェアファクス夫人が言っていた通り、たしかに美しく豊かなバスだった。力強く、感情をこめて歌われるので、聞く者の耳から心に伝わって不思議な感動を与えるのだ。歌の終わりで深く豊かな声の残響が消え、止まっていた会話が再び始まるまで待ってから、わたしは隠れていた隅を抜け出し、運よくそばにあった横のドアから部屋を出た。そこからは狭い廊下が玄関ホールに通じている。ホールを横切るときに靴紐がゆるんでいるのに気づいたので、階段下の敷物にひざまずいて結び直した。すると正餐の間のドアの開くのが聞こえ、男性が一人出てきた。わたしが急いで立ち上がると、そこに立っていたのはロチェスター様だった。

「元気かい？」

「はい、元気でございます」

「どうして向こうで、わたしのところに話しに来なかったの？」

同じ質問を返してもよいところだと思ったが、そんな無遠慮なことはせず、わたしは答えた。

「お邪魔してはいけないと思ったのです。お忙しいようでしたから」

「わたしがいない間、何をしていたのかな」

「特に変わったことはありません。いつものようにアデルを教えておりました」

「しかし、前よりずっと顔色が悪くなったようだ。一目見てそう思ったよ。どうした？」

「どうもいたしません」

「わたしを溺れさせようとしたあの晩に、風邪でもひいたのでは？」

「いいえ」

「客間に戻りなさい。逃げるのはまだ早すぎる」

「疲れましたので」

ロチェスター様は、一瞬わたしを見つめた。

「そして少し落ち込んでもいるようだ。何があるのか、話してごらん」

「いいえいえ、何もございません。落ち込んでなどおりません」

「いいや、たしかに落ち込んでいる。もう一言か二言で、その目に涙が湧いてきそうなほどに。そら、もう湧き出したよ、きらきら光ってあふれそうだ。まつ毛からひとしずく、いま床石に落ちたぞ。今もし時間があって、おしゃべり好きの召使が通りかかる心配もなければ、涙のわけをすっかり聞かせてもらうのだが。まあ、今夜のところは見逃すとしよう。ただし、この客人たちが滞在している間は、毎晩客間に顔を出すこと。それがわたしの望みだ。怠《おこた》ってはいけないよ。では、もう行っていい。アデルを迎えに来るよう、ソフィーに言いなさい。お休み、わたしの――」そう言いかけてロチェスター様は唇を噛み、いきなり立ち去った。

第18章

ソーンフィールド邸では陽気な毎日が続いた。忙しい毎日でもあった。わたしがここに来て過ごした、静かで単調で寂しい最初の三か月とは、まったく大変な違いだった。悲しげな印象はすっかり吹き飛ばされ、憂鬱な連想はすべて忘れ去られて、邸内に活気があふれ、人の動きが一日中絶えなかった。かつては静まり返っていた廊下を歩いても、使う人のなかった表の部屋に入っても、今では必ず一人や二人のお洒落《しゃれ》な小間使いや粋な身なりの従者に会うのだった。

台所も配膳室も、召使の控室や玄関も、同様に活気づいていた。談話室だけは、穏やかな春の青空とのどかな日ざしが一同を戸外に誘い出したときに限って、ひっそりとからっぽになった。晴天が崩れて雨が何日も降り続いても、湿った空気が楽しみに影を落とすことはなかった。外に出られないことで、室内の娯楽がかえって活気づき、変化に富むようになるのだった。

ひとつ変わったことをしましょう、という提案のあった最初の晩、何が始まるのかとわたしは興味をそそられた。「シャレードをする」という話だったが、ものを知らないわたしにはその意味がわからなかったのだ。召使たちが呼ばれて晩餐のテーブルが運び出され、明かりの位置も変えられて、椅子はアーチにむかって半円形に並べられた。ロチェスター様と男性方がこの配置換えの指図をしている間、婦人たちは呼び鈴を鳴らして小間使いを呼んだり、階段を忙しそうに上り下りしたりしていた。ショール、衣装、カーテン、掛け布などが屋敷のどこにしまわれているかを聞くために、フェアファクス夫人が呼ばれた。そして、三階の衣装戸棚の中がかき回されたと思ったら、召使たちがその中身を腕いっぱいに抱えて降りてきた。輪を入れてふくらませた錦織りのペティコート、サテンの上着、黒のドレス、レースの飾りなどである。それらを選別のうえ、選ばれた品々は客間の奥の小部屋に運ばれて行った。

その間にロチェスター様はもう一度婦人たちをまわりに呼び集め、そのうちの何人かを自分の組に指名した。

「ミス・イングラムは、もちろんわたしの組ですよ」と言い、エシュトン姉妹とデント夫人を加えた。そしてわたしを見た。たまたまわたしは、ゆるんでいたデント夫人のブレスレットのとめ金をはめてあげていたところだったため、近くにいたのだ。

「あなたもやりますか?」と聞かれて、わたしは首を横に振った。それでも入るように言われるのを恐れたが、幸いなことにそれはなく、いつもの場所に静かに戻ることができた。

ロチェスター様と味方の面々はカーテンの陰へ、デント大佐の組は半月型に並べられた椅子に座った。エシュトン氏がわたしを見て、あの人も誘ってみてはと提案したようだったが、レディ・イングラムが言下にそれをはねつけるのが聞こえた。

「だめよ。こういうゲームに加わるには、あの人、頭が鈍すぎるみたいですから」

まもなく鈴が鳴って、カーテンが上がった。アーチの下には、やはりロチェスター様から組の一員に選ばれたジョージ・リン卿が、白いシーツに大柄の身体をくるんで立っていた。その前にあるテーブルには大きな本が開いて置かれ、横にはエイミー・エシュトンがロチェスター様のマントを身につけ、手に一冊の本を持って立っていた。見えないところで誰かが陽気にベルを鳴らすと、アデル(ロチェスター様の組に入ると言って聞かなかったのだ)が出てきて、飛び跳ねながら腕に抱えた花籠の中身を振りまいた。次に現れたのは堂々たるミス・イングラムで、白い衣装に身を包み、頭には白いヴェール、そして額《ひたい》にバラの花冠を飾っていた。ロチェスター様がその横に並び、二人はテーブルに近づくとひざまずいた。同じく白い衣装のデント夫人とルイザ・エシュトンがその後ろに控えている。無言のうちに儀式が続いたが、結婚式の黙劇であることはすぐにわかった。劇が終わると、デント大佐の組は二分間ほど小声で相談した。そして大佐が大声で「花嫁《ブライド》！」と言うと、ロチェスター様が一礼して幕が下りた。

次に幕が上がるまでには、かなり時間がかかった。幕が上がると、舞台は先ほどよりも手の込んだものになっていた。前に書いたように、客間は正餐《せいさん》の間《ま》より二段高くなっているが、その上の段の、客間に一、二ヤード入ったところに大理石の大きな水盤が置かれていた。それは温室の装飾品で、いつもは異国の植物に囲まれ、中に金魚が泳いでいるのを見た覚えのあるものだった。こんなに大きくて重い水盤をここまで運ぶのはさぞかし大変だっただろうと思わずにはいられなかった。

水盤の脇の絨毯《じゅうたん》に座っているのはロチェスター様で、ショールをまとい、頭にターバンを巻いていた。その黒い目、浅黒い肌、イスラム風の顔立ちが、衣装によく似合っている。イスラムの首長そのものに見え、弓弦《ゆづる》を凶器に誰かを狙う殺し屋か、あるいは逆に狙われる犠牲者かというところだった。ほどなく現れたのはミス・イングラムで、やはり東洋風の衣装だった。深紅のスカーフをサッシュのように腰に巻き、刺繡《ししゅう》のほどこされたハンカチをこめかみに巻きつけている。美しい腕は素肌のままで、片方の腕は上に差し伸べられ、頭の上に優雅に載せた水がめを支えるかのようなポーズをとっている。その姿と顔立ち、肌の色や全体の雰囲気などから、族長時代のイスラエルの王女が連想されたし、また実際にそれを表そうとしていたことも間違いないだろう。

ミス・イングラムは水盤に近づいて身をかがめ、水がめに水を満たすような動作をすると、水がめをまた頭に載せた。泉の縁《ふち》にいた人が近寄って呼びかけ、何かを頼んだようだ。創世記の一節「娘はすぐに水がめを下ろして手に抱え、彼に飲ませた」(二十四章十八節)である。男は衣から小箱を取り出して開き、すばらしい腕輪と耳飾りを見せた。ミス・イングラムは驚嘆の様子を見せ、男がひざまずいて、その足元に宝物を置くと、懐疑と歓喜の交錯する心中を顔の表情と身振りで表した。男は腕輪と耳飾りを女の身につけてやった。これはまさしく、エリーザとリベカの出会いの場で、足りないのはラクダだけだった。

答えを当てるほうの組は、再び頭を寄せ合っていた。この場面が表している言葉をはっきりと特定できない様子だった。代表を務めているデント大佐が「全体を示す静止場面」を求めたので、いったん幕が下りた。

三度目に幕が上がったとき、見えるのは客間の一部分だけで、あとは黒っぽくて目の粗いカーテンのような布を掛けた衝立《ついたて》で隠れていた。大理石の水盤はなくなり、その場所には樅材《もみざい》のテーブルと台所用の椅子が一脚置かれていた。ろうそくがすべて消されているので、ランタンのほの暗い明かりでそれらが見てとれた。

この暗い場面に座っているのは、膝の上で両手を握りしめ、目を床に落とした一人の男で、わたしにはそれがロチェスター様だとわかった――すすで汚れた顔、乱れた服装（乱闘で破かれでもしたかのように、上着が背中から切れて片袖が垂れ下がっていた）、捨てばちで陰気な表情、ごわごわと逆立つ髪などで、うまく変装してはいたけれども。身動きするたびに鎖のぶつかる音が聞こえ、両手首には手枷《てかせ》がかけられている。

「ロンドン刑務所《ブライドウェル》！」とデント大佐が叫び、花嫁《ブライド》と泉《ウェル》を合わせた答えが出た。

出演者がいつもの服装に着替えるための時間がとられ、やがて一同が正餐の間に戻ってきた。ロチェスター様はミス・イングラムの手を取って入ってきたが、ミス・イングラムはロチェスター様の演技を褒《ほ》めそやしていた。

「三つなさった役の中で、最後のが一番気に入りましたわ。もう少し早くお生まれになっていたら、すばらしく立派な追いはぎになっていらしたでしょうに！」

「顔のすすは、すっかり落ちていますか？」ロチェスター様はそう言いながら、ミス・イングラムのほうに顔をむけた。

「ええ、落ちています。残念なこと！　悪人のお化粧は、とてもよく似合っていらしたのに」

「ではあなたは、追いはぎがお好きなんですか？」

「イギリスの追いはぎは、イタリアの山賊にはかないません。その山賊も、レバントの海賊にはかないませんけれど」

「いずれにしても、あなたはわたしの妻だということをお忘れなきように。一時間前に、この皆さんの前で結婚したのですからね」それを聞くとミス・イングラムはくすくす笑い、頬を染めた。

「さあ、デント、君たちの番だ」とロチェスター様が言い、デント組が退出して空いた席にロチェスター様の組が座った。ミス・イングラムはロチェスター様の右側に、他のメンバーはその両側に腰をおろした。わたしはといえば、もう演者は眼中になく、幕の上がるのを待ち焦がれもしなかった。注意は観客グループにひきつけられ、さっきまでアーチのほうに釘づけだった目は、今や半円形に並べられた椅子から離れないのだった。デント大佐の組がどんなテーマでどんな言葉を選び、どのように演じたか、まったく記憶にない。しかし、各場面が終わるたびに行われる協議は、今でも目に浮かぶ。ロチェスター様がミス・イングラムのほうを見て、ミス・イングラムがロチェスター様を見る様子、ミス・イングラムがロチェスター様のほうに頭を寄せ、その黒い巻き毛の先が肩に届きそうになるのが、頬にも触れそうになるのが、今も目に見えるようだし、二人のささやきが今も耳に聞こえるようだ。見交わすまなざしも思い出され、その光景を見たわたしの気持ちも、記憶によみがえってくる。

読者の方々、皆さんにはわたしがロチェスター様を愛するようになったことを、すでにお話ししてある。今では、愛さずにいることはできなかった。たとえ彼がわたしに注意を向けようとしなくても、たとえずっと近くにいるわたしのほうに視線を投げかけてくれることがなくても、たとえ彼の気持ちがすべて別の貴婦人に捧げられていようとも――その女性はわたしのそばを通り過ぎるときにドレスの裾がわたしに触れるのさえ厭《いと》わしく思い、尊大な黒い目をたまたまわたしに向けてしまうと、見るに値しないつまらぬものを見たとばかりにたちまちそらすような人であるが――そのような人に捧げられていようとも、愛さずにいることはできなかった。彼がまもなくこの女性と結婚するのは間違いないと感じながら、また、女性が彼から敬愛されていることへの絶対の自信を日々、態度のはしばしに表すのを見ていながら、そしてロチェスター様の求愛のさまを絶え間なく目の当たりにしながら――彼のやり方は、求めるより求められるほうを望むような無頓着なもので、その無頓着な魅力のために、たまらなく相手を惹《ひ》きつけるのだが――やはり愛さずにはいられなかったのだ。

このような情況にあって、わたしの愛を冷ますもの、追い払うことのできるものは何もなかった。絶望をもたらす理由はたくさんあった。また嫉妬の種もたくさんあったと、読者の皆さんは思われることだろう――わたしのような立場の者が、おこがましくもミス・イングラムのような身分の女性に嫉妬を覚えるなどということがあればの話だが。しかしわたしには嫉妬はなかったし、あってもごくまれなことだった。わたしの味わった苦悩は、嫉妬などという言葉では説明できなかった。ミス・イングラムは、嫉妬に値しない人、嫉妬の感情を起こさせないほど劣った人だった。一見逆説的なことをいうようで申し訳ないが、わたしは本心からそう思っている。派手だが純粋ではなく、容姿と才能に恵まれてはいても精神は貧しく、心は不毛な荒地のようだった。そのような土壌には、自然に開く花もなければ、自然に実を結ぶ新鮮な果実もないのだ。善良でもなく、独創的でもない。書物にある仰々しい言葉を繰り返すだけで、自分の意見というものを持たず、一度も述べたことがなかった。感情を声高に唱える一方で、思いやりや哀れみの心がなく、優しさも誠実さも持ち合わせない人だった。幼いアデルに対する嫌悪の情が意地悪く表に出るとき、そのような人間性がよくあらわになった。アデルがたまたま近寄ると、侮辱の言葉で払いのけたり、ときには部屋から出てお行きと命じたりするという具合で、いつも冷たく接するのだ。本来の性格がこのように露呈するのを、わたし以外にも見守っている目があった。注意深く、抜け目なく、鋭く見つめるのは、そう、未来の花婿であるロチェスター様自身で、彼も絶えず婚約者を観察していた。この聡明さ、慎重さ、美しいフィアンセの欠点に対するはっきりした自覚、彼女への情熱の明らかな欠如——これがわたしを際限なく苦しめる心痛の源だった。

一門のため、あるいはひょっとすると政略的な理由から、ロチェスター様はミス・イングラムと結婚しようとしているのだ、とわたしは思った。ミス・イングラムの身分や家柄はたしかに彼にふさわしいが、愛情を捧げてはいないのが感じられた。ミス・イングラムには、愛を勝ち得るのにふさわしい資質が具わっていない。まさにこれこそ、わたしの神経を刺激して苛立《いらだ》たせるところであり、感情が昂《たかぶ》っておさまらないところだった——あの人はロチェスター様を惹きつけることができない！

もしあの人がたちまち勝利をおさめ、降伏したロチェスター様がその足元に心からの愛を捧げるようであったなら、わたしは顔を覆って壁のほうをむき、（比喩的にいえば）二人にとって死んだも同然の存在になっただろう。もしミス・イングラムが、活力、情熱、思いやり、良識を具えた、気高く善良な女性であったら、わたしは嫉妬と絶望という二頭の虎との死闘の後、心は食い荒らされ、引き裂かれていても、彼女の美点を認め、賛美して、人生最後の日まで安らかに過ごしただろう。あの人が優れていればいるほど、わたしの賞賛は深くなり、心の平和もそれだけ静けさを増したことだろう。けれども実際には、ロチェスター様を惹きつけようと懸命な努力をして、自分では気づかずに失敗を繰り返す姿を——放った矢がどれも命中していると思い上がって、成果にのぼせている姿、そしてうぬぼれと自己満足のために、惹きつけたい相手をどんどん遠ざけている姿を目の当たりにすると、わたしの感情は際限なく昂り、それを抑えるには自制心が必要だった。

なぜかといえば、ミス・イングラムが失敗するたびに、どうすれば成功するか、わたしにはわかったからなのだ。ロチェスター様の胸をかすめて、次々とその足元にむなしく落ちるだけの矢も、もっと確実な手で射られたならば、誇り高い胸に鋭く刺さり、厳しい目に愛の光を、皮肉な顔に優しさを呼び起こしたかもしれなかった。いや、いっそそんな武器はなくとも、愛はひそやかに獲得できたかもしれない。

あんなに近くにいる特権がありながら、なぜあの人はロチェスター様の気持ちを動かすことができないのだろう、とわたしは思った。心から好きになれないのかしら、あるいは本当の愛情が感じられないのかしら。真実の愛があれば、あんなに笑顔を作ったり、絶えず流し目を送ったり、あれこれと気どって見せたり、愛嬌を振りまいたりする必要などはない。並んで静かに座って、口数少なく目を伏せているだけで、もっと彼の心に近づけるのに。彼女が勢いづいて話しかけている間にロチェスター様の表情はこわばっていくけれど、これとはまったく違う表情をわたしは見たことがある。それは自然に生まれるもの。わざとらしい手管や巧妙な策略で引き出されるものではない。こちらはただそれを受け入れ、聞かれることに素直に答え、必要があれば気どったりすることなく話しかければいい。そうすると彼の顔はいっそう優しく穏やかになって、すべてを育《はぐく》む日光のような温かさをくれるのだもの。結婚したら、ミス・イングラムはどうやって彼を喜ばせるつもりなのかしら。できるとは思えない。でも、できるのかもしれない。彼と結婚する女性はこの世で一番幸せだと、わたしは信じているのだから。

利害関係と家柄のために結婚しようとするロチェスター様の計画について、わたしはこれまで非難の言葉を述べてはいない。初めてそれに気づいたとき、わたしは驚いた。そのような俗な動機で妻を選ぶような人ではないと思っていたからだ。けれどもロチェスター様のような人たちの地位や教育をよく考えてみると、ロチェスター様にしてもミス・イングラムにしても、子どもの頃から教え込まれた思想や信念に従って行動したのであり、それを裁断したり責めたりする気持ちにはなれなくなった。あの階級の人たちには誰でもそのような信条があり、それにはわたしの理解できない理由があるようなのだ。もしもわたしがロチェスター様のような紳士だったら、わたしは自分が愛することのできる女性だけを妻にするだろう。そうすれば間違いなく幸せになれるのに、そうしないとすればわたしがまったく知らない理由があるはずで、さもなければ世の中の人すべてがわたしと同じ行動をとるに違いない、と思った。

しかし、これだけではなく他の点でも、わたしはロチェスター様について寛容になりつつあり、それまで厳しく見ていた欠点をすべて忘れはじめていた。以前のわたしは、彼の性格の全体を知り、良い面と悪い面の両方を比較検討して公平な判断をくだそうと努力していたのに、今では悪いところが何も見えないのだ。反感を感じさせた皮肉、わたしを驚かせた荒々しさなどが、上等なお料理の香辛料のようなものにすぎなくなっていた。ぴりっとした刺激があるが、もし入っていなければ味気ない一皿になってしまう。そしてあの、読みとりにくい表情――意地悪なのか、悲しいのか、企みがあるのか、失望しているのか――時折目に浮かぶその表情は、注意深い観察者にだけは見えるが、そこにのぞく不思議な淵の深さを測る間《ま》もなく姿を消してしまう。それはまるで、火山らしき山をさまよっていて突然地面の震動を感じ、足元に大きな裂け目が開くのを見るようで、わたしは怖くなってたじろいでしまう。ときには胸をどきどきさせながら、しかし神経ははたらかせながら、じっと見つめることもあった。避けずにしっかり見ようと思ったのだ。ミス・イングラムは幸せな人、いつかその深淵をゆっくりのぞきこんで、その秘密を探り、実体を解き明かすことができるのだから、とわたしは思った。

こんなふうにわたしがロチェスター様と未来の花嫁のことばかり考え、二人だけを見、交わされる言葉だけを聞き、二人の動きだけを追っている間に、他の人たちはそれぞれの興味や楽しみに従って過ごしていた。レディ・リンとレディ・イングラムはもったいぶった会話を続けていて、ターバン風のかぶりものをつけた頭を寄せてうなずいたかと思うと、驚いたり不思議がったり恐ろしがったりと、噂話の内容によって両腕を上げていろいろな身振りをするので、その様子はまるで大げさな動きをする操り人形のようだった。穏やかなデント夫人と優しいエシュトン夫人は、話をしながら、ときどき私にむかって親切な言葉や微笑を送ってくれた。サー・ジョージ・リン、デント大佐、それにエシュトン氏は、政治や地方の出来事、裁判のことなどを論じていた。イングラム卿はエイミー・エシュトンを相手にふざけ、ルイザはリン家の青年の一人と一緒にピアノを弾いたり歌ったりしていた。そしてメアリ・イングラムは、リン家のもう一人の熱心な話を、つまらなさそうに聞いていた。ときどき一同は、申し合わせたように脇役の演技を中断して、主役の二人に目をやり、その台詞に耳を傾ける。というのも、結局はロチェスター様と、親密な間柄のミス・イングラムが一同の中心人物だったからである。もしロチェスター様が一時間でも部屋からいなくなると、お客たちの間には明らかに退屈そうな空気が漂い、戻ってくれば会話にもまた活気がよみがえってくるのだ。

　ある日、用事でミルコートに出かけたロチェスター様の帰館が夜遅くなりそうだとわかったときには、周囲に活気を与えるその影響力の大きさが、特に強く感じられたように思われる。雨の午後になったので、ヘイの向こうの共有地に最近テントを張ったジプシーたちのキャンプに行く提案は延期された。紳士たちの何人かは厩舎《きゅうしゃ》へ行き、若い紳士たちは令嬢たちと一緒に撞球室《どうきゅうしつ》でビリヤードをしていた。イングラム未亡人とリン未亡人は、トランプで静かに退屈を紛らしていた。デント夫人とエシュトン夫人が会話に誘おうとするのを、ろくに返事もしない横柄《おうへい》な態度で退けたミス・イングラムは、初めはピアノにむかってセンチメンタルな曲の旋律などを小さく弾いていたが、やがて書斎から小説を一冊持ってくると、つまらなさそうにソファに身を投げ出して、物語の魔力で退屈を紛らわせようとしはじめた。部屋も屋敷全体も静かで、二階の撞球室から、時折楽しそうな声が聞こえてくるだけだった。

もう夕暮れ時で、夕食のために着替える時刻になったことを、時計はすでに知らせていた。そのとき、客間の窓際にある作りつけの腰掛けに座ったわたしの脇で、外を見ていたアデルが声を上げた。

「あら、ロチェスター様がお帰りだわ！」

わたしは振りむき、ミス・イングラムもソファから飛んできた。他の人たちも、それぞれ手を止めて顔を上げた。ちょうどそのときに、濡れた砂利道《じゃりみち》を走ってくる車輪のきしみと、水をはね散らして進む馬のひづめの音が聞こえたからである。四輪馬車の近づく音だ。

「どうしてまた、あんなものでお帰りなのかしら」と言ったのはミス・イングラムだった。黒馬のメスルアでお出かけだったわよね？　パイロットも一緒だったはず。馬と犬をどうされたのかしら」

そう言いながら、たっぷりした衣装に包まれた大柄の身体を窓に近々と寄せてきたので、わたしは背骨が折れそうになるくらいに身をそらさなくてはならなかった。われを忘れていたため最初はわたしに気づかなかったようだが、わたしの姿が目に入ると、唇を歪《ゆが》めて別の窓に移って行った。乗合馬車が停まり、馭者《ぎょしゃ》が玄関のベルを鳴らした。旅装の紳士が一人降りてきたが、それはロチェスター様ではなく、当世風の様子をした、背の高い見知らぬ男性だった。

「まったく癪《しゃく》にさわるわね、このうるさい子猿！」ミス・イングラムは、いきなりアデルにむかって言った。そして、「そんな窓のところに座って、嘘の知らせを言うなんて、誰の差し金なのかしら」と、まるでわたしの責任であるかのように、怒った目でわたしを見た。

玄関で話し声がして、まもなくその人が入ってきた。レディ・イングラムがその場の最年長の婦人と見たらしく、そちらに一礼して言った。

「友人のロチェスター氏はお留守だそうで、あいにくのときにお邪魔してしまいました。けれども、何しろ遠くから参りましたもので、長年の知人であることに免じて、戻るまでここで待たせていただけたらと願う次第です」

その態度は礼儀正しかった。話し方にどこか変わったところがあるように思え、必ずしも外国風とはいえないながら、かといってイギリス英語でもないような気がした。年齢はロチェスター様と大体同じで、三十と四十の間だろうか。肌が目立って土色で、その一点を除けば立派な容貌の人物といえた——ことに第一印象では。ただし、よく観察してみると、その顔にはどこかこちらを不快にするもの、というか、好感を持てなくするものがあることに気づく。顔立ちは整っているが、締まりのない印象だったし、目は大きくて形がよいが、そこにのぞく光は空虚で精彩を欠くものだった。少なくともわたしにはそう思われた。

着替えのベルを合図に、一同は散った。次にわたしがその人を見たのは夕食のあとで、そのときにはすっかりくつろいでいるようだった。だがその人相は、前に見たときよりさらに好ましくないものになっていた。活気がないのに落ち着きに欠け、視線が定まらずに意味もなく空《くう》をさまよっているのが異様だった。こんな表情は見たことがなかった。美男子で愛想も悪くないが、わたしは強い嫌悪感を持った。肌の綺麗な卵型の顔には力がなく、かぎ鼻にもさくらんぼ色の小さな口にも毅然としたところがない。滑らかな額には知性が感じられず、うつろな茶色の瞳には覇気がなかった。

マントルピースの上にある燭台の光を受けているその顔を、わたしはいつもの隅に座って見つめた。その人は肘掛け椅子を暖炉のそばに寄せて座り、それでも寒いかのように、身を縮めて前に乗り出していた。ロチェスター様と比較するなら(そして失礼のない表現をするなら)太ったガチョウと獰猛《どうもう》なハヤブサ、おとなしい羊とふさふさした毛並みに鋭い目をした牧羊犬の違いのようなものだった。

ロチェスター様とは古い友人だと言っていたけれど、奇妙な友情に違いない、「両極端は相通ずる」という昔の諺《ことわざ》のよい例だ、と思った。

二、三人の男性がその人のそばにいて、こちらにいるわたしにも会話のはしばしが聞こえてきた。最初のうちは、耳に入る言葉がよく意味をなさなかった。わたしの近くにいるルイザ・エシュトンとメアリ・イングラムの話し声のせいで、時折聞こえる会話の断片が混乱してしまうからだった。この二人は旅の客人を話題にしていて、どちらもその人を「すばらしい方」だと述べていた。ルイザは「本当に素敵で、わたし、大好き」と言い、メアリは「綺麗な口と魅力的な鼻が理想的」だと言っていた。

「それにあの感じのいい額！　わたしの大嫌いな不機嫌そうな皺《しわ》なんか一本もなくて、

あんなに滑らか。穏やかな目と微笑みだわ！」とルイザが言った。

そのとき、延期されたヘイ・コモンズへの遠出についての相談で、ヘンリー・リン氏が二人を部屋の向こうに呼び寄せたので、わたしはほっとした。

これで暖炉のそばの人たちの会話に集中できるではないか。ほどなくわかったのは、客人がメイスンという名前であることだった。どこか暑い国からイギリスに着いたばかりらしい、ということもわかった。顔が土色であるのも、火のそばに座って、室内でもフロックコートを着たままでいるのも、それが理由に違いなかった。ジャマイカ、キングストン、スパニッシュ・タウンなどの地名もまもなく聞こえたので、西インド諸島に住んでいることも判明した。そこでロチェスター様と初めて会ったらしいこともわかって、わたしは少なからず驚いた。現地の燃えるような暑さ、ハリケーン、雨季などがロチェスター氏はお嫌いで、と話している。ロチェスター様がよく旅に出られることは、フェアファクス夫人から聞いてわたしも知っていたが、行く先はヨーロッパ大陸までだと思っていた。それより遠くにいらしたことがあるなどとは、推測もできなかったからだ。

そんなとき、思いがけない出来事が起きて、わたしの考え事は中断された。誰かがたまたま扉を開けたためにメイスン氏は震え上がり、もっと石炭を足してくれと頼んでいた――炎は上がらなくなってしまっていたものの、熾火《おきび》はまだ熱く赤々としていたのだが。そして石炭を持ってきた召使が、エシュトン氏の椅子の脇に立ち止まって、小声で何か告げていた。わたしの耳に入ったのは、「老婆」「まったく厄介でして」という言葉だけだった。

「さっさと立ち去らないと、さらし台に上げてやると言いなさい」と、判事であるエシュトン氏が言った。

「いや、お待ちなさい」と止めたのはデント大佐だった。「追い払ってはだめだよ、エシュトン君。これは使えるかもしれない。ご婦人方に相談しよう」そう言って、一同に聞こえるように、こう続けて言った。「皆さん！　皆さんはヘイ・コモンズのジプシーキャンプへのお出かけの話をなさっていましたね。ここにいるサムの話では、ジプシーのお婆さんが一人、ここの召使部屋にたった今、来ているそうです。なんでも、「お歴々の皆様」の運勢を占うから中に入れてくれ、とせがんでいるらしいのですが、お会いになりますか？」

「まあ、大佐、そんな卑しいペテン師なんかの言うことを聞くおつもりではないでしょうね。追い出してください、絶対に！　今すぐ」レディ・イングラムが叫んだ。

「ですが、奥様、追い出せないのでございます。わたしばかりか、召使の誰がやってみましても。今ミセス・フェアファクスが出て行って、帰ってくれと説得中ですが、暖炉のところの椅子に陣どって、こちらに入るお許しが出るまで、何があってもここから動かないと言い張っているのでございます」と召使が言った。

「望みは何なの?」エシュトン夫人が訊ねた。

「上流の皆様方の運勢を占いたい、是が非でも占わなくてはならない、どうしても占う、とこう申しております」

「どんな人?」エシュトン家の令嬢二人が、そろって聞いた。

「ぞっとするほど醜くて、すすのように真っ黒な老婆でございます」

「なんと、それは本物の魔法使いかもしれない! ここに呼びましょう」と、フレデリック・リンが声を上げた。

「そうですとも。そんなおもしろいものを見逃したら、もったいないじゃありませんか!」リン家のもう一人の息子も賛成して言った。

「あなたたち、何を考えているの?」レディ・リンが言った。イングラム未亡人も、

「そんなとんでもないこと、とても許せませんわ」と繰り返した。

「そうね、ママ。でも、いいでしょう? 許してくださるわよね」ミス・イングラムはピアノの椅子に掛けたまま、こちらを振りむいて、決めつけるような調子で言った。

それまでずっとそこに座って、黙ったままで楽譜をあれこれと調べていたらしい。「自分の運勢を聞いてみたいわ。だから、サム、その老婆をここへ」

「まあ、ブランシュ、考えてもみて――」

「ええ、考えていますとも。ママのおっしゃりそうなことも全部ね。でも、わたしはしたいようにするの。さあ、サムったら、早く」

「そう、そう、それがいい」若い人たちは、男女を問わず全員がそう言い立てた。「ここに通しましょう。おもしろくなりそう！」

「ひどくむさ苦しい女なのでございますが」と、サムはまだためらっていた。

「さっさとして！」ミス・イングラムが叫び、サムは出て行った。

一同はたちまち興奮に包まれた。サムが戻ってくるまでに、冗談やからかいの言葉が次々と飛び交っていた。

サムが言った。「来ようといたしません。「俗物たち」の前に――これは女が言った言葉でございますよ――自分は出る義務はないと申しまして。女をどこかの部屋に通し、占ってほしい方が一人ずつそこに来るようにしてくれと申します」

「ほらごらんなさい、女王のブランシュさん。甘い顔を見せればつけ上がるんですよ。いい子だから、わたしの言うことを聞いて――」

「決まってるじゃないの、書斎に通しなさい」と「いい子」ことミス・イングラムは母の言葉をさえぎって言った。「俗物たちの前で運勢を聞く義務は、わたしにだってありませんもの。一人で会いたいのよ。書斎に火は入ってるの？」

「はい。ただ、相手は物乞い同然の女ですので」

「つべこべ言ってるんじゃないわよ、このぐず！　言われた通りにすればいいのよ」

サムはまたさがって行き、部屋の中には謎めいた空気、期待と興奮とが再び満ちた。

「準備ができました。どなたが最初にお見えかと聞いておりますが」サムが姿を現してそう告げると、デント大佐がそれに答えて言った。

「ご婦人たちの前に、ちょっとわたしが行って様子を見てくるとしましょう。サム、最初に男が行くと言いなさい」

サムは出て行き、戻ってきた。

「男性に用はないので、いらしていただかなくてけっこうだと申しております。それから」と、忍び笑いが出そうになるのを苦労して抑えながら、「ご婦人も、若くて独身の方に限ると」と言った。

「いやはや！　向こうにも好き嫌いがあるとみえる！」ヘンリー・リンが大声で言った。

「わたしが最初に参ります」ミス・イングラムは厳《おごそ》かに立ち上がり、まるで突撃隊の先頭に立って切り込む隊長のような口調で言った。

「ああ、わたしの大事な、大事な娘！　ちょっと待って、考えなさい」ママがそう叫ぶ脇をミス・イングラムは黙ったまま傲然と通り過ぎ、デント大佐が押さえているドアから出て行った。そして書斎に入って行く気配がした。

一段落して、部屋の中は一応静かになった。心配して両手をもみ合わせるべき事態だと考えたレディ・イングラムは、その動作をとった。ミス・メアリは、自分にはとてもそんな勇気はないと言い、エイミーとルイザ・エシュトンは、声をひそめてくすくす笑いながらも、少し怯《おび》えているように見えた。

時間がゆっくり過ぎていった。十五分ほどたったとき、書斎のドアが開き、ミス・イングラムがアーチを通って戻ってきた。

笑うだろうか。悪い冗談だったわ、と言うだろうか。好奇心いっぱいの一同の目がそそがれたが、ミス・イングラムはその視線を冷たくはねつけた。動揺した様子も楽しげな様子もなく、ぎこちない動きで歩いて行って、黙って席に座った。

「で、どうだった、ブランシュ？」イングラム卿が言った。

「なんて言ってた？」メアリが訊ねた。

「どう思われた？　どんな感じでした？　本当の占い師なの？」エシュトン姉妹が質問した。

「はいはい、皆様、そんなに質問攻めにしないでくださいな」とミス・イングラムは言った。「すぐに驚き、信じ込む皆様の器官は、実に簡単に活動を開始するようですわね。わたしのママも含めて、この件をずいぶん大げさにお考えで、悪魔と手を組んでいる本物の魔女がこのお屋敷にいると本気で信じていらっしゃるみたい。わたしが会ったのは、ただの放浪のジプシーでした。よくあるやり方で、手相占いをやってみせて、あいう人がいつも言うようなことを言っただけです。気まぐれの好奇心は満たされました。エシュトン様がおっしゃったように、明日の朝にはあの老婆をさらし台に送ることになるでしょう」

ミス・イングラムは一冊の本を手に取って椅子に深くもたれ、それ以上話そうとしなかった。わたしが三十分近く見守っている間、一度もページを繰らず、その顔には時折暗い影がさした。次第に不機嫌になり、苦い落胆の色が浮かぶところを見ると、よいことは聞かされなかったようだった。暗く沈んで黙り込み、無関心を装った言葉とは裏腹に、老女から言われたことを深刻に受け止めているように思われた。

メアリ・イングラムとエシュトン家のエイミー、ルイザ姉妹は、とても一人では行けない、と言いながら、三人とも内心行きたくてたまらなかった。そこでサムを使者として交渉が始まり、サムのふくらはぎが痛み出したに違いないと思われるほどの往復の末、難航した交渉がようやくまとまって、三人が一緒に来てもよいという許可を、強情な女占い師から引き出すことができた。

ミス・イングラムのときと違って、三人の会見は静かではなかった。興奮してくすくす笑う声や、小さな悲鳴などが、書斎から聞こえてくる。二十分ほどして書斎のドアが勢いよく開き、三人が玄関ホールを走ってきたが、その様子はとても怯えているようだった。

「きっとあの人、悪魔の仲間よ」三人は口々に言った。「あんなことを言うなんて！わたしたちのこと、何だって知っているんですもの！」娘たちは息を切らせ、紳士たちが急いですすめた椅子に、倒れこむように座った。

もっと詳しく説明を、と求められ、三人は話した——小さい子どもだった頃にわたしたちが言ったこと、したことを当てたり、うちのわたしたちのお部屋にある装飾品や本を当てたり、あちこちの親戚からいただいた記念品まで言い当てたの。考えていることまでわかって、それぞれが世界で一番好きだと思っている人の名前や、一番の望みは何かということまで、わたしたちの耳にささやいたのよ！

ここまで聞くと男性たちは、その最後の二点についてもっとよく聞かせてくださいと熱心に頼み込んだ。けれども三人はそれに対して顔を赤らめ、声を上げたり、身体を震わせたり、くすくす笑ったりするだけだった。その一方で年配の婦人たちは、気付け薬を差し出したり、扇であおいだりしながら、あんなに注意したのに聞かないんだから、と繰り返していた。年配の紳士たちは笑い、若い紳士たちは動揺している婦人たちへの手助けに余念がなかった。

この騒ぎで、眼前の光景に目も耳も釘づけになっているわたしのすぐそばで、えへんという咳払いが聞こえた。サムだった。

「すみません。まだ来ていない独身の若い女性がもう一人いるはずだと、ジプシーが申しておりまして。全員に会うまで帰らないと言い張っております。きっとそれは先生に違いない、他にはいらっしゃらないから、と思ったわけでございます。女に何と言えばよろしいでしょうか?」

「あら、それでしたら参りましょう」とわたしは答えた。昂《たかま》った好奇心を満足させる機会が、思いがけなく訪れたのを嬉しく思った。戻ったばかりの三人のまわりに一同が集まっていたので、わたしは誰にも見られずに部屋を出て、ドアをそっと閉めた。

「よろしければ玄関ホールでお待ちしていましょう。もし怖いことがあったら呼んでください。すぐに参りますから」とサムが言ってくれた。

「いえ、台所に戻ってけっこうよ、サム。少しも怖くありませんから」とわたしは言った。実際に怖さは感じず、興味をそそられてわくわくしていた。

第19章

書斎に入ってみると、そこは静まり返っていた。占い師は——女が占い師だったらの話だが——暖炉のそばの安楽椅子に、いかにも居心地よさそうにおさまっていた。赤い外套に黒いボンネット、というのか、つばの広いジプシーの帽子をかぶり、縞のスカーフでそれを押さえて顎《あご》の下で結んでいた。テーブルには火の消えたろうそくが一本あったが、女は暖炉のほうに身をかがめて、祈禱書のような黒い小さな本を火の明かりで読んでいたようだった。老女がよくするように、ぶつぶつと声を出して読み続け、わたしが入って行ってもすぐにやめようとはしなかった。その一節は終えようとしているらしかった。

わたしは敷物に立ったまま、両手を温めた。客間の暖炉から遠くに座っていたため、冷たくなっていたのだ。それまでにないほど落ち着いた気持ちだった。ジプシーの様子にも、わたしの平静を乱すようなものは何一つなかった。女は本を閉じると、ゆっくりと顔を上げた。帽子のつばが顔の一部に陰を作っていたが、わたしが見たのは奇妙な顔だった。肌の色は茶色と黒で、顎の下に回した幅広の布の下から、もつれ髪がはみ出して両頬から顎にかけての部分をなかば隠していた。こちらにまっすぐに向けられた目には遠慮がなかった。

「さてと、運勢を聞きたいのかい？」視線と同様に遠慮のない、そして顔立ちと同様にがさつな声で老婆が言った。

「それはどうでもいいの、おばあさん。お好きなように。ただしお断りしておきますけど、わたし、信じませんから」

「生意気なことを言うんだね。そんなことだろうと思った。入ってくるときの足音でわかったよ」

「そうなんですか。いい耳ですこと」

「そう、目もいいし、頭もいい」

「このご商売には欠かせないものばかりね」

「その通り。ことにあんたのようなお客が相手のときにはね。なぜ震えていないんだい？」

「だって、寒くありませんから」

「なぜ青い顔をしていないんだね？」

「気分が悪くないからです」

「わたしの腕を、なぜ当てにしない？」

「愚かではないからですわ」

皺《しわ》くちゃの老婆は帽子の下で、馬がいななくように笑った。それから短くて黒いパイプを取り出し、火をつけて吸いはじめた。しばらくそうして鎮静作用のあるパイプをふかしたあと、身体を起こして口からパイプを離し、火を見つめたままでゆっくりと言った。

「あんたは寒い。気分が悪い。そして愚かだ」

「証明してみせて」とわたしは答えた。

「するとも。しかも手短にね。あんたは寒い。なぜなら、孤独だから。あんたの中の火を燃え立たせる触れ合いが、何一つないからね。あんたは気分が悪い。なぜなら、人に与えられた最も善い感情、最も崇高で喜ばしい感情が遠く離れたところにあるから。あんたは愚かだ。なぜなら、いくら苦しんでもその感情を招き寄せることもせず、一歩踏み出して迎え入れようともしないから」

老婆はまた黒い短いパイプをくわえて、勢いよく吸いはじめた。

「たいていそんなことを言うのでしょう？　大きなお屋敷に雇われて働く、孤独な者が相手だと」

「言うかもしれない。だが、たいていの者に当てはまるだろうかね？」

「わたしのような境遇ならね」

「そうだね、あんたの境遇ならそうさ。しかし、あんたと同じ境遇の人間が他にいるかね？」

「何千人もいるでしょう」

「いや、一人見つけるのだって難しいだろうよ。あんたは特別な境遇にいる。幸せの近く、それもすぐ手が届くところにいるんだよ。材料は全部そろっていて、それを一つにまとめる動きだけが足りない。運命がばらばらにしたものを、もう一度一緒にすればいい。幸せが訪れる」

「謎めいたことを言われてもわかりません。もともとわたしには、謎々が解けたためしがないの」

「もっとわかりやすく話してほしいと思うなら、手を見せてごらん」

「そして、銀貨を出せというのね？」

「その通り」

わたしが一シリングを渡すと、老女はポケットから出した古い靴下の中にそれを入れ、口を縛ってからポケットに戻した。そしてわたしに、手を出すように言った。わたしが出した手を顔に近づけて、触れることはなく手のひらをよく調べていたが、やがて言った。

「きれいすぎる。こんな手では何もわからないよ。線がほとんどない。第一、手のひらに何がある？　手に運勢は書かれていないんだから」

「わたしもそう思います」

「手でなく、顔に書かれているんだよ。額《ひたい》、目のまわり、両目、口の輪郭なんかにさ。膝をついて、顔を上げてごらん」

「ああ、ようやく、それらしくなってきたわね」わたしはそう言って、老女の言葉に従った。「これなら、言われることも、いくらか信じる気持ちになるでしょう」

わたしは老女からほぼ半ヤード離れたところでひざまずいた。老女が火をかき立てたので、動かされた石炭から炎が上がった。だが、座っている老女の顔にはその光でさらに深い影ができたにすぎず、一方、わたしの顔は明るく照らされた。

「あんたは今夜、どんな気持ちでわたしのところに来たのだろうかね」老女は、しばらく私の顔を眺めてからそう言った。「幻灯に映る影みたいに、あんたの前でひらひら動く立派な人たちと一緒にあの部屋に座っている間じゅう、どんな思いでいたのだろうか。あんたとあの人たちとの間には、何も通じ合うものがないだろう。実体のない、人の形をした影みたいなものじゃないのかい、あの人たちは」

「しょっちゅう退屈して、ときどき眠くなって、でも悲しくなることはめったにありません」

「じゃ、あんたには、何かひそかな希望があるのかい？　未来への夢をささやき、元気づけてくれる希望が」

「いいえ、わたしの夢といえば、お給料の中から蓄えたお金でいつか小さな家を借りて、学校を開くことくらいです」

「魂の糧にするには、ずいぶん貧弱だねえ。そしてあの窓際の腰掛けに座って――そらね、あんたの習慣は知っているよ」

「召使から聞いたことでしょう」

「おっと、自分が利口だと思っているね。まあ、ひょっとすると、そんなことかも。実は召使に知り合いが一人いて――プールさんという人だが」

その名前が耳に入ったとたんに、わたしは驚いて飛び上がった。

知り合い？　占いの商売なんて、結局、悪魔の世界と関係しているのね――わたしはそう思った。

「そんなに驚かなくていい」と不思議な老女は続けた。「あれはたしかな人だ、プールさんはな。口が堅くて物静かで、信頼が置ける。しかし、話を戻そう。あんたはあの窓際の腰掛けに座って、将来の学校のことだけ考えているのかね？　目の前の椅子に座っている人たちに何の興味もなく、よく見たいと思う顔の一つもなく、少なくとも好奇心からその動きを追ってみたいと思う人物の一人もいないのかね？」

「皆さん全部の顔と姿を、好んで観察していますけど」

「しかし、中の一人を——いや、もしかすると二人を選んで観察することは？」

「ええ、よくあります。その二人の表情やしぐさに意味がありそうなときはね。見ているとおもしろいですもの」

「どんな話題が一番好きなのかね？」

「あら、種類はそれほど豊富ではありませんよ。だいたい話題は同じ——求愛です。それで同じ終局に至るわけ——結婚」

「そんな変化のない話題が、あんたは気に入っているのかい？」

「特に好きというわけではありません。わたしには関係のないことですから」

「関係がない？　若く生き生きしていて健康で、魅力的な容貌、地位と財産にも恵まれた婦人が一人座っていて、微笑む相手の紳士は、あんたが——」

「わたしが？」

「あんたが知っている、いや、ひょっとすると、好意を持っている人なのに?」

「ここにいらっしゃる紳士の方々は知りませんもの。どなたとだって、ほとんど口をきいたこともありません。好意といっても、ある方々は中年で堂々として立派だと思うし、またある方々は若くてハンサム、颯爽《さっそう》として快活だと思うし、いろいろでしょう。ともかく、どの紳士だって、お好きな方の微笑みを受ける自由はおありだわ、わたしとは別に関係なく」

「ここの紳士たちを知らない? 誰とも口をきいたことがない? 屋敷の主人はどうなんだね?」

「今はお留守です」

「それは意味深長、実にうまい逃げ口上だ。ここの主人は、今朝ミルコートに行って、今夜か明日には戻るだろう。それをあんたは知り合いのリストからはずして、その存在を消そうというのかね?」

「いいえ。でも、ここまでの話とロチェスター様とにどんな関係があるのか、わかりかねます」

「紳士に微笑む女性たちの話をしていたね。最近ロチェスターさんにそそがれる微笑があまりに多くて、縁《ふち》までいっぱいにそそがれたカップのように、二つの目からあふれそうになっているよ。気がつかなかったかね？」

「お招きになったお客様と交際を楽しまれるのは、ロチェスター様の権利だと思うわ」

「権利があるのはもちろんだよ。しかし、あんたは気がついていないかね、お屋敷でささやかれる結婚の噂の中で、ロチェスターさんの名前が一番頻繁に出され続けていることに」

「聞き手が熱心なら、話し手はそれだけ弁舌をふるうものよ」老女にむかってというより、むしろ自分にむかって、わたしはそう言った。この頃には、老女の奇妙な話、その声や物腰にすっかり引き込まれて、夢でも見ているようだった。思いがけない言葉がその唇から次々と出てくるのを聞くうちに、人を惑わす企みの網にからめとられたようになっていた。この数週間、目に見えない精霊がわたしの心のそばに座ってその動きを見つめ、鼓動の一つ一つを記録してでもいたのだろうか、と思ったほどだった。

「聞き手が熱心！」老女はわたしの言葉を繰り返した。「そうだ、たしかにロチェスターさんは何時間も続けて耳を傾けていたね、魅力的な唇から喜ばしげに流れ出す言葉に。そうして過ごす時間をロチェスターさんは歓迎し、感謝しているように見えたが、あんたは気づいたかね？」

「感謝ですって？　お顔に感謝の色が見えたという記憶はありません」

「見えた記憶がない！　つまり、あんたはよく観察していたわけだ。感謝でないとすると、何が見えたんだい？」

わたしは答えなかった。

「愛だね、愛が見えたんだろう？　そして未来を見通して、結婚しているロチェスターさんと、幸せな花嫁を見たのでは？」

「ふふん、はずれだわ。あなた方みたいな魔女でも、ときには間違うことがあるのね」

「じゃ、いったい何が見えたんだい？」

「あなたの知ったことじゃないわ。ここに来たのは訊ねるためで、自分のことを告白するためじゃないんですからね。ロチェスター様が結婚なさるのはたしかなの？」

「ああ、美しいミス・イングラムとな」

「もうすぐ？」

「どうもそんな様子だ。そして間違いなく、すばらしく幸福な夫婦になるだろう。それを疑っているらしいあんたの恥知らずな性格は、たたき直す必要があるね。あんなに高貴で美しく、才気も教養も具えた女性とあれば、ロチェスターさんは愛しているに違いないし、女性のほうも愛しているだろうよ。たとえ本人を愛していなくても、財布だけはね。ロチェスターさんの財産を、結婚相手のものとして非常に望ましいとお考えなのはわかっているんだ。一時間ほど前に、(神さま、お許しを!)そのことについてあのご婦人に、ちょっとしたことを言ってやったがね。すると深刻な顔になって、口の両端が一インチも下がったよ。浅黒い顔の求婚者に、ひとつ注意してやろうかね、もっとたっぷりした目録を持ったライバルが現れたら、出し抜かれるぞ、とな」

「でも、おばあさん、ロチェスター様の運勢が聞きたくてここに来たんじゃないのよ。わたしは自分の運勢を聞きに来たのに、それはちっとも話してくれないのね」

「あんたの運勢は、まだはっきりしない。その顔をよく見たが、互いに矛盾する相が出ている。運命によってある程度の幸せが与えられているのはわかっている。あんたが今夜ここに来る前から、それはわかっていた。運命の女神が、あんたのために取っておいてくれた分だよ。わたしはそれを見ていたんだ。あとは、あんたが手を伸ばして取るかどうかにかかっている。そうするかどうか、そこがわたしの占うところだ。敷物にもう一度ひざまずいてごらん」

「早くしてね。暖炉の火が熱いから」

わたしはひざまずいた。老女は身をかがめようとはせず、椅子に深く座ったままでじっとわたしを見つめていたが、やがてつぶやきはじめた。

「炎が目の中で揺らめき、目は露のように輝いている。優しくて感情豊かな目だ。わけのわからない、わたしの言葉を聞いて微笑している。感じやすい目だ。その澄んだ球体を、印象が次々に通って行く。微笑が消えると、悲しげになる。無意識の倦怠《けんたい》で瞼《まぶた》が重くなるのは、孤独から生まれる憂鬱の現れだ。これ以上の凝視には耐えられないと、その目はわたしからそらされる。わたしがこれまでに見つけた真実を否定するような軽い侮《あなど》りの一瞥《いちべつ》、傷つきやすいのに負けず嫌いだという指摘を認めようとしないようだね。その自尊心とつつしみを見ると、わたしは自分の見解に自信が持てるというものだ。良い目をしている。

次に口だ。口はときに笑い、頭で考えたことのすべてを伝えようとするが、心の感じたことについては多くを語ろうとしないようだ。しなやかで表情豊かなその口、孤独な沈黙のうちに永遠に固く結ばれることはない。多く語り、よく微笑し、相手に温かい愛情を持つ口――これも吉兆だ。

幸福を妨げるものが一つだけあるとすれば、それは額だ。額ははっきりと、こう言っている――「わたしは一人で生きられる、もし自尊心と情況がそれを求めるならば。幸福を得るために魂を売る必要はない。生まれながらに心の内に持っている宝、それがわたしを生かしてくれるのだ。たとえ外面的な喜びがすべて奪われようとも、あるいは自分に手の届かない代価でしか喜びは購えないと言われようとも」と。そして額は、こうも言う――「理性がしっかりと手綱《たづな》を握って座っているので、感情の爆発や危険な暴走は許さない。情熱が異教徒のように激したり、欲望がむなしい想像をたくましくしたりするかもしれないが、どんな論争にも分別が結論を述べて、最終決定をくだすだろう。嵐や地震や大火が起きようと、良心のささやきにわたしは従うだろう」と。

額よ、よく言った。その宣言は尊重されるだろう。わたしは計画を――自分でも正しいと思う計画を立てたが、その際にわたしは、良心の声と理性の忠告に耳を傾けた。差し出された至福のカップの中に、もし一滴の恥辱、あるいは悔恨の味が混じっていたなら、若さがいかにはかなく衰え、頰の輝きが色あせるものか、わたしはわかっている。犠牲や悲嘆や崩壊を、わたしは望まない。趣味ではないから。萎《しお》れさせるのではなく、育てることを望み、血の涙、いや、塩辛い涙を絞るのではなく、感謝を受けることを望む。そしてその収穫としては、親愛の情のこもった、優しい微笑があれば十分だ。どうもわたしは、何か幻覚の中で、とりとめのないことをしゃべっているようだ。この瞬間を永遠に引き延ばすことができたら、と思いたくなるが、そんなことを望む勇気はない。これまでのところ、わたしは自分を抑え、心に誓った通りに演じてきた。しかしこの先には、力及ばぬ試練があるかもしれない。さあ立って、出て行きなさい、ミス・エア。

「芝居は終わりだ」(シェイクスピア『ヘンリー四世』二幕四場)」

わたしはどこにいるのだろう？　起きていたのか、眠っていたのか？　夢を見ていたのだろうか？　あるいは、まだ夢の中に？　老女の声は変わっていた。口調も身振りも、そしてすべてが、まるで鏡に映る自分の顔のように見慣れたもの、自分の話す言葉のように聞き慣れたものだった。わたしは立ち上がったが、出ては行かず、目を凝らした。火をかき立てて、再び見た。老女は帽子と顔のまわりの布を引き寄せ、立ち去るようにと手振りで合図した。伸ばした手が炎に照らされたとき、もう目が覚めて油断なく目を光らせていたわたしは、すぐに気づいた。それはもう老婆の手ではなく、均整のとれた、丸みのあるしなやかな手、すべすべした指――そして小指には幅広の指輪が光っていた。身をかがめてよく見ると、そこにあるのは何回となく見た覚えのある宝石だった。わたしはもう一度顔を見た。もう顔はそらされず、逆に帽子と布がはずされて、顔が現れた。

「さあ、ジェイン、わたしがわかるかな？」聞き慣れた声が、そう訊ねた。

「その紅《あか》い外套を脱いでくだされば――」

「だが、この紐の結び目が固い。手伝ってくれないか」

「引きちぎってください」

「では――「捨てよう、こんな借り物は！」（シェイクスピア『リア王』三幕四場）」変装を脱いで、ロチェスター様が姿を現した。

「まあ、なんておかしなことを思いつかれたんでしょう！」

「でもうまくいった。そう思わないか？」

「ご婦人方には成功なさいました」

「しかし、君には？」

「ジプシーの役が、わたくしにはそう見えませんでした」

「どんな役に見えたのかな？　わたし自身？」

「いいえ、よくわからない人物でした。つまり、わたくしに話をさせようと、あるいは話に引き込もうとなさっていましたね。ばかげたことをおっしゃって、わたくしにもばかげたことを言わせようと。ずるいやり方です」

「許してくれるかい、ジェイン」

「よく考えてからでないと、お答えできません。考えてみて、ひどく愚かなことをしなかったとわかれば、そのときは許してさしあげることにしましょう。でも、このやり方は正しいことではありません」

「ああ、君はとてもきっちりしていたよ。慎重だったし、良識もあった」

振り返ってみて、概してその通りだと思われたので、ほっとした。何しろわたしは、占いを聞きに部屋に行ったときから用心していたのだ。いでたちが、どこか怪しかった。

ジプシーや占い師は、一見老女風のこの人物が見せたような様子はしないものだし、作り声や顔を隠すのに懸命なことにも気がついていた。けれども、もっぱらわたしの頭にあったのはグレイス・プール――あの、生きた謎、謎の中の謎、と言うべき人のことだった。ロチェスター様だとは、まったく思いもよらなかったのである。

「さて、何をじっと考え込んでいるんだね？　その真面目な顔の笑みの意味するのは？」

「驚きと自賛です。では、もうさがってよろしいでしょうね？」

「いや、ちょっと待ちなさい。客間の連中が何をしているか、話してほしいのだ」

「たぶん、ジプシーのお話でしょう」

「椅子に座って。わたしのことを皆がどう言っていたか、聞かせてくれないか」

「わたくしがこちらに長くいるのは、避けたほうがよろしいと思います。もう十一時近いはずです。ああそうだ、ロチェスター様、今朝お出かけになったあとに、知らないお客様が一人いらっしゃいましたが、ご存じでしたか？」

「知らない客？　いや、聞いていないが、いったい誰だろう。来る予定の客はいない。もう帰ったのかな？」

「いいえ、古い知り合いだからお帰りまでお屋敷で待たせてもらうとおっしゃいました」

「そんなことを！　名前は告げたのか？」

「メイスンとおっしゃる方です。西インド諸島からいらしたそうで、ジャマイカのスパニッシュ・タウンだと思います」

そばに立っていたロチェスター様は、椅子に導こうとするかのようにわたしの手を取っていたのだが、この言葉を聞くと発作的にわたしの手首を握った。唇の微笑が凍りついたようになり、痙攣《けいれん》で息が止まったようだった。

「メイスン！　西インド諸島！」まるで自動人形が発音しているかのような調子で、ロチェスター様は言った。「メイスン！　西インド諸島！」三回繰り返す間に、顔色は灰のように白くなり、自分のしていることがほとんどわからない様子だった。

「ご気分が悪いのですか？」とわたしは訊ねた。

「ジェイン、大変だ――大変だ、ジェイン！」ロチェスター様の足元がふらついた。

「まあ！　わたくしのほうに寄りかかってください」

「ジェイン、君は前にも肩を貸してくれたね。また頼む！」

「もちろんですとも。腕にもつかまってください」

ロチェスター様は腰をおろし、わたしを脇に座らせた。両手でわたしの手を取り、それをさすりながらわたしを見つめたが、とても不安そうで憂鬱な目だった。

「可愛い友のジェイン、二人だけでどこか静かな島に行けたら――悩みも危険も恐ろしい記憶も、すべて置き去りにして」

「わたくしにできることは？　命をかけてもお役に立ちたいのです」

「助けが必要なときには、必ず君に頼むよ、ジェイン。約束する」

「ありがとうございます。何をしたらいいか、おっしゃってください。とにかく頑張ってみますので」

「ではジェイン、正餐《せいさん》の間《ま》からワインを一杯持ってきてくれないか。みんなあそこで食事をとっているだろう。メイスンも一緒かどうか、何をしているか見てきてほしい」

行ってみると、ロチェスター様の言葉通り、一同は正餐の間で食事中だった。テーブルについてではなく、サイドボードに並べられたお料理を各自が好きなように取り、お皿やグラスを手にあちこちに分かれて立っている。誰もが上機嫌らしく思われ、笑いと会話が生き生きと部屋を満たしていた。メイスン氏は暖炉のそばに立ってデント夫妻と話していたが、他の人たち同様、楽しそうに見えた。わたしはグラスにワインをそそぎ（ミス・イングラムが眉をひそめてそれをじっと見ているのに気づいた。勝手なことをして、と思っていたのだろう）書斎に戻った。

青かったロチェスター様の顔色はいつもの血色を取り戻し、しっかりした厳しい表情が帰ってきていた。わたしの手からグラスを受け取ると、

「わたしの天使よ、君の健康を祝して！」と言ってワインを飲み、グラスをわたしに返した。「ジェイン、みんな何をしている？」

「笑ったりお話をしたりしていらっしゃいます」

「深刻な、不思議そうな様子はしていないだろうか――何かおかしなことを聞いたとでもいうふうな」

「いいえ、全然。皆さん、冗談を言って、陽気にしていらっしゃいます」

「で、メイスンは？」

「やはり笑っていらっしゃいましたよ」

「もしも一同がそろってやって来て、わたしにつばを吐きかけたら、ジェイン、君はどうするかね？」

「ここから追い出します――もしそれができれば」

ロチェスター様は微笑を浮かべた。「しかし、もしもわたしが向こうに出て行っても、連中がわたしを冷ややかに見るだけで、お互いにひそひそささやき合って嘲笑していたら、そしてそれから一人ずつ、わたしの前から立ち去ってしまったら――そうしたらど

うだろう。君も一緒に去って行くだろうか？」

「行かないと思います。おそばにいるほうが嬉しいでしょうから」

「わたしを慰めるために？」

「はい、わたしにできるだけ、お慰めするために」

「わたしに味方したために、人から非難されることがあったら？」

「たぶん非難など知らずにいるでしょうし、もし知ってもまったく気にかけません」

「わたしのために、非難に立ち向かえると言うんだね？」

「味方するに値する友のためなら、立ち向かえますとも。そしてロチェスター様は、もちろんそういう方ですから」

「では部屋に戻ってメイスンにそっと近づき、ロチェスター様は屋敷に戻ってきていて、会いたいとおっしゃっています、と耳打ちしなさい。ここに案内して、君は引きとるんだよ」

「承知しました」

わたしは指示に従った。一同の間を通り抜けて行くときには全員から注視されたが、メイスン氏を探して、伝言を告げた。そして先に立って部屋を出て書斎まで案内すると、二階に上がった。

夜が更けて、わたしがベッドに入ってしばらくたったころ、来客がそれぞれの部屋に入る気配がした。ロチェスター様の声が「メイスン、こちらへ。ここが君の部屋だよ」と言うのが聞こえた。

朗らかな言い方だった。その明るい口調にほっとして、わたしはすぐに眠った。

第20章

いつもは閉めて寝る寝台のカーテンを、その晩は閉め忘れ、窓のブラインドを下ろすのも忘れていた。そのため明るい満月が(晴れた夜だったので)空の軌道を進んでわたしの窓の向かいに来て、覆いのない窓からのぞきこんだとき、わたしはその神々しい光で目を覚ました。真夜中のことで、目を開けると、水晶のように透き通った銀白色の丸い月が目に入った。それは美しく、荘厳とさえいえるほどだった。わたしは身を起こして、カーテンを引こうと腕を伸ばした。

そのときである――何という叫び声!

夜の静寂――夜の安息は、ソーンフィールドの端から端まで響き渡った、すさまじく鋭い絶叫によって二つに引き裂かれた。

わたしの鼓動は止まり、心臓は停止した。伸ばした腕も、麻痺したように固まってしまった。叫び声は一度でやみ、それきり聞こえてこなかった。あの恐ろしい悲鳴を上げたものが何であれ、あんな声をすぐにまた出すことはできなかっただろう。巨大な翼を持つアンデス山脈のコンドルでさえ、雲に包まれた高木に作った巣の中から、あのような声を二回続けて出すことはできないに違いない。一息つかなければ、あんな叫びをもう一度発することは不可能だ。

　上から聞こえてきたから、三階で発せられた悲鳴だった。頭上――そう、わたしの寝室のちょうど真上の部屋だ。取っ組み合いをする物音、それも激しく争うような物音が聞こえ、それから息が詰まったような叫び声がした。

「助けて！　助けて！　助けて！」慌《あわただ》しく、三回繰り返した。

「誰も来ないのか？」その声はそう叫び、よろめいたり床を踏み鳴らしたりする荒々しい音が続いたが、厚板と漆喰《しっくい》を通して聞こえたのはこんな言葉だった。

「ロチェスター！　ロチェスター！　頼む、来てくれ！」

　どこかの部屋のドアが開いた。誰かが勢いよく廊下を走って行く。上では別の足音が床板を踏みつける音、何かが倒れる音、そして静かになった。

　恐ろしさで手足を震わせながらも、わたしは服を着て部屋を出た。誰もが目を覚まし、どの部屋からも叫び声や怯《おび》えたささやき声が聞こえてきた。次々とドアが開いて、人々が顔を出し、廊下が人でいっぱいになった。お客様は男女を問わずベッドから起き出してきていた。「ああ、どうしたのかしら？」「誰か怪我《けが》をしたの？」「何事だろう？」「明かりを持ってくるんだ！」「火事なの？」「泥棒か？」「どっちに逃げればいいの？」な

ど と、四方八方から聞く声が乱れ飛んだ。月明かりがなかったら、まったくの暗闇だったに違いない。あちこち走り回ったり、集まったり、すすり泣く人もあればよろめく人もあり、手がつけられない混乱ぶりだった。

「いったい、ロチェスターはどこだ？　ベッドにいないんだ」とデント大佐が叫んだ。

「ここです！　ここです！」と、大きな声で返事があった。「みなさん、落ち着いて。いま行きます」

廊下の端の部屋のドアが開き、ろうそくを手にしたロチェスター様が出てきた。三階から下りてきたところだった。婦人たちの中の一人がまっすぐに駆け寄ると、ロチェスター様の腕をつかんだ。ミス・イングラムだった。

「どんな恐ろしいことが起こったのです？　話してください。最悪のことでも、わたしたちに、今すぐ！」

「引き倒さないで！　お願いだから首を絞めないで！」とロチェスター様が答えた。二人のミス・エシュトンがしがみつき、たっぷりした白い部屋着姿の二人の未亡人たちまでが、まるで帆に風をはらませた船のように駆けつけて来たからだ。

「はいはい、『から騒ぎ』のリハーサルみたいなものですな。ご婦人方、離れてください。さもないと、危険かもしれない」

たしかにロチェスター様は危険に見えた。黒い目が光を放っていた。努力して気持ちを落ち着かせながら、ロチェスター様は続けた。

「召使の一人が悪夢にうなされたんです。それだけですよ。興奮しやすい臆病者で、夢で見たものを亡霊か何かだと思い込んでしまうんですな、おそらく。で、恐怖のあまり、発作を起こしたわけです。さあ、皆さんがそれぞれお部屋に戻られるのを見届けるとしましょう。邸内が落ち着かないと、本人の面倒を見てやることもできませんからね。紳士の皆さんは、ご婦人方にどうか模範を示してくださるように。ミス・イングラム、きっとあなたは根拠のない恐怖など気にしない超然とした姿勢を見せてくださるでしょうね。エイミーとルイザ、二羽の鳩のように巣に戻るんですよ。ご婦人方も(と、ここで未亡人たちにむかって)こんな寒い廊下にこれ以上いらっしゃると、間違いなく風邪をひかれますよ」

なだめたり命じたりして、何とか全員をそれぞれの部屋に戻らせるのに成功した。わたしは自室に戻るようにと命じられる前に、出てきたときと同様、誰にも気づかれずにそこを去った。

でもそれはベッドに戻るためではなく、わたしは逆にきちんと身支度を整えた。あの悲鳴のあとの物音や言葉を聞いたのは、おそらくわたしだけだっただろう——真上の部屋で発せられたものだったから。それを聞いたわたしには、屋敷中を怯えさせた原因が召使の悪夢でないのはたしかだと思えたし、ロチェスター様の説明がお客様を鎮めるために考えた作り話にすぎないとも思えた。そこでわたしは緊急事態に備えて、服に着替えたのだ。着替えを終えると窓のそばに座って、静かな庭や銀色の野原を長い間眺めながら、自分でも何かはわからないものを待っていた。あの異様な悲鳴、争う物音、そしてあの声のあとには、きっと何か起きるに違いないと思われたのである。

ところが、静けさが戻ってきた。動く気配やささやき声も次第におさまって、一時間ほどするとソーンフィールド邸は、再び無人の荒野のように静まり返った。眠りと夜が支配する帝国に戻り、月も傾いて沈もうとしていた。寒い闇の中で座っているのも気が進まないので、服を着たままベッドで横になろうと思って窓を離れた。音もなく絨毯《じゅうたん》を踏んで行き、靴を脱ごうと身をかがめたとき、用心深くドアをたたく、小さな音がした。

「ご用ですか?」わたしは訊ねた。

「起きている?」わたしが予期した通り、それはロチェスター様の声だった。

「はい、起きています」

「服は?」

「着ています」

「では出てきてくれ、静かに」

わたしは言葉に従った。ロチェスター様がろうそくを手にして立っていた。

「こちらへ。ゆっくりでいい。音を立てないように」

わたしの部屋履きは薄く、絨毯の床を猫のようにそっと歩くことができた。ロチェスター様は滑るように廊下を進んで階段を上がり、不吉な三階の、天井の低い暗い廊下で立ち止まった。ついてきたわたしは、そばに立っていた。

「君の部屋に海綿はあるかい?」ロチェスター様が小声で聞いた。

「はい、あります」

「気付け薬、そう、アンモニア水は?」

「あります」

「では、両方持ってきてくれ」

わたしは部屋に戻って、洗面台にあった海綿と、引き出しにあったアンモニア水を持つと引き返した。ロチェスター様は待っていて、鍵を手にして小さな黒いドアに近づくと鍵を鍵穴に差し込んだ。そしてそこで手を止めて、わたしに聞いた。

「血を見て気分が悪くなったりしないだろうね?」

「大丈夫だと思います。これまで一度も経験はないのですが」

そう答えながら、わたしはぞくぞくしたが、寒気や気が遠くなりそうな感じなどはしなかった。

「手を貸して。卒倒したら大変だから」

わたしが指を預けると、ロチェスター様は「温かくて、しっかりしている」と言って、鍵を回し、ドアを開いた。

以前に見たことのある部屋だった。フェアファクス夫人がお屋敷を案内してくれたときに来たことがある。そのときはタペストリーが掛かっていたが、今は巻き上げられ、隠れていたドアが見えていた。ドアは開いていて、中の部屋から明かりが漏れている。喧嘩《けんか》する犬のようなうなり声とひっかくような音が、そこから聞こえていた。ロチェスター様はろうそくを置き、「ちょっと待って」と言うと、中に入って行った。大きな笑い声が迎えたが、初めは騒々しく、最後には悪鬼のようなグレイス・プールの「は！は！」という声で終わった。やはり、あの人がここにいるのね。小さく話しかける声がしたが、ロチェスター様は声を出さずに何かの指示を出したようだ。出てくると後ろでドアを閉めた。

「こっちだ、ジェイン」ロチェスター様がそう言い、わたしは大きなベッドの向こう側に回った。カーテンが引かれていたため、部屋のかなりの部分がそれで隠されていた。ベッドの枕元のそばに安楽椅子が置かれ、上着を脱いだ男の人が一人、そこに座っていた。椅子の背に頭をもたせかけて目を閉じ、じっとしている。ロチェスター様が掲げたろうそくの火で見ると、死んだように青ざめたその顔に見覚えがあった。来客のメイスン氏である。そのシャツの片側と片袖が、血でぐっしょりしていた。

「ろうそくを持っていてくれないか」とロチェスター様に言われて、わたしはそれを受け取った。ロチェスター様は水を入れた洗面器を洗面台から取ってくると、「これを持って」と言った。わたしはその通りにした。ロチェスター様は海綿を取って水に浸し、死んだような顔を濡らした。気付け薬を渡すように言い、それを鼻孔にあてた。まもなくメイスン氏は、目を開いてうめいた。ロチェスター氏が怪我人のシャツを開くと、腕と肩に包帯が巻かれているのが見えた。ロチェスター氏は、ぽたぽたと垂れてくる血を海綿で拭《ぬぐ》った。

「致命傷だろうか?」とメイスン氏がつぶやいた。

「ばかな！　ただのかすり傷さ。弱気にならずに、頑張れよ。今おれが自分で医者を呼んでくる。朝までにはきっと動かせるだろう。ジェイン」ロチェスター様がわたしを呼んだ。

「はい」

「この人と一緒に、この部屋にいてほしい。一時間くらい、いやひょっとすると二時間くらいになるだろう。また血が出てくるようなら、わたしがしたように海綿で吸い取りなさい。この人が気を失いそうになったら、洗面台にある水を唇に持っていってやり、鼻から気付け薬を嗅《か》がせなさい。何があっても話しかけてはいけない。そしてリチャード、君もこの人に話しかけたら、命が危ないぞ。口を開いたり騒いだりしたら、どうなろうとあとのことは知らないからな」

哀れなメイスン氏が、再びうめいた。動く気にもなれないようだった。死の恐怖か、それとも別の恐怖のせいか、ほとんど麻痺したように見えた。血だらけの海綿が手に押しつけられたので、わたしはさっき見たようにそれで血を拭いはじめた。それを一瞬見つめたロチェスター様は、「わかったね。話をしないこと」と言って部屋を出て行った。鍵の回る音がし、足音が遠ざかって聞こえなくなると、わたしは奇妙な感覚にとらわれた。

こうして今、三階の謎の小部屋の一つに閉じ込められ、夜の闇に包まれている。目の前、手の下には、血まみれで青ざめた男が一人、そして殺人者の女がドア一枚向こうにいるのだ。恐ろしい。他のことはさておき、グレイス・プールに襲われることを考えると身体が震えた。

けれども、持ち場は守らねばならない。この恐ろしい顔、開くことのできない青い唇、閉じては開いて部屋を見回す目、わたしを見つめるかと思うと恐怖でどんよりかすむ目を見ていなければならない。赤く染まった洗面器の水に何度も何度も手を浸して、滴《したた》る血を拭わなければならない。その間に、芯を切らないままのろうそくの火が次第に弱くなるのを眺め、まわりにある、手の込んだ古めかしいタペストリーの影が濃くなり、古い大型寝台のカーテンのもとでいっそう黒くなって、向こう側の大きな戸棚の扉の表面で異様に震えるのを見ていなければならないのだ。その扉は十二枚に区切られていて、その一つ一つに厳《いか》めしく彫られた十二使徒の顔が、それぞれ額縁に入ったように見える。一番上には、黒檀《こくたん》の十字架と瀕死《ひんし》のキリストの姿があるのだった。

あちこちで小さく輝いたりゆらめいたりする光と、変化する薄暗さの中にいると、髭のある医師のルカが眉をひそめたり、聖ヨハネの長い髪がうねったりするように見えた。また、悪魔のようなユダの顔が鏡板から出て生命を得、実は大反逆者である悪魔自身の仮の姿だったのだと、正体を現しそうにも思えるのだった。

そんな中で、わたしは目を見張るだけでなく、耳も澄ませていなければならなかった——向こうの巣窟にひそむ野獣だか悪魔だかの動きに。しかしロチェスター様が一度行ってからは、まるで魔法にかかったようで、夜の間に聞こえたのは、間隔を置いて発せられた三つの音だけだった――床をきしませる足音、一瞬だけの犬のようなうなり声、それに人間の低いうめき声。

わたし自身のいろいろな思いも、わたしを苦しめた。こんな辺鄙《へんぴ》な場所に立つお屋敷に、人間の形をした何ものかがいて、それを従わせることや追い払うことが屋敷の主《あるじ》にもできないとは、いったいどういうことなのか？　真夜中の出火と流血――その裏にはどんな謎が？　普通の女の顔かたちをしていながら、あるときは悪魔のあざけりのような、またあるときは死肉を求める猛禽《もうきん》のような声を出す、あれはどういう生き物なのだろうか？

それに、ここにいるこの男――平凡でおとなしいこの人は、どうして恐怖の網にかかってしまったのだろう？　あの凶暴な女に襲われたのはなぜ？　ベッドで眠っているはずの時刻に、この人は何のために上の階を歩き回っていたのだろう？　ロチェスター様が下の寝室に案内していたのが聞こえた。なのに、どうしてここへ？　そして、こんな危険でひどい目にあっていながら、なぜこれほどおとなしくして、すべてを秘密にせよというロチェスター様の命令にこれほど従順に従っているのだろう？　だいたい、ロチェスター様が隠すのはなぜなのか？　客人が襲われたのだし、その前の恐ろしい企みでは自分の命が危なかったではないか。それなのに、この両方の事件を押し隠し、もみ消そうというのだ。それに、メイスン氏がロチェスター様に逆らわないのを、わたしは見ている。ロチェスター様の強烈な意志が、メイスン氏の意志薄弱を完全に支配していた。二人の間で交わされた短い言葉を聞くだけで、それは確信できた。これまでの交友で、消極的な性格の持ち主が、他方の強い積極性の影響を常に受けていたのは明らかだった。それならば、メイスン氏の到着を聞いたときのロチェスター様の狼狽《ろうばい》は、いったいどうして起きたのだろうか？　ロチェスター様の言葉を子どものように素直に聞く、この人物——数時間前、その名前を耳にしただけで、樫《かし》の木に雷が落ちたような衝撃を受けていたのはどうしてなのだろうか？

あのとき、「ジェイン、大変だ——大変だ、ジェイン！」とささやいたロチェスター様の表情、青ざめた顔色が忘れられない！　わたしの肩に置いた腕がどんなに震えていたことか！　フェアファクス・ロチェスターほどの不動の精神と頑強な体軀《たいく》をあれほど揺るがせたものが、些細な問題であるわけがない。

「いつ？　いつになれば帰っていらっしゃるの？」わたしは心の内で叫んだ。いつまでも夜が続き、怪我人はうなだれて、具合が悪そうにうめくばかり。朝も来なければ助けも来ないのだ。メイスンの白くなった唇に何度も繰り返し水を与え、気付け薬を何度も繰り返し嗅がせたが、努力のかいがあるようには思えなかった。身体的あるいは精神的苦痛のためか、出血のためか、あるいはその三つが重なってのことか、体力が急速に失われていた。うめくうちにも、様子は弱々しくなり、意識が乱れて普通でなくなってきた。死ぬのではないかとわたしは恐れたが、話しかけることも許されないのだ。

ついにろうそくが燃えつきて消えた。細い灰色の光が窓のカーテンを縁《ふち》どっているのに気がついた――ああ、夜明けが近いのね。まもなくパイロットの吠える声が、はるか下の、中庭にある犬舎のほうから聞こえてきて、希望がよみがえった。それも、裏付けのある希望が。五分ほどたつと、錠を開ける鍵の音がして、わたしの仕事の終わりを告げた。付き添った時間は二時間足らずだったと思われるが、何週間にも感じるほど長かった。

ロチェスター様が、そして迎えに行った医者も、一緒に入ってきた。

「さあ、カーター、急いで頼む」とロチェスター様が医者に言った。「三十分で、傷の手当てをし、包帯を巻き、下に降ろせるように」

「しかし、動かせるでしょうか?」

「もちろんさ。大怪我じゃないんだからね。弱気になっているので、元気をつけてやらねばならんがね。さあ、始めてくれ」

ロチェスター様が厚いカーテンを開け、亜麻布の日よけを上げて外光が入ってくると、ずいぶん夜が明けてきていることにわたしは驚き、元気が出た。薔薇色の光が東の空を明るく染めはじめていた。ロチェスター様は、医者の手当てが始まっているメイスンに近づいた。

「さあ、君、気分はどうかね？」

「あいつのせいで、もうだめだ」

「とんでもない！　しっかりしろよ。二週間もすれば、何でもなくなっているだろう。血をちょっと失っただけだからさ。カーター、命に別状ないと、君からも請け合ってくれないか」

「良心にかけて請け合えますよ」もう包帯をほどいて見た医者は言った。「ただ、もっと早く来られたらよかったと思うだけです。そうしたら、これほど出血せずにすんだでしょうから。しかし、どうしたんですか？　肩の肉が、切れているだけでなく、裂けていますよ。ナイフの傷ではありませんね。ここに歯の跡が！」

「嚙みついたんだ」メイスンは小声で言った。「ロチェスターがナイフを取り上げたら、虎みたいにこっちに嚙みついてきた」

「君の手加減がまずかった。すぐに組み伏せればよかったんだ」

「しかし、あんな状況で、何ができるというんだ？」とメイスンが答えた。「ああ、恐ろしかった！　あんなことになるとは！　最初は穏やかに見えたのに」メイスンは震えながらそう言った。

「注意したはずだぞ。あれに近づくときには用心するように、とな。そもそも、明日まで待って、わたしと一緒に行けばよかったんだ、今夜一人で行くなんて、ただの愚行としか言えないよ」

「何かしてやれるかと考えついたんでね」

「考えついた！　君がね！　君の話を聞くといらいらするよ！　だが、ともかく君は痛い目にあった。わたしの言うことを聞かないと、これからもさんざん痛い目にあうわけだ。だから今はもうこれ以上言わないでおこう。カーター、急いで、急いで。もうすぐに日が昇る。こいつをここから出さねばならんのだ」

「もうじきです。肩の包帯はできました。あとは腕の傷の手当てですが――ここも嚙まれたようですね」

「血を吸ったんだ、心臓の血を飲み干してやる、と言って」

ロチェスター様が身震いするのを、わたしは見た。嫌悪と恐怖と憎悪の混じった奇妙な表情でその顔は歪《ゆが》んでいたが、言葉ではこう言っただけだった。

「さあ、もう黙れ、リチャード。あいつのたわごとなんか、気にするんじゃない。二度と言わないでくれ」

「忘れることができたらなあ」とメイスンが答えた。

「忘れるさ――この国を出ればな。スパニッシュ・タウンに戻ったら、あれは死んで埋葬されたと思えばいい。いや、あれのことなど、まったく考えなくていいんだ」

「今夜のことを忘れるなんて、絶対に無理だ！」

「無理なもんか。元気を出すんだ。二時間前には死んだようにぐったりしていたくせに、今は生き返ったみたいにおしゃべりしているじゃないか。そら、カーターの手当ても、ほぼすんだぞ。あっというまに身なりを整えるとしよう。ジェイン」（ロチェスター様は、戻ってきてから初めて、わたしにむかって言った）「この鍵を持って、わたしの寝室に行きなさい。まっすぐに化粧室に入り、衣装戸棚の一番上の引き出しからきれいなワイシャツとネッカチーフを、ここに持ってきてくれ、急いで」

わたしは階下に行き、言われた衣装戸棚を探して、指図されたものを持って戻った。

「では、この人の身支度の間、ベッドの向こう側に行っていなさい。でも部屋からは出ないで。また頼むことがあるかもしれないのでね」

わたしはその通りにした。

「ジェイン、降りて行ったとき、誰かが起きているような気配はなかったかな?」ロチェスター様がまもなくそう聞いた。

「いいえ、どこもまったく静かでした」

「君をこっそりと送り出すよ、リチャード。君のためにも、あそこにいるかわいそうなやつのためにも、そのほうがいい。わたしが長いこと骨折って隠してきたことだ、今さら表沙汰になるのはごめんだよ。さあ、カーター、胴着を着せるのを手伝ってくれ。毛皮の外套はどこにある? このひどい寒さに、外套なしでは一マイルだって行かれない。君の部屋なのか? ジェイン、メイスン君の部屋に走って行って――わたしの部屋の隣だよ――そこにある外套を持ってきてくれないか」

わたしは再び走って行き、裏地と縁に毛皮のついた、かさばる外套を取ってきた。

「さて、もう一つ頼みたいことがある」疲れを知らないロチェスター様が言った。「もう一度、わたしの部屋に行ってほしい。ビロードの靴をはいていてくれてありがたいよ、ジェイン。こんなとき、どた靴ではまったく使いものにならないからなあ。では、化粧台の真ん中の引き出しを開けて、小さな薬瓶と小さなグラスを持ってきてくれ。すばやくだよ」

わたしは飛んで行って、それらを持ってきた。

「よし、これでいい。では先生、わたしは自分の責任で、この薬を投与させてもらう。ローマで手に入れた強心剤だ。カーター、君なら蹴飛《けと》ばしかねないような、イタリア人のいんちき医者からね。やたらに使っていい薬ではないが、ときには役に立つ。たとえば今のような場合にね。ジェイン、水を少しくれ」

ロチェスター様の差し出した小さいグラスに半分ほど、洗面台の水差しの水を入れた。

「そうだ。では、瓶の縁を濡らして」

わたしはそれに従った。ロチェスター様は深紅の液体を十二滴垂らすと、それをメイスン氏に手渡した。

「飲むんだ、リチャード。元気が取り戻せるぞ――一時間ぐらいは」

「害はないのか？　刺激があるとか？」

「飲め、飲め、いいから飲め！」

抵抗しても無駄なことが明らかだったので、メイスン氏はそれに従った。身支度は整っており、まだ青白かったものの、血はもうどこにも見えなかった。薬を飲んだメイスン氏を、ロチェスター様は三分間ほど座らせておき、それから腕を取って言った。

「もう立てるはずだ。立ってみろ」

メイスン氏は立ち上がった。

「そちらの肩を下から支えてやってくれ、カーター。元気を出せ、リチャード。足を踏み出してみろ。そうだ」

「気分がよくなったよ」メイスン氏が言った。

「そうだろうとも。ではジェイン、先に裏階段に行ってくれないか。脇廊下のドアの閂《かんぬき》をはずして、中庭にいる乗合馬車の馭者《ぎょしゃ》に——いや、外にいるかもしれないな、車道の敷石でガラガラと音を立ててはだめだと言いつけておいたから——すぐに行くから支度を、と伝えてほしい。そしてジェイン、もし誰かいたら、階段の下で軽く咳払いして合図してくれ」

この頃には時刻は五時半になり、太陽が昇るところだった。しかし、台所はまだ暗く、しんとしていた。脇廊下のドアは閉まっていたので、できるだけ音を立てないように開けた。中庭もひっそりしていたが、門は全開で、外には馬の支度をすっかり終えた馬車が停まっていた。馭者は馭者席に座っていて、わたしが近づいて、もうすぐおいでになります、と言うとうなずいた。わたしは注意深く周囲を見回し、耳を澄ませた。早朝の静けさの中、いたるところにまどろみがひそんでいるようだった。召使の部屋の窓のカーテンさえ、まだ閉まっていた。花をつけた果樹園の木々で、小鳥がさえずっている。中庭との間の塀の上に垂れ下がる果樹の枝は、まるで白い花冠のようだ。馬車を引く馬が厩舎《きゅうしゃ》の中でときどき足踏みをしているだけで、あとは静かだった。

三人が姿を現した。メイスン氏はロチェスター様と医者に支えられて、何とか歩いてきた。それを二人で馬車に乗せると、カーター医師も続いて乗り込んだ。

「世話をよろしく。よくなるまで、君の家で預かってくれ。一日か二日したら、わたしも様子を見に行く。具合はどうだね?」とロチェスター様が訊ねた。

「新鮮な空気のおかげで、生き返ったようだよ、フェアファクス」

「そっちの窓を開けておいてやるといいな、カーター。風もないから。じゃ、リチャード、これで」

「フェアファクス――」

「ああ、何だい?」

「あれの世話を頼みます。できるだけ、優しくしてやって。あれを――」メイスン氏はそこまで言うと、わっと泣き出した。

「できるだけのことはするよ。今までもしてきたし、これからもそのつもりだ」ロチェスター様はそう答えて、馬車の扉を閉めた。馬車は走り去った。

「これですっかり片付いてくれればいいが」ロチェスター様はそう言って、重い中庭の門を閉め、門をかけた。それがすむと、果樹園との境の塀についている出入り口にむかって、ゆっくりした足どりで、ぼんやりした様子で歩いて行った。わたしの用はすんだと思ったので、屋敷に戻ろうとしていたが、そのとき「ジェイン！」と呼ぶ声がした。ロチェスター様は入り口を開け、そのそばに立ってわたしを待っていた。

「新鮮な空気を少し吸うといい。あの屋敷は地下牢みたいだな。そう感じないかね？」

「わたくしには立派なお屋敷に思えますが」

「世間知らずという魔法が、その目にかかっているせいだよ。魔法のかかった目を通して見ているから、金箔が実は汚泥だということも、絹の掛け布が本当は蜘蛛《くも》の巣だということも、大理石に見えるのが汚れた石板だということも、そして磨き上げられた板のように見えるのが実際はくず材やぼろぼろの粗皮だということも、見抜くことができないのだ。だが、ここは（とロチェスター様は、ちょうどそのときわたしたちが入ってきた、緑の茂った果樹園を指した）すべてが真実で純粋でかぐわしい」

両側をツゲの植え込みが縁どっている小道を、ロチェスター様は歩んで行った。片側にはりんご、梨、桜の木々が並び、反対側は細長い花壇になっていて、ストック、美女ナデシコ、サクラソウ、パンジーなど昔ながらのさまざまの花が、ヨモギ、野薔薇、その他いろいろな香りのよい香草に混じって咲いていた。四月の雨と日ざしのあとに訪れた美しい春の朝、どれも最高に生き生きとしている。濃淡の混じりあう東の空にちょうど昇った太陽の光が、花冠をつけて露に濡れた果樹園の木々を輝かせ、その下の静かな小道を照らしていた。

「ジェイン、花をあげよう」

ロチェスター様は、開きかけた一輪の薔薇を手折ると、わたしに差し出した。

「ありがとうございます」

「こういう日の出が、君は好きだろうか、ジェイン。時間がたって暖かくなると溶けてなくなってしまう、あの明るい雲が高くにある、あの空。この穏やかでかぐわしい空気」

「大好きです」

「君には昨夜は、変わった晩だったね、ジェイン」

「はい」

「そのせいで青い顔をしているんだな――メイスンのところに残されて怖かった？」

「奥の部屋から誰か出てくるのではと、それが恐ろしかったです」

「ドアには鍵をかけて、その鍵はわたしのポケットにあった。狼の巣穴の近くに、小羊を――それも大事な小羊を、無防備で置き去りになどしたら、軽率な羊飼いだと言われただろうな。しかし、君は安全だったのだよ」

「グレイス・プールは、これからもここに住むのでしょうか？」

「ああ、そうだよ。あの女のことで頭を悩ませることはない。忘れてしまうんだ」

「でも、あの人がいる間は、お命が安全とは思えなくて」

「心配はいらない。自分で気をつけるからね」

「昨夜懸念されていた危険は、もうなくなったのでしょうか？」

「メイスンがイギリスを出るまでは、大丈夫とは言えないな。そのあとでも、そうは言えないかもしれない。わたしにとって生きることとは、いつ裂けて火を噴くかわからない噴火口の縁に立っているようなものなんだよ、ジェイン」

「でもメイスンさんは、動かしやすい人のように思われますわ。あの人に対して明らかに強い影響力をお持ちですから、ロチェスター様に抵抗したり、故意に害を与えたりするようなことは、決してないと思いますが」

「ああ、その通り！　メイスンはわたしに抵抗したり、故意に害を与えたりはしないだろう。しかし故意でなくとも、うっかり漏らした一言で、わたしの命までではないにしろ、幸福をわたしから永遠に奪うことができてしまうんだ」

「それなら、気をつけるようにおっしゃればいいのです。恐れていらっしゃることをお話しになり、どうすれば危険が避けられるか教えてさしあげれば」

ロチェスター様は苦笑し、いきなりわたしの手を取ったが、すぐに離した。

「そんなことができたら、危険なんかどこにもないじゃないか、おばかさんだな！　一瞬で身の破滅になる危険だよ。メイスンと知り合うようになって以来、「あれをしろ」とあいつに言いさえすれば、それだけでその通りになった。しかしこの件では、そういう命令ができない——「わたしに害が及ばないように気をつけてくれ、リチャード」とは言えないんだよ。わたしに危害を加えることがあいつにできると悟らせないこと、それが絶対に必要だからさ。困った顔をしているね。この先、もっとわからないこともあるんだよ。君はわたしの味方だね？」

「お役に立ちたいと思います。そして、正しいことなら何でもお指図に従います」

「その通り！　君はたしかにそうしているな。わたしを助け、喜ばせてくれるとき、君の足どりや物腰、目や顔には純粋な満足が見てとれる——いかにも君らしい言葉だが「正しいことなら何でも」やってくれて、わたしとともに、わたしと一緒に働いてくれるときには。間違っていると君が考えるようなことをするようにわたしが命じたら、足どり軽く走って行ったり、すばやく言いつけをこなしたりする姿も、生き生きした目や元気な顔色も見られないだろうからね。そんな命令に対して君は、青白い顔で静かにわたしを見て、「いいえ、それは無理です。わたくしにはできません。間違ったことですから」と言い、まるで恒星のように動かないことだろう。つまり君もわたしに影響力を持っていて、わたしを傷つけるかもしれない。だから、わたしの弱みを教えるのはやめておく。誠実で親切な君でも、そこを刺そうとするかもしれないから」

「わたくしを恐れる理由がないのと同様にメイスンさんを恐れる理由がないとすれば、お身は安全でいらっしゃいます」

「そうであればいいが！　さあ、ジェイン、東屋《あずまや》に来た。掛けなさい」

その東屋は塀に作りつけられたアーチ型のもので、ツタがからまり、素朴なベンチがあった。ロチェスター様はそれに腰掛け、わたしの座る場所を開けてくれたが、わたしはその前に立っていた。

「座りなさい。このベンチは、二人分の幅があるんだ。遠慮せずに横に座ってもいいだろう。それとも、ジェイン、これは間違ったことだろうか」

わたしはそれに返事をせずに、腰を掛けた。断るのは愚かしいことに感じられたのだ。

「さて、可愛い友よ、太陽が朝露を味わっている間に——この古い庭のすべての花が目覚めて花開く間に、小鳥たちがソーンフィールドから雛《ひな》たちの朝食を取ってくる間に、そして早起きの蜂たちが朝のひと仕事にとりかかる間に、一つの事例を話すとしよう。努力して、これを自分のことだと想像しなくてはいけない。だがまず、わたしを見て答えてほしい――いま君は心安らかでいるかどうか、こうしてわたしが君を引きとめ、君がここにいるのを間違ったことと思っていないかどうかを」

「わたくしは喜んでこうしています」

「ではジェイン、想像力を駆使してほしい。君はもう、良い家で育ってしつけを受けた女性ではなく、小さいときから甘やかされて手に負えない若者だと思うのだ。君は遠い外国にいて、そこで重大な過《あやま》ちを犯した。どんな種類の過ちか、どんな動機からだったか、それはどうでもいい。ともかくその結果が生涯つきまとい、人生の汚点となるような過ちだ。言っておくが、犯罪ではないからね。流血やその他のどんな犯罪行為でもない。法律によって罰を受ける類《たぐい》の犯罪ではないのだよ。わたしが言うのは過ちで――その結果が、やがて耐えがたいものになってくる。君は安息を得ようと、ある措置をとる。それは異例の措置かもしれないが、法律に触れるわけではなく、非難されるようなものでもない。それでも君は惨《みじ》めだ。なぜなら人生の初めで希望に見捨てられ、太陽は空の真上で日食となって陰ってしまい、日の入りまでそのままだと思うからだ。記憶の糧となるのは卑しくて苦々しい連想ばかりとなり、君は流浪の先で休息を得ようと、また快楽に幸福を得ようと、あちらこちらをさまよい歩く。愛情のない官能的な快楽、知性を鈍らせ、感情を枯らしてしまう快楽だ。自分で自分に科した何年もの流刑の旅を終えて、心は疲れ果て、魂は乾ききった君が故郷に帰ってくる。そしてそこで、新しい出会いがあるのだ。どこでどんなふうにかということは、どうでもいい。二十年もの間探し求めながら一度も出会ったことのない、善良ですばらしい資質の多くを、君はその新しい知人の中に見出す。それらはすべて生き生きと健康で、汚れやしみはない。そのような交際を取り戻し、より良い日々が――より高い望みと、より清らかな感情が戻ったと、君は感じる。人生をやり直し、この先残された日々をもっと立派に過ごしたいと思う。その目的をかなえるために、社会の慣習という障害を無視することは認められるだろうか――君の良心が認めたものでもなく、見識が賛同するものでもない、単なる慣習的な障害を」

ロチェスター様はここで言葉を切って、返事を待ったが、わたしに何と答えられただろうか？　思慮のある、納得できる答えを教えてくれる、善良な妖精でもいてくれればー　でもそれはむなしい望みというものだった！　西風がまわりのツタをさらさらと鳴らしたが、それを借りて話しかけてくれる優しい空気の精はいなかった。小鳥たちは木の上でさえずっていたが、いかに綺麗な歌であろうと言葉にはなっていなかった。

ロチェスター様は、次の問いへと言葉を続けた。

「さすらいを続けてきた罪深い人間が、今は悔いあらためて安息を求めているとしたら、優しく親切で心穏やかな新しい知人を永遠に得て、それにより心の平安と新生を得るために、世間の常識に立ち向かうのは認められることだろうか？」

「さすらい人の安息とか、罪人の改心などというものは、人間に頼るべきことではありません。人は誰でも死すべきものです。賢人は知恵につまずき、キリスト教徒は善良さがあってもつまずきます。お知り合いの方が過ちを犯して苦しんでいらっしゃるなら、あらためるための力と心を癒《いや》す慰めは、人間よりもっと高いところに求められますように」とわたしは言った。

「だが、問題はその手立てなんだ。神さまがそれをお定めになる。わたしは――もうたとえ話はやめてはっきり言おう。わたしは俗物で、自堕落で、落ち着きのない人間だが、立ち直りの手立てを見出したと信じている。それはこの――」

言葉が途切れた。小鳥たちの楽しげなさえずりは続き、葉はさやさやと音を立てていた。途中で止まった言葉の続きを聞くために、さえずりや葉のそよぎを止めないのは不思議だと私には思われたほどだった。しかしもし止めたとしたら、それからずいぶん待つことになっただろう。沈黙はそれほど長引いたからだ。ついにわたしは、なかなか口を開かないロチェスター様を見上げた。その目はわたしを見つめていた。

「可愛い友よ」その口調はすっかり変化し、穏やかで真剣だった表情が、厳しく皮肉なものに変わっていた。「ミス・イングラムへのわたしの好意には気づいているだろうね。もし結婚したら、あの人はわたしをすっかり生まれ変わらせてくれると思わないかね？」

ロチェスター様はすぐに立ち上がり、小道の端まで歩いて行った。そしてハミングしながら戻ってきて、わたしの前で止まった。

「ジェイン、ジェイン、寝ずの番をさせたせいで、本当に青白い顔だね。休息を奪ったわたしを恨んでいないかね？」

「恨むなんて、そんなことはありません」

「ではその言葉の裏付けに握手を。なんと冷たい指をしているんだ！　昨夜、あの謎の部屋の前で触れたときには、もっと温かかったのに。ジェイン、君は今度いつ、わたしと一緒に夜を明かしてくれるだろうか？」

「お役に立てるときがあれば、いつでも」

「たとえば、わたしの結婚する前夜に！　きっと眠れないだろうからね。一緒に起きていると約束してくれるかい？　愛する人のことを、君になら話せる。君はその人に会って、知っているんだからね」

「はい」

「まれにみる女性だ、違うかね、ジェイン?」

「はい」

「たくましい――実にたくましいな、ジェイン。大柄で、小麦色の肌、豊かな胸。髪はまるでカルタゴの女性みたいだ。おっ! 厩舎にデントとリンがいる。君は植え込みの脇を通って、木戸から入りなさい」

わたしたちは別々のほうへと歩きだした。ロチェスター様が元気にこう言う声が、中庭から聞こえてきた。

「今朝メイスンは、皆さんより先に発ちました。日の出前です。四時に起きて見送りましたよ」

ジェイン・エア（上）〔全2冊〕
シャーロット・ブロンテ作

2013年9月18日　第1刷発行
2020年10月15日　第4刷発行

訳　者　河島弘美《かわしまひろみ》

発行者　岡本　厚

発行所　株式会社　岩波書店
〒101-8002 東京都千代田区一ツ橋2-5-5

案内 03-5210-4000　営業部 03-5210-4111
文庫編集部 03-5210-4051
https://www.iwanami.co.jp/

印刷・精興社　製本・中永製本

ISBN 978-4-00-357002-9　Printed in Japan

読書子に寄す

──岩波文庫発刊に際して──

岩波茂雄

真理は万人によって求められることを自ら欲し、芸術は万人によって愛されることを自ら望む。かつては民を愚昧ならしめるために学芸が最も狭き堂宇に閉鎖されたことがあった。今や知識と美とを特権階級の独占より奪い返すことはつねに進取的なる民衆の切実なる要求である。岩波文庫はこの要求に応じそれに励まされて生まれた。それは生命ある不朽の書を少数者の書斎と研究室とより解放して街頭にくまなく立たしめ民衆に伍せしめるであろう。近時大量生産予約出版の流行を見る。その広告宣伝の狂態はしばらくおくも、後代にのこすと誇称する全集がその編集に万全の用意をなしたるか。千古の典籍の翻訳企図に敬虔の態度を欠かざりしか。さらに分売を許さず読者を繋縛して数十冊を強うるがごとき、はたしてその揚言する学芸解放のゆえんなりや。吾人は天下の名士の声に和してこれを推挙するに躊躇するものである。このときにあたって、岩波書店は自己の責務のいよいよ重大なるを思い、従来の方針の徹底を期するため、すでに十数年以前より志して来た計画を慎重審議この際断然実行することにした。吾人は範をかのレクラム文庫にとり、古今東西にわたって文芸・哲学・社会科学・自然科学等種類のいかんを問わず、いやしくも万人の必読すべき真に古典的価値ある書をきわめて簡易なる形式において逐次刊行し、あらゆる人間に須要なる生活向上の資料、生活批判の原理を提供せんと欲する。この文庫は予約出版の方法を排したるがゆえに、読者は自己の欲する時に自己の欲する書物を各個に自由に選択することができる。携帯に便にして価格の低きを最主とするがゆえに、外観を顧みざるも内容に至っては厳選最も力を尽くし、従来の岩波出版物の特色をますます発揮せしめようとする。この計画たるや世間の一時の投機的なるものと異なり、永遠の事業として吾人は微力を傾倒し、あらゆる犠牲を忍んで今後永久に継続発展せしめ、もって文庫の使命を遺憾なく果たさしめることを期する。芸術を愛し知識を求むる士の自ら進んでこの挙に参加し、希望と忠言とを寄せられることは吾人の熱望するところである。その性質上経済的には最も困難多きこの事業にあえて当たらんとする吾人の志を諒として、その達成のため世の読書子とのうるわしき共同を期待する。

昭和二年七月

《イギリス文学》〔赤〕

ユートピア　トマス・モア　平井正穂訳
完訳 カンタベリー物語　全三冊　チョーサー　桝井迪夫訳
ヴェニスの商人　シェイクスピア　中野好夫訳
ジュリアス・シーザー　シェイクスピア　中野好夫訳
十二夜　シェイクスピア　小津次郎訳
ハムレット　シェイクスピア　野島秀勝訳
オセロウ　シェイクスピア　菅　泰男訳
リア王　シェイクスピア　野島秀勝訳
マクベス　シェイクスピア　木下順二訳
ソネット集　シェイクスピア　高松雄一訳
ロミオとジューリエット　シェイクスピア　平井正穂訳
対訳 シェイクスピア詩集 ―イギリス詩人選(1)　柴田稔彦編
失楽園　全二冊　ミルトン　平井正穂訳
ロビンソン・クルーソー　全二冊　デフォー　平井正穂訳
ガリヴァー旅行記　スウィフト　平井正穂訳
ジョウゼフ・アンドルーズ　全二冊　フィールディング　朱牟田夏雄訳

ウェイクフィールドの牧師 ―むだばなし　ゴールドスミス　小野寺　健訳
幸福の探求 ―アビシニアの王子ラセラスの物語　サミュエル・ジョンソン　朱牟田夏雄訳
マンフレッド　バイロン　小川和夫訳
ワーズワース詩集　田部重治選訳
対訳 ワーズワス詩集 ―イギリス詩人選(3)　山内久明編
湖の麗人　スコット　入江直祐訳
キプリング短篇集　橋本槙矩編訳
対訳 コウルリッジ詩集 ―イギリス詩人選(7)　上島建吉編
高慢と偏見　全二冊　ジェーン・オースティン　富田　彬訳
説きふせられて　ジェーン・オースティン　富田　彬訳
エマ　全二冊　ジェーン・オースティン　工藤政司訳
対訳 テニスン詩集 ―イギリス詩人選(5)　西前美巳編
虚栄の市　全四冊　サッカリー　中島賢二訳
床屋コックスの日記・馬丁粋語録　サッカレ　平井呈一訳
デイヴィッド・コパフィールド　全五冊　ディケンズ　石塚裕子訳
ディケンズ短篇集　小池　滋　石塚裕子訳
炉辺のこほろぎ　ディケンズ　本多顕彰訳

ボズのスケッチ 短篇小説篇　全二冊　ディケンズ　藤岡啓介訳
アメリカ紀行　全二冊　ディケンズ　伊藤弘之・下笠徳次　隈元貞広訳
イタリアのおもかげ　ディケンズ　伊藤弘之・下笠徳次　隈元貞広訳
大いなる遺産　全二冊　ディケンズ　石塚裕子訳
荒涼館　全四冊　ディケンズ　佐々木　徹訳
鎖を解かれたプロメテウス　シェリー　石川重俊訳
ジェイン・エア　全二冊　シャーロット・ブロンテ　河島弘美訳
嵐が丘　全二冊　エミリー・ブロンテ　河島弘美訳
教養と無秩序　マシュー・アーノルド　多田英次訳
アンデス登攀記　全二冊　ウィンパー　大貫良夫訳
ハーディ テス　全二冊　井上宗次　石田英二訳
緑の木蔭 和蘭派田園画　トマス・ハーディ　阿部知二訳
緑の館 ―熱帯林のロマンス　ハドソン　柏倉俊三訳
ジーキル博士とハイド氏　スティーヴンスン　海保眞夫訳
プリンス・オットー　スティーヴンスン　小川和夫訳
新アラビヤ夜話　スティーヴンスン　佐藤緑葉訳
南海千一夜物語　スティーヴンスン　中村徳三郎訳

若い人々のために 他十一篇　スティーヴンスン　岩田良吉訳
マーカイム・壜の小鬼 他五篇　スティーヴンソン　高松雄一・高松禎子訳
怪談　—不思議なことの物語と研究　ラフカディオ・ハーン　平井呈一訳
心　—日本の内面生活の暗示と影響　ラフカディオ・ハーン　平井呈一訳
サロメ　ワイルド　福田恆存訳
嘘から出た誠　ワイルド　岸本一郎訳
人と超人　バーナド・ショー　市川又彦訳
分らぬもんですよ　バァナード・ショウ　市川又彦訳
ヘンリ・ライクロフトの私記　ギッシング　平井正穂訳
南イタリア周遊記　ギッシング　小池滋訳
闇の奥　コンラッド　中野好夫訳
コンラッド短篇集　中島賢二編訳
対訳 イエイツ詩集　高松雄一編
月と六ペンス　モーム　行方昭夫訳
読書案内　—世界文学　W・S・モーム　西川正身訳
人間の絆 全三冊　モーム　行方昭夫訳
夫が多すぎて　モーム　海保眞夫訳

サミング・アップ　モーム　行方昭夫訳
モーム短篇選 全二冊　行方昭夫編訳
アシェンデン　—英国情報部員のファイル　モーム　中島賢二・岡田久雄訳
お菓子とビール　モーム　行方昭夫訳
荒地　T・S・エリオット　岩崎宗治訳
悪口学校　シェリダン　菅泰男訳
パリ・ロンドン放浪記　ジョージ・オーウェル　小野寺健訳
カタロニア讃歌　ジョージ・オーウェル　都築忠七訳
動物農場　—おとぎばなし　ジョージ・オーウェル　川端康雄訳
対訳 キーツ詩集　—イギリス詩人選(10)　宮崎雄行編
キーツ詩集　中村健二訳
阿片常用者の告白　ド・クインシー　野島秀勝訳
20世紀イギリス短篇選 全二冊　小野寺健編訳
イギリス名詩選　平井正穂編
タイム・マシン 他九篇　H・G・ウエルズ　橋本槇矩訳
透明人間　H・G・ウエルズ　橋本槇矩訳
トーノ・バンゲイ 全二冊　ウェルズ　中西信太郎訳

愛されたもの　イーヴリン・ウォー　中村健二・出淵博訳
イギリス民話集　河野一郎編訳
フォースター評論集　小野寺健編訳
白衣の女 全三冊　ウィルキー・コリンズ　中島賢二訳
対訳 英米童謡集　河野一郎編訳
灯台へ　ヴァージニア・ウルフ　御輿哲也訳
船出 全二冊　ヴァージニア・ウルフ　川西進訳
夜の来訪者　プリーストリー　安藤貞雄訳
イングランド紀行 全二冊　プリーストリー　橋本槇矩訳
アーネスト・ダウスン作品集　南條竹則編訳
スコットランド紀行　エドウィン・ミュア　橋本槇矩訳
ヘリック詩鈔　森亮訳
たいした問題じゃないが　—イギリス・コラム傑作選　行方昭夫編訳
英国ルネサンス恋愛ソネット集　岩崎宗治編訳
文学とは何か　—現代批評理論への招待 全二冊　テリー・イーグルトン　大橋洋一訳
D・G・ロセッティ作品集　南條竹則・松村伸一編訳

《アメリカ文学》〔赤〕

ギリシア・ローマ神話 付インド・北欧神話　ブルフィンチ　野上弥生子訳
中世騎士物語　ブルフィンチ　野上弥生子訳
フランクリン自伝　松本慎一　西川正身訳
フランクリンの手紙　蕗沢忠枝編訳
スケッチ・ブック 全二冊　アーヴィング　齊藤昇訳
アルハンブラ物語 全二冊　アーヴィング　平沼孝之訳
ウォルター・スコット邸訪問記　アーヴィング　齊藤昇訳
ブレイスブリッジ邸　アーヴィング　齊藤昇訳
完訳 緋文字　ホーソーン　八木敏雄訳
哀詩 エヴァンジェリン　ロングフェロー　斎藤悦子訳
黒猫・モルグ街の殺人事件 他五篇　ポオ　中野好夫訳
対訳 ポー詩集 —アメリカ詩人選(1)　加島祥造編
ユリイカ　ポオ　八木敏雄訳
ポオ評論集　八木敏雄編訳
森の生活 (ウォールデン) 全二冊　ソロー　飯田実訳
市民の反抗 他五篇　H・D・ソロー　飯田実訳

白鯨 全三冊　メルヴィル　八木敏雄訳
ビリー・バッド　メルヴィル　坂下昇訳
幽霊船 他一篇　ハーマン・メルヴィル　坂下昇訳
対訳 ホイットマン詩集 —アメリカ詩人選(2)　木島始編
対訳 ディキンソン詩集 —アメリカ詩人選(3)　亀井俊介編
不思議な少年　マーク・トウェイン　中野好夫訳
王子と乞食　マーク・トウェーン　村岡花子訳
人間とは何か　マーク・トウェイン　中野好夫訳
ハックルベリー・フィンの冒険 全二冊　マーク・トウェイン　西田実訳
いのちの半ばに　ビアス　西川正身訳
新編 悪魔の辞典　ビアス　西川正身編訳
ビアス短篇集　大津栄一郎編訳
ヘンリー・ジェイムズ短篇集　大津栄一郎編訳
あしながおじさん　ジーン・ウェブスター　遠藤寿子訳
赤い武功章 他三篇　クレイン　西田実訳
シカゴ詩集　サンドバーグ　安藤一郎訳
熊 他三篇　フォークナー　加島祥造訳

響きと怒り 全二冊　フォークナー　平石貴樹　新納卓也訳
アブサロム、アブサロム! 全二冊　フォークナー　藤平育子訳
八月の光 全二冊　フォークナー　諏訪部浩一訳
ブラック・ボーイ —ある幼少期の記録 全二冊　リチャード・ライト　野崎孝訳
オー・ヘンリー傑作選　大津栄一郎訳
小公子　バアネット　若松賤子訳
黒人のたましい　W・E・B・デュボイス　木島始　鮫島重俊　黄寅秀訳
アメリカ名詩選　亀井俊介　川本皓嗣編
魔法の樽 他十二篇　マラマッド　阿部公彦訳
青白い炎　ナボコフ　富士川義之訳
風と共に去りぬ 全六冊　マーガレット・ミッチェル　荒このみ訳
対訳 フロスト詩集 —アメリカ詩人選(4)　川本皓嗣編

《ドイツ文学》〔赤〕

ニーベルンゲンの歌 全二冊　相良守峯訳
若きウェルテルの悩み　ゲーテ　竹山道雄訳
ヴィルヘルム・マイスターの修業時代 全三冊　ゲーテ　山崎章甫訳
イタリア紀行 全三冊　ゲーテ　相良守峯訳
ファウスト 全二冊　ゲーテ　相良守峯訳
ゲーテとの対話 全三冊　エッカーマン　山下肇訳
ヴィルヘルム・テル　シラー　桜井政隆　桜井国隆訳
スペインの太子 ドン・カルロス　シルレル　佐藤通次訳
青い花　ノヴァーリス　青山隆夫訳
夜の讃歌・サイスの弟子たち 他一篇　ノヴァーリス　今泉文子訳
完訳 グリム童話集 全五冊　金田鬼一訳
ホフマン短篇集　池内紀編訳
水妖記（ウンディーネ）　フーケー　柴田治三郎訳
O侯爵夫人 他六篇　クライスト　相良守峯訳
影をなくした男　シャミッソー　池内紀訳
流刑の神々・精霊物語　ハイネ　小沢俊夫訳

冬物語 ―ドイツ―　ハイネ　井汲越次訳
ユーディット 他一篇　ヘッベル　吹田順助訳
芸術と革命 他四篇　ワーグナー　北村義男訳
ブリギッタ・森の泉 他一篇　シュティフター　宇多五郎　高安国世訳
みずうみ 他四篇　シュトルム　関泰祐訳
聖ユルゲンにて・後見人カルステン 他一篇　シュトルム　国松孝二訳
村のロメオとユリア　ケラー　草間平作訳
沈鐘　ハウプトマン　阿部六郎訳
地霊・パンドラの箱 ルル二部作　F・ヴェデキント　岩淵達治訳
春のめざめ　F・ヴェデキント　酒寄進一訳
夢小説・闇への逃走 他一篇　シュニッツラー　池内紀　武村知子訳
花・死人に口なし 他七篇　シュニッツラー　番匠谷英一　山本有三訳
リルケ詩集　高安国世訳
ドゥイノの悲歌　リルケ　手塚富雄訳
ブッデンブローク家の人びと 全三冊　トーマス・マン　望月市恵訳
トオマス・マン短篇集　実吉捷郎訳
魔の山 全二冊　トーマス・マン　関泰祐　望月市恵訳

トニオ・クレエゲル　トオマス・マン　実吉捷郎訳
ヴェニスに死す　トオマス・マン　実吉捷郎訳
車輪の下　ヘルマン・ヘッセ　実吉捷郎訳
漂泊の魂 クヌルプ　ヘルマン・ヘッセ　相良守峯訳
デミアン　ヘルマン・ヘッセ　実吉捷郎訳
シッダルタ　ヘッセ　手塚富雄訳
ルーマニア日記　カロッサ　高橋健二訳
美しき惑いの年　カロッサ　手塚富雄訳
若き日の変転　カロッサ　斎藤栄治訳
幼年時代　カロッサ　斎藤栄治訳
指導と信従　カロッサ　国松孝二訳
ジョゼフ・フーシェ ―ある政治的人間の肖像　シュテファン・ツワイク　高橋禎二　秋山英夫訳
変身・断食芸人　カフカ　山下肇　山下萬里訳
審判　カフカ　辻瑆訳
カフカ短篇集　池内紀編訳
カフカ寓話集　池内紀編訳
三文オペラ　ブレヒト　岩淵達治訳

岩波文庫の最新刊

藤田正勝編
西田幾多郎書簡集
西田幾多郎は、実人生では苦しみと悲哀の渦中を生きた。率直、明快な言葉で自己の想いを書簡で語りかける。哲人の素顔を伝える書簡を精選する。
〔青一二四‐一〇〕 本体九七〇円

カレル・チャペック作／阿部賢一訳
白い病
戦争目前の世界を突如襲った未知の疫病。特効薬か、大戦か――死に至る病を前に、人々は何を選ぶか？ 一九三七年刊行の名作SF戯曲が、現代に鋭く問いかける。
〔赤七七四‐三〕 本体五八〇円

マックス・ヴェーバー著／脇圭平訳
職業としての政治
政治の本質は何であり、政治家はいかなる資質と倫理をそなえるべきか。ヴェーバーがドイツ敗戦直後に行った講演の記録。改版。

（解説＝佐々木毅）

〔白二〇九‐七〕 本体六四〇円

下村湖人作
次郎物語（四）
時代はしだいに軍国主義の影が濃くなり、朝倉先生は五・一五事件を批判したため辞職を勧告される。次郎たちは先生の留任運動を計画し嘆願の血書を認める。（全五冊）
〔緑二二五‐四〕 本体八五〇円

今月の重版再開

ヴォルテール著／丸山熊雄訳
ルイ十四世の世紀（三）
本体七二〇円
〔赤五一八‐五〕

ヴォルテール著／丸山熊雄訳
ルイ十四世の世紀（四）
本体九二〇円
〔赤五一八‐六〕

定価は表示価格に消費税が加算されます　　2020.9